El
secreto
del
Cónclave

El secreto *del* Cónclave

Carlo A. Martigli

Editado por HarperCollins Ibérica, S.A.
Núñez de Balboa, 56
28001 Madrid

El secreto del Cónclave
Título original: La scelta di Sigmund
© 2016 Carlo A. Martigli
Publicado originalmente en Italy en 2016 por Mondadori Libri
Este libro ha sido publicado por acuerdo con Piergiorgio Nicolazzini Literary Agency (PNLA) ©
2019, para esta edición HarperCollins Ibérica, S.A.
© De la traducción del italiano, María Porras Sánchez

Diseño de cubierta: Lookatcia
Imagen de cubierta: Getty Images

ISBN: 978-84-9139-372-6
Depósito legal: M-3765-2019

Un libro debe ser el hacha para romper
el mar helado dentro de nosotros.
Franz Kafka

Sigmund Freud fue un gran apasionado de Roma y de su historia. En el verano de 1903 visitó la ciudad por segunda vez. Lo cierto es que no fue un viaje de placer y no tuvo mucho tiempo para divertirse. Sin embargo, esas pocas semanas dejaron en él una huella indeleble, y, además de permitirle profundizar en sus teorías, lo convencieron de que con las ciencias no solo vale el método científico. Cuando, a causa de ciertos acontecimientos, se vio obligado a decidir, dividido entre la razón y el sentimiento, optó por este último. Pero no se lo cuentes a nadie.

1

Roma, viernes 5 de junio de 1903

La chica se detuvo entre la primera y la segunda planta y entrecerró los ojos un instante. El mármol de los antiguos escalones le proporcionaba en los pies desnudos una sensación agradable de frescor y de limpieza. Como el vestido de lino que le había cosido su madre con retales sueltos de su ajuar que nunca había llegado a utilizar. Durante el breve trayecto que separaba Via del Falco del Vaticano, un ligero viento de poniente, que había atemperado los primeros calores de junio, se le había colado con malicia bajo la ropa interior nueva, a la moda francesa. Había visto en una revista que la prenda se llamaba *frufrú*, por el sonido del roce de la seda, y se había encaprichado con ella a toda costa, a pesar de que costaba doce liras. Aquella noche habría preferido no ponérsela, pero había hecho una excepción. No volvería a suceder.

Estuvo tentada de dejarse el olor a pescado para resultar más desagradable, pero al final cedió a los ruegos de su madre y se metió en la tina, donde ella la había frotado con energía y la había rociado con lavanda. Sus protestas todavía le resonaban en los oídos: que tener como protector a un hombre tan importante era una bendición del cielo y que quizá él, algún día, le encontraría un marido adecuado.

Miró por el ventanal: Roma parecía desierta, una ciudad muerta de no haber sido por alguna que otra luz aislada. La ciudad dormía, ignorante, sin imaginar que, tras los muros sagrados, en el centro de su corazón, el diablo se divertía fornicando.

Dio un pisotón en el suelo; su madre no podía o, mejor dicho, no quería comprender el alto precio que pagaba por las ventajas de las que gozaba toda la familia, por todo el pescado que compraban gracias a unos préstamos sin intereses que nunca devolverían.

Aunque las primeras veces las atenciones del cardenal la habían atemorizado, después comenzó a divertirle ejercer su poder como mujer contra el hombre, pero ya se había cansado del juego. No, para quitarse la ropa interior esa noche no le bastaría con verlo lamerle los pies de rodillas. No cedería a las promesas ni a las amenazas, no era la estúpida que él se pensaba. Lo haría solo por una joya, no un anillito como el que ya le había regalado, sino una de esas cruces que llevaba al cuello y besaba cada vez que se quitaba, antes de dejar a Cristo boca abajo sobre el cojín.

Se recolocó los senos bajo el vestido y subió otro tramo de escaleras. Uno más arriba, en la planta superior, descansaba ese hombrecito simpático, el papa León; en una ocasión le había tendido la mano enguantada para que se la besara e incluso le había acariciado la cabeza. Parecía un abuelo anciano, de esos que pesan menos que una pluma y son más buenos que el pan. Si hubiera sabido qué tramaban en la planta inferior sus nietos, como él los llamaba, no se habría limitado a acariciarles la mejilla, más bien les habría reprendido como es debido y no les habría otorgado su perdón a cambio de rezar un rosario.

Avanzó a ras de la pared, con los zuecos en la mano, hasta llegar a una puertecita a la que llamó con suavidad. Se mantuvo a la espera algunos segundos y volvió a llamar con más fuerza. Le entró ansiedad sin motivo y se dijo que eran tonterías suyas. Estaba en el palacio más seguro del mundo y le habría bastado con pronunciar en voz alta el nombre de su protector para que la guardia suiza acudiera a la carrera; ya la conocían, se hacían los dormidos cuando ella pasaba. Al tercer intento probó a bajar el picaporte y la puerta se abrió. La luna se filtraba por las ventanas y teñía las paredes de la habitación de una luz azulona. Apoyó los zuecos en el sofá de terciopelo rojo y se dirigió a la ventana que quedaba su izquierda, lejos del gran escritorio presidido por una pintura antigua, parecida a aquellas fotografías que había visto una vez en el mercado de Campo de' Fiori, y que el vendedor le había mostrado a escondidas.

Una mujer desnuda rodeada de hombres que intentan tocarla. Se llamaba *Susana y los viejos* y, cuando le había pedido explicaciones al cardenal maliciosamente, él le había contado que se trataba de un episodio de la Biblia, la historia del chantaje de dos viejos a una joven esposa. Si Susana no se entregaba a ellos, la acusarían de adulterio y la lapidarían. Susana no cedió y por eso fue calumniada y condenada a muerte. Pero el joven profeta Daniel logró salvarla, descubrió el engaño y les dio su merecido a los dos viejos lascivos. Mira qué astutos, pensaba ella siempre, y quién sabe si Daniel habría existido de verdad. Fuera como fuera, el final feliz solo pertenecía a las fábulas.

Aunque hacía un tiempo había conocido a una especie de Daniel en la vida real. Todavía se trataba de un juego de miradas, alguna que otra palabra cuando lo veía pasar cargado de cuartos de buey a sus espaldas, intrigante, sonriente y pícaro. Su nombre era Rocco y sabía que había ido por ahí preguntando por ella, si tenía novio o si tenía pretendientes. Tres días antes su madre lo había echado de la pescadería y él se había marchado con una mueca burlona. Ella había respondido a su sonrisa desde detrás del mostrador agachando la cabeza y mirándolo de reojo. Quizá no fuera un buen partido, quizá debería esperar, pero ya tenía dieciséis años y la idea de casarse con un joven que la hiciera reír y la agarrase con la fuerza de un novillo la llenaba de felicidad.

El reloj de péndola sonó dos veces y la chica se sobresaltó. Un escalofrío le recorrió la espalda y se encogió, la sala parecía desierta, pero si no se equivocaba, la nota la invitaba a presentarse a las dos de la madrugada del 5 de junio. A menos que se refiriese al día anterior; en efecto, después de la medianoche técnicamente sería el día 6. De ser así, paciencia, mejor todavía. Esperaría unos minutos y se marcharía, quizá pudiera llamar al sótano de la carnicería, donde sabía que dormía su querido Daniel. Si la dejasen entrar, la noche tendría un final mucho mejor. En cualquier caso, su madre sabía que estaba con el cardenal y nunca volvía antes de las siete.

Exhaló con fuerza y se dirigió hacia la salida, pasando por detrás del respaldo de un sillón en el que, según le había dicho el cardenal, el papa se sentaba a menudo.

—¿Adónde vas, Rosa?

Una voz persuasiva la hizo sobresaltarse y se detuvo. Nunca le había gastado una broma así y no le gustaba ni un pelo.

—¿Monseñor? ¿Dónde estáis? —La voz le temblaba un poco, pero no quería mostrarle que se había asustado.

—Has pasado cerca. Ven, Rosa, no tengas miedo.

Dio la vuelta al sillón y lo vio sentado, con una sonrisilla en el rostro.

—Yo no tengo miedo de nada —le respondió plantándose delante de él con las piernas abiertas.

El cardenal levantó una mano y la movió un ápice, como si subrayara la tontería que la chica acababa de decir. Le gustaba aquel descaro, con tal de que no superara nunca los límites establecidos.

—Esta noche tengo una sorpresa para ti, pequeña mía, que creo que te resultará placentera, muy placentera.

Rosa clavó los ojos en la fastuosa cruz de oro que el cardenal llevaba al cuello y él se dio cuenta.

—Pequeña impertinente, pero ¿qué te has creído? ¿Que te iba a regalar esta imagen sagrada? Es un regalo del papa en persona y tú has osado pensar... Ah, debería darte una azotaina por esto.

La muchacha se ruborizó y bajó la cabeza, pero sin dejar de mirarlo. Quizá los cardenales estuvieran tan cerca de Dios que tenían el poder de leerte el pensamiento. Tanto daba, que se lo leyese, no volvería a contentarse con cualquier regalucho de unas míseras liras.

—No —continuó el cardenal—. La sorpresa es otra. Ven, Gustav, sal donde podamos verte.

Una mano descorrió una cortina y su dueño avanzó en la penumbra unos pasos, desnudo como Adán en tantas pinturas. Se cubría el miembro con las manos y caminaba con los hombros encogidos. En el momento en que cruzaron la mirada, él bajó la cabeza y se detuvo. Rosa retrocedió hasta toparse con el escritorio. El pecho, que en ese momento hubiera preferido tener menos generoso, le subía y le bajaba con la respiración. Más que sorpresa, en su interior se desató el miedo, como una serpiente que le atenazara el corazón con su cuerpo enrollado. Miró la puerta por donde había entrado y el instinto le dijo que huyera.

—¡Atrápala! —ordenó el cardenal.

Un instante después, dos brazos robustos la habían inmovilizado por detrás, mientras una mano le tapaba la boca impidiéndole gritar. El cardenal se levantó, se le aproximó y le apretó el mentón con la mano.

—Rosa, pequeña Rosa, no debes temer. ¿Acaso te he hecho daño alguna vez? No, solo te he dado cosas buenas, a ti y a tu familia. Verás, esta noche estoy cansado, muy cansado. He tenido que recibir a diplomáticos de dos estados, y uno quería lo contrario que el otro. ¿Entiendes mi responsabilidad? No. —Le sonrió y se alejó de ella—. Tú no lo puedes entender. Eres demasiado ignorante. Sin embargo —dijo levantando los brazos—, por lo menos entiendes que un hombre de mi posición tiene derecho a concederse alguna distracción que lo saque de este valle de lágrimas y le regale algún momento de alegría. Este muchacho, que está a mi servicio, hará que los dos nos divirtamos. Es como si dijéramos que no puedo celebrar misa, aunque sí puedo asistiros. Mi deseo es que copuléis, ya sea como dos amantes o como dos perros, como os plazca. Mira lo fuerte que es él, seguro que ardes en deseos de que te penetre. Yo —susurró— os observaré con la benevolencia que un padre les reserva a sus hijos. Espero que no me niegues este pequeño placer.

La chica trató de morder la mano que le tapaba la boca, aunque solo consiguió que la sensación de ahogo fuera mayor. Pero sí se dio cuenta de que el hombre que la tenía atrapada temblaba más aún que ella. Por eso intentó volverse para mirarlo a los ojos, para implorarle ayuda, pero él continuaba con la cabeza gacha y los ojos cerrados. No le fue difícil recurrir al llanto. Entonces el cardenal se le acercó. Ella sintió su aliento en la nariz y notó aún más fuerte esa sensación de ahogo que la aterrorizaba más que ninguna otra cosa.

—Si me prometes no gritar, le diré que te deje respirar. —Le hizo un gesto afirmativo con la cabeza y el hombre le destapó la boca.

—Os lo ruego, monseñor, dejadme marchar, mi madre me espera.

—Eminencia, hija mía, eminencia. Monseñor es para los obispos. ¿Ves el forro de mi hábito? No es rosa, como el del obispo, sino coral. Un nombre de lo más divertido para un color, ¿verdad?

—Sí, eminencia, pero os ruego...

—No, no, ¡cómo es posible que seas tan ignorante! No se le ruega a un cardenal, se ruega a Dios, y la gracia la otorga Él, a través de María la Virgen. Pero tú ya no eres virgen, ¿a que no? Venga, a lo tuyo, estoy comenzando a impacientarme.

No le habría servido de nada gritar, Rosa estaba segura de que la habrían amordazado y tomado por la fuerza. Pero, de ceder, ni hablar. No le daría esa satisfacción al muy cerdo. Hizo un esfuerzo por mostrarse complaciente y se preparó. Cuando el joven guardia soltó a su presa y, casi con delicadeza, comenzó a abrirle el vestido por la espalda, le plantó un codazo en el estómago y echó a correr.

El nombre de Gustav salió como un rugido de la boca del cardenal. Rosa sintió los pasos del guardia detrás de ella, pero ya había llegado a la puerta. El tiempo que perdió en abrirla fue fatal, y en la refriega ambos terminaron en el pasillo tirados por el suelo. Él tardó un segundo en doblarle el brazo detrás de la espalda y volver a inmovilizarla. Con la cara pegada al suelo, vio los zapatos relucientes del cardenal que se aproximaban y se detenían a unos centímetros de su nariz: el olor a grasa de foca le dio arcadas.

—Lámelos —le ordenó el prelado—, lámelos y pide perdón.

Rosa le escupió en los zapatos y comenzó a llorar: eran lágrimas de rabia y de miedo. Un instante después, una patada en la barriga le causó el dolor más grande que había sentido en su vida, tan agudo que la mente se negó a combatirlo. Comenzó a desvanecerse.

—Eminencia, así no, por favor. Podríais matarla.

—Cállate, idiota, o te mando de vuelta a ordeñar vacas.

—No está bien, quizá fuera mejor llevarla a la enfermería.

—No la lleves a ningún sitio, métela dentro y haz lo que debas hacer. Estoy seguro de que ahora no se opondrá.

—Pero no se encuentra bien, apenas respira, podría ahogarse.

—¿Quién sabe cuándo nos llegará nuestra última hora? —El cardenal sonrió—. Piensa en Maria Goretti, que fue asesinada el año pasado por un loco que quería violarla. Antes o después la canonizaremos, quizá Rosa también sea santa algún día. Ahora basta, obedece o llamo a los guardias y les cuento que os he sorprendido fornicando y que tú me has agredido.

Gustav lo miró con cara inexpresiva. Supo que aquel era un callejón sin salida, una *Sackgasse*. Cuando el oso elige una oveja del rebaño es inútil oponerse, le decía su madre, déjalo en paz y ocúpate de poner a salvo a las demás. Pero cuando es el pastor del rebaño quien azuza los perros contra las ovejas, quiere decir que está loco y que antes o después también matará al animal más fiel. Cogió en brazos a la chica, que parecía que ya no respiraba y se dirigió al estudio. Una vez dentro, en lugar de obedecer echó a correr en dirección a la ventana, la rompió y, pidiendo perdón a su madre, se arrojó al vacío.

El ruido de los cristales rotos fastidió al cardenal, que poco después se asomó con prudencia por la ventana, para asegurarse. Bajo los dos cuerpos se extendía una mancha oscura, el adoquinado no los había perdonado desde aquella altura. En caso de que hubieran sobrevivido, él tampoco lo habría hecho.

2

Viena, 20 días después

En su estudio ubicado en la entreplanta del número 19 de la Berggasse, Sigmund Freud continuaba manoseando la carta que acababa de recibir, junto con algunos odiosos avisos de impago. Cuando había visto el sobre con las llaves de san Pedro había sonreído pensando en sus amigos del B'nai B'rith de Viena. Solo el espíritu cáustico de un masón judío podría concebir tal broma. En realidad, la historia parecía cuanto menos verosímil, incluido el talón adjunto de trescientas liras para cubrir los gastos que supondría su viaje a Roma.

El hecho extraordinario era que la carta de invitación fuera de puño y letra del papa León XIII. Una letra diminuta, ligeramente temblorosa a causa de la avanzada edad, pero esos espacios entre las palabras indicaban un carácter fuerte y una voluntad férrea. Por otra parte, cabía la posibilidad, aunque no era del todo probable, de que el papa quisiera recurrir a él. Sus tesis le habían procurado tanto críticas como alabanzas de la más diversa procedencia, y su fama ya había cruzado los Alpes, hacia el norte y hacia el sur. Estuvo tentado de telefonear a Roma para pedir confirmación, pero el papa le rogaba máxima discreción y por eso decidió optar por un telegrama.

—Voy a salir, Minna —le dijo a su cuñada, que hacía las veces de secretaria entre otras cosas—. No volveré tarde.

Dejó en el cenicero un Trabucco aún encendido, para volver a encontrarse cuando regresara de la oficina de correos con aquel perfume dulce y acre que el puro italiano emanaría hasta que se consumiera. Y, para celebrar la novedad, se permitió el lujo de sacar un exclusivo Don Pedro del humidificador de cedro que había encontrado su sitio en la estantería entre la *Fenomenología del espíritu*, de Hegel y la *Crítica de la razón práctica*, de Kant. Preferido entre los preferidos.

En junio, el olor de los tilos y los trinos de las golondrinas convertían el cielo de Viena en uno de los más hermosos de Europa. Seguramente fuera el que más le gustaba. Cogió una flor de un ramo y apreció la consistencia aterciopelada. Se la llevó a la nariz e inspiró profundamente con los ojos cerrados. Habría definido el olor como intenso y ligero, parecido al del aceite de coco, pero también reconoció un innegable regusto a esperma. El aire era penetrante y quizá por eso los hombres y las mujeres parecían más vivos, caminaban a toda prisa, intercambiaban saludos y sonrisas, como si todos tuvieran que regresar a casa corriendo para satisfacer por fin su instinto primario de apareamiento.

En este mundo no existía una pulsión más fuerte que la libido, ahora no solo estaba convencido, lo había convertido en un dogma. No, se corrigió mentalmente, en una filosofía, más que una simple investigación médica. El tacto y el olor eran los sentidos que más habían sufrido en el transcurso de la evolución, sostenía con agudeza el señor Darwin, pues al hombre primitivo le eran más necesarios para mejorar su destreza manual y evitar los peligros. La civilización moderna había domesticado el uso: una verdadera lástima, porque las sensaciones que estos órganos procuraban agitaban algo en nuestro interior, quizá despertaban la parte más animal del hombre, la más escondida y, por tanto, también la más auténtica.

—¿Desea enviar un telegrama? —le preguntó el empleado cortésmente, que se había cubierto la nariz con un pañuelo para evitar el humo del puro.

Freud no respondió y continuó acariciándose la barba, sin saber qué texto debía escribir. Presionado por las personas que guardaban fila detrás de él rascándose el cuello, se llevó la mano izquierda al bombín y regresó sobre sus pasos. Al salir de la oficina, se dirigió hacia el canal del Danubio y se detuvo sobre el parapeto para observar algunas barcazas que descargaban sus mercancías. Anchoas saladas, con ese olor penetrante e inconfundible, un bocado delicioso, aunque desaconsejable para la cena, a menos que uno se aprovisionase de un gran vaso de agua en la mesilla de noche.

Miró a su alrededor, en dirección a los jardines que se extendían más allá del canal. Si de verdad fuera el papa quien recurría a él, lo habría descubierto fácilmente al cobrar el talón en el banco. El dinero no miente. En tal caso, un telegrama sería del todo superfluo, y además habría invalidado la confianza y la discreción que exhibía la misiva. Aunque no se especificaba el motivo por las mismas razones, seguro que se trataba de un discreto encargo profesional, que no estaba obligado a aceptar antes de valorarlo bien.

Independientemente de cómo fueran las cosas, pasar unos días en Roma lo entusiasmaba. Dos años antes, su visita había sido demasiado apresurada y plagada de compromisos, y no había tenido oportunidad de degustar a fondo sus maravillas.

El corazón se le aceleró: la ciudad *caput mundi* siempre le había producido una neurosis casi obsesiva, desde los tiempos en los que se sentaba en el pupitre de secundaria. A diferencia de los demás estudiantes, sentía una suerte de veneración por el héroe semita Aníbal, con el que a menudo se sentía identificado. Como si, por una parte, desease poseer Roma y sus secretos milenarios y, al mismo tiempo, desease su destrucción. Quizá pudiera decirse lo mismo de aquella invitación, que le provocaba sentimientos encontrados, de prudencia y de excitación.

Eso sin contar con que le vendría estupendamente alejarse un tiempo de los problemas del hogar. Había conseguido abrir la consulta en el piso de abajo y, aunque su bendita esposa intentaba mantener a los hijos bajo control y él mismo no podía pasar sin estar cerca de ellos, lo cierto es que este deseo interfería con sus estudios a menudo.

Eran dos impulsos emotivos de naturaleza opuesta: un día de estos, sonrió, debería encontrar a alguna persona, alguien que no fuera él, que indagase hasta el fondo de su psique. Quizá así lograra comprender qué le había impulsado a iniciar una relación con su cuñada Minna.

—Doctor Freud, este depósito es un verdadero honor para nosotros.

El director del Raiffeisen Bank había pronunciado su veredicto, confirmando la validez del talón sagrado con el membrete de la Santa Sede. El aluvión de cumplidos continuó hasta tal punto que el hombre llegó a decir que la cátedra universitaria que el doctor había obtenido hacía poco era solo un pequeño indicio, un mero símbolo del reconocimiento internacional que se merecía.

Freud masculló un agradecimiento y se encendió otro Trabucco, imposible insistir con la colilla del Don Pedro. El director tosió y él no esperó a que se despidiese para marcharse a toda prisa.

Los problemas que tendría que afrontar no parecían insuperables, sus amables colegas Adler y Federn se encargarían de su consulta durante su ausencia, mientras que a Martha le prometería unas vacaciones en Bad Reichenhall con los niños en cuanto volviese. La suerte estaba echada, conseguiría satisfacer su curiosidad y, si el destino lo quería, puede que pronto el papa figurara en su cartera de clientes; como mínimo le solicitaría un reconocimiento oficial de mérito, algo de gran utilidad para un judío en la catoliquísima Viena.

La mañana del 27, Sigmund Freud apagó el despertador al primer timbrazo para evitar que su mujer se despertase. No le gustaban las despedidas lacrimógenas, aunque le agradaba el hecho de que su presencia fuera tan grata y, en consecuencia, su partida tan amarga. Sin levantarse de la cama anotó en un cuaderno las características más destacables y los detalles de su sueño rápidamente, una costumbre que formaba parte de su rutina desde hacía años.

Aquella noche había discutido con su hija Mathilde: se lamentaba ante él de ser tan fea y de la dificultad que esto suponía para casarse.

En su sueño, su hija se le había aparecido más hermosa de lo que en realidad era, quizá a causa de aquel ligero prognatismo de origen incierto que a él tanto le intrigaba. Ninguno de sus parientes cercanos ni los de su mujer eran portadores de ese rasgo. Mientras la observaba y escuchaba sus penas, se había sentido atraído carnalmente por ella y se había despertado a causa del ansia y la vergüenza.

En el tren tendría tiempo de analizar el sueño, se sentía afortunado por no tener que compartirlo con nadie, ni el sueño ni el viaje. Inútil achacarlo a la cantidad de buey hervido con rábano y al exquisito *Kaiserschmarren* recubierto de azúcar y condimentado con mermelada de arándanos. Martha sostenía que era un remedio extraordinario contra el aliento de fumador y ya se había convertido en un dulce tradicional en su casa. No, aquel sueño tenía un significado preciso, aunque deformado en su representación, ya que el incesto ocupaba el último lugar en sus pensamientos. Sin embargo, era de origen sexual y manifestaba, como todos los demás sueños, la exigencia de apagar algún deseo reprimido. A él le correspondía descubrir cuál.

Colocó la maleta en un pequeño landó que esperaba en el cruce con Porzellangasse y pasó la mañana entre las consultas de sus amigos Adler y Federn, el banco y la oficina de correos, desde donde envió dos telegramas. Uno al hotel Quirinal de Roma y otro al Vaticano, a la atención de su santidad León XIII, una simple confirmación de que llegaría al día siguiente.

El tren partió con puntualidad a las 14 horas de la estación de Westbahnhof y a las 17 horas y 42 minutos del día siguiente, con dos minutos de retraso sobre el horario previsto, Sigmund Freud pisó finalmente el andén de la estación central de Roma.

Tras atravesar el amplio atrio abovedado, se encontró delante de un esbelto obelisco coronado por una estrella de cinco puntas que relucía bajo el sol. No podía haber esperado mejor recibimiento: el pentáculo del gran arquitecto del universo, el Dios de todos, casi como si la ciudad del papa se hubiera convertido en una inmensa logia masónica que acogiese calurosamente a su hermano ateo y judío en su seno.

Al este, el cielo estaba cubierto de nubes perladas que indicaban un aguacero reciente y el aire era fresco y limpio, a pesar del olor penetrante de los excrementos de los numerosos carruajes que esperaban a los viajeros. Después de ordenar al cochero que lo condujera al cercano hotel Quirinal, puso a prueba su italiano de inmediato y desgranó una serie de impresiones sobre las ruinas imperiales de Roma, la belleza de la ciudad y el carácter de sus habitantes. El cochero aprovechó la oportunidad para deambular sin rumbo durante media hora entre iglesias y monumentos antes de depositarlo ante el hotel, después de haberle sacado una propia generosa y uno de sus puros preferidos.

Tan pronto entró en el vestíbulo, un sacerdote joven con el rostro colorado y tocado con un sombrero de teja negro se detuvo ante él.

—Doctor Freud, supongo.

El otro lo miró sorprendido, pero se apresuró a descubrirse sin sacarse el puro de la boca.

—El mismo —respondió—, tengo una reserva...

—No se preocupe, ya está todo solucionado con la dirección. Venga, el coche está fuera. Su santidad lo espera. Se alojará en el Vaticano, seguramente allí estará más cómodo.

Subieron juntos al asiento trasero de un automóvil con la marca Darracq bien visible sobre el radiador. Un toldillo, más apropiado para una embarcación, los protegía del sol, mientras el chófer recorría con prudencia una serie de callejuelas haciendo sonar el claxon cada vez que doblaba una esquina. Pasaron frente a Castel Sant'Angelo. Tras una última curva, el coche se detuvo delante de un puesto de control. Al ver la bandera papal, los militares italianos levantaron la barrera de inmediato.

—Casi hemos llegado —dijo el sacerdote—. Desde este momento es usted huésped de la Santa Sede.

Poco después, la columnata de Bernini envolvió el coche en un abrazo sofocante y Freud tuvo la desagradable sensación de encontrarse prisionero.

3

El coche giró con brusquedad hacia la izquierda y desembocó en una calleja lateral antes de detenerse ante un portal grande custodiado por dos guardias suizos. Mientras les abrían, Freud notó que llevaban un brazalete negro en el brazo.

—Esta puerta está dedicada a los protomártires romanos —le dijo su acompañante—. El primero fue san Esteban, pero entre los más importantes se cuenta Bonifacio obispo, apóstol de Alemania —añadió con una sonrisa.

—Yo soy austríaco, padre —repuso Freud mirando hacia delante.

—No soy padre —se escudó el otro—. Aún soy novicio, se puede dirigir a mí como Angelo sin más. Mi apellido es Roncalli y tengo la suerte de gozar de la confianza del santo padre. En lo que respecta a Bonifacio, tiene razón, le pido disculpas. La verdad es que todo lo que existe fuera de estos muros a veces me resulta confuso.

Pasaron a ras de un par de capillas y rodearon la parte trasera de la maciza basílica de San Pedro. Freud se agarraba con fuerza a los asideros del coche, pero cuando la ceniza del puro le cayó en los pantalones se la sacudió con rapidez, no sin riesgo de caerse del coche. Parecía que el chófer intentara confundirlo aposta, zigzagueando entre arbustos, árboles, fuentes y otras capillas, hasta situarse velozmente a un lado del Palacio Apostólico, en la zona de los museos, en el lado contrario al que habían entrado. Pasaron bajo un arco y, tras girar a la izquierda, llegaron a un jardín después de una última curva desde donde se veía el Palacio Apostólico.

—Atención —dijo Angelo Roncalli, y extendió la mano derecha a la altura del pecho de Freud un instante antes de que el chófer, después de girar de nuevo, frenase bruscamente sobre la grava.

—Hemos llegado, nuestro fiel Augusto le enseñará sus aposentos, espero que sean de su agrado. Yo voy a avisar a su santidad. —Se estiró la sotana y puso pies en polvorosa en dirección a la que parecía la entrada principal.

Augusto debía haber hecho voto de silencio porque, después de coger la maleta, le hizo un gesto para que lo siguiera por un portillo lateral que daba directamente a una escalera estrecha. Después de dos tramos, siempre en el más completo silencio, desembocaron en un pasillo. En uno de los lados había varias puertas dobles de madera oscura. Augusto abrió una de ellas y, después de hacerle un gesto a Freud para que entrase, la cerró tras de sí, dejándolo a solas.

Freud alzó los ojos al techo, que se alzaba por encima de él cinco metros por lo menos, sostenido por unos robustos travesaños de madera que resaltaban sobre el blanco del enlucido. Después echó un vistazo a su alrededor: comparado con la habitación individual que había reservado en el hotel Quirinal, el espacio no escaseaba precisamente. A pesar de haber una cama francesa, un sofá, dos sillones, un armario y un escritorio con una silla con reposabrazos colocada en un ángulo junto a la ventana, la habitación era tan grande que parecía vacía.

Dejó la maleta sobre la cama y abrió las ventanas. Una acumulación de aromas resinosos le llegó desde los jardines; para enmascararlos sacó del bolsillo de la chaqueta su último Liliputano, un puro pequeño y caro, y lo encendió. Al día siguiente tenía que preguntarle a Angelo Roncalli dónde había un estanco bien surtido en los alrededores.

Estaba a punto de cerrar la ventana cuando, sobre un pino secular, se posó una bandada de estorninos, atraídos por la proliferación de insectos al caer el sol. La bandada ya se compactaba, ya se desperdigaba, asumiendo las formas más diversas y comportándose como un solo ser. Era extraño, pero sucedía lo mismo en los sueños, en ellos todos los detalles, incluso los más distantes en apariencia, formaban siempre parte de un único dibujo. Cuál era, eso quedaba por descubrir. Como en el caso de su sueño incestuoso: a pesar del largo viaje en tren, todavía no había sido capaz de desmontarlo con un resultado satisfactorio. Parecía que la bandada de estorninos había volado aposta para recordarle su falta.

Demasiado cansado para retomar el hilo de aquel análisis, se apresuró a darse un baño caliente después de haber descubierto complacido la presencia de un bidé en el espacioso baño. Acababa de colocar las dos camisas de muda en la cajonera del armario cuando oyó que llamaban a la puerta. Angelo Roncalli lo saludó con simpatía.

—Espero que la habitación sea de su agrado, doctor Freud, significa mucho para su santidad.

—Dele las gracias de mi parte; sí, es un alojamiento espléndido. No obstante, me gustaría preguntarle al pontífice...

—Podrá hacerlo usted mismo, tengo el placer de pedirle que cene con él, si no está demasiado cansado. Vendré a buscarlo en media hora.

Algo más tarde, mientras seguía al novicio, Freud se fijó en la tonsura, que tan poco encajaba con la forma de aquella cabeza. Quizá les sentara bien a los cráneos redondos, pero en uno cuadrado parecía un intento de esconder una calvicie incipiente. Aquel hombre joven, de labios carnosos y tez rosácea salpicada de manchas púrpuras, podía definirse, según los estudios de Cesare Lombroso, como un sujeto con una sensualidad marcada y tendencias criminales de índole sexual. En lugar de eso, Freud habría apostado que del análisis de sus sueños se desprendería una personalidad sencilla y pacífica, como demostraba su manera de caminar, erguida sin ser soberbia. Pero la realidad era que no lo habían llamado, o quizá sería más correcto decir convocado, para psicoanalizar a Roncalli.

Volvió a picarle la curiosidad sobre el verdadero motivo de aquella invitación, expresada en términos muy generales. Desde el primer momento, la hipótesis más plausible que se planteaba era la oferta de una cátedra, o quizá solo de un curso monográfico, en la Pontificia Universidad Gregoriana, a la que el papa había devuelto el esplendor hacía poco. No le habría desagradado, sobre todo considerando que la cátedra que había obtenido el año anterior en la universidad de Viena no era remunerada. Esta suposición se topaba con un obstáculo aparentemente insalvable: su ascendencia judía, de la que el papa debía estar al corriente. No obstante, en aquel periodo, las luchas en el Vaticano entre la facción alemana y la francesa podrían haber dado lugar a que la elección recayese en un médico austríaco como él, a pesar del obstáculo de la raza, por una cuestión de equilibrio político, por así decirlo. En unos momentos saldría de dudas.

Angelo Roncalli lo precedió por cuatro tramos largos de escaleras y se detuvo ante una puerta decorada con algunas escenas extraídas del Antiguo Testamento. Después de unir las manos, se giró hacia el doctor Freud.

—Hemos llegado. Le pido disculpas, pero debo hacerle un ruego. La salud de su santidad es frágil, no sería oportuno fumar en su presencia.

Freud suspiró y buscó con la mirada, en vano, un cenicero donde apagar el puro.

—Déjemelo a mí —le dijo Roncalli.

Pasado un primer instante de duda, posó delicadamente el sutil Trabucco en la mano derecha del novicio, con la esperanza de que no se desaprovechara del todo. Por cómo miró Roncalli el cigarro, lo olisqueó y sonrió, tuvo la certeza de que no sería así.

Los dos batientes de la puerta se abrieron y un criado con librea verde y oro se hizo a un lado para dejar paso al doctor Sigmund Freud, como había sido anunciado.

León XIII se sentaba en un rincón, con los brazos escuálidos apoyados sobre un mantel blanco. Al verlo entrar le hizo un gesto con la mano, como se hace con los niños, para invitarlo a acercarse. Freud se maldijo por no haber pensado antes cuál era el tratamiento más adecuado que un huésped judío tenía que utilizar en un encuentro privado con el papa. El beso en el anillo podría parecer pura adulación, pero si se limitaba a estrecharle la mano se arriesgaba a parecer grosero. Probó con una ligera inclinación acompañada de una sonrisa contenida, como señal de deferencia y respeto, pero también de cordialidad sana.

Cuando estuvo cerca, ya no era cuestión de arrodillarse, pero si le hubiera tendido el anillo del Pescador para que se lo besara no habría tenido escapatoria. En ese caso no sabía si hubiera sido más oportuno hacer como que no había pasado nada o llevarse la mano a los labios, si bien a una cierta distancia. Cuando llegó a la mesa, fue el papa el que lo sacó de su embarazo tomándolo de la mano y estrechándosela entre las suyas.

—Oh, doctor Freud, no imagina cuánto me alegro de conocerlo.

Sorprendía una voz tan masculina en un hombre de más de noventa años, con el rostro afilado y los labios finos que se replegaban en una sonrisita irónica. Evidentemente, sus cuerdas vocales aún no habían sufrido los achaques de la edad, que se había cebado con el cuerpo dándole la apariencia de un efebo viejo. Con el paso de los años y la pérdida de la libido, los cuerpos masculinos y femeninos tienden a volverse parecidos, a pesar de que las características sexuales, en su momento, los hacían bien distintos.

El movimiento rápido de los ojos denotaba sin embargo un espíritu combativo y una mente ágil.

—Para mí es un honor —respondió Freud, mientras el criado de la librea le acercaba la silla, casi obligándolo a sentarse.

—No conozco sus gustos —continuó el papa— y tampoco quiero obligarlo a comer lo mismo que yo: un caldo de capón y dos filetitos de pollo. Qué quiere que haga, los médicos tienen que fingir que se ocupan de mi salud para lo poco que me queda.

Se rio quedamente y apoyó la mano derecha sobre la de Freud.

—Creo que una sana pasta italiana con tomate siempre se agradece y, de segundo, acompañado de la ensalada de nuestras hortalizas, un homenaje a su tierra. Costillas a la vienesa, fritas con aceite de nuestros olivos de Umbría. Bueno, hubo un tiempo en que eran nuestros, ahora ya no, ahora pertenecen a los Saboya —suspiró—. Créame que notará la diferencia.

Completaron la cena en silencio, también porque el papa comía con apetito y deprisa, lo que obligó a Freud a imitarlo. De vez en cuando, León XIII arqueaba la ceja y señalaba con el cuchillo el plato de su huésped, como si quisiera alentarlo.

Cuando se levantó, Freud lo imitó, pero el papa levantó un brazo mientras se apoyaba en el bastón con el otro.

—Voy a sentarme en el diván, en la habitación contigua, tengo que leer un par de cartas. El tiempo justo para que usted se fume uno de sus puros. Pero —le advirtió con el dedo— no me haga esperar demasiado.

En esta ocasión Freud se inclinó con un sincero respeto. Un papa que comprendía las exigencias de un fumador no solo merecía toda su estima, sino que justificaba el papel de pastor de un rebaño tan inmenso de almas.

Cuando el hábito blanco desapareció detrás de una puerta, el paje abrió la ventana. Freud se apoyó en la baranda y dejó vagar la mirada por las antorchas que iluminaban con sabiduría el perfil de Castel Sant'Angelo, y que se reflejaban alumbrando trechos de las aguas tranquilas de Tíber que discurría a sus pies.

El sabor suave del Reina Cubana se desperdigaba por el paladar en armonía con los residuos del fuerte Falletti, el vino tinto piamontés, que todavía conservaba la lengua. El papa de los vinos, más que el rey de los vinos, había bromeado un poco antes León XII refiriéndose al tinto. La lucha agradable entre el placer de terminar el cigarro y el deber y la curiosidad de hablar con el papa concluyó rápidamente. El cortapuros cumplió su cometido y Freud se guardó en el bolsillo la mitad del Reina. Después de olerse el aliento, le hizo un gesto al sirviente: estaba listo para reunirse con el papa.

4

León XIII estaba sentado en un diván rococó dorado en forma de judía para favorecer la conversación. Freud sonrió ante su invitación y se acomodó al borde del asiento. El papa callaba y ciertamente no le correspondía a él comenzar a hablar, en esto Martha, su mujer, habría estado completamente de acuerdo. Se arrepintió de no haber apagado el Reina Cubana, ahora el olor le salía del bolsillo y sometía su educación, más que su fuerza de voluntad, a una prueba muy dura. Quizá, sin llegar a encenderlo, podría haberlo sostenido entre los dientes. De esa manera, habría tenido una distracción para la boca.

—¿La cena ha sido de su agrado?

El timbre, casi de barítono, continuaba sonándole desafinado, pero aquella era la verdadera voz del papa.

—Gracias, santidad, todo estaba exquisito.

Pasaron unos cuantos minutos más interminables antes de que su huésped volviera a dirigirse a él. Para entonces, Freud se sabía todos y cada uno de los detalles del suelo a su alrededor.

—¿Qué le parece el clima romano?

—Fascinante. —Fue la primera palabra que se le escapó de la boca. Quizá su mente vagaba por otros derroteros—. Ni frío ni calor —corrigió la expresión—. Verdaderamente ideal.

Tuvo la tentación de consultar el reloj para cronometrar cuánto tiempo pasaría hasta la siguiente pregunta inútil sobre el tiempo, el clima o los usos y costumbres de los romanos.

—Habla usted muy bien italiano —continuó el papa después de un suspiro largo—. Y sé que también maneja el francés y el inglés.

—Es muy amable por vuestra parte. —Tratarle de vos le parecía más apropiado—. Y me halaga que estéis tan informado sobre mis modestas aptitudes.

Por fin el discurso se iba encaminando hacia sus competencias, a pesar de que había comenzado muy lejos.

—Os debo confesar —se habría mordido la lengua por haber usado esa palabra frente al papa. Seguro que Martha lo habría reprendido— que le tengo cierta aversión al inglés, que...

—¿Cree usted en Dios, doctor Freud?

La simpatía de los encuentros con aquel hombre casi antiguo se desvaneció de un plumazo bajo el peso de aquella frase. Ahí estaba el golpe a traición, con el que quizá quisiera hacer un trueque: su agnosticismo por una profesión de fe. O, peor aún, convertirlo a la Iglesia católica, a cambio de quién sabe qué honor o remuneración. Habría salido en todos los periódicos y seguramente la contrapartida fuera interesante, pero no habría cedido nunca. Típico de siglos de intrigas, típico de los papas: a todos les unía el absoluto desprecio por la dignidad de aquellos a los que consideraban sus hijos. La esperanza de un puesto en la Universidad Pontificia ya se había desvanecido y más valía ya reafirmar la supremacía de la razón.

—El guepardo, con sus garras afiladas y su velocidad, parece haber sido creado con el propósito de matar a las gacelas. —Freud se había levantado para darle mayor ímpetu a sus palabras—. Pero, visto de otra manera, ellas, tan veloces y tan ágiles, parecen haber nacido para dejar morir de hambre a los guepardos. Entonces, me pregunto si existen dos divinidades enfrentadas entre sí o una sola, con instintos sádicos, que se divierte jugando con el pellejo de las criaturas. Lo digo por decir, sin intención alguna de blasfemar, y son dos hipótesis que descarto por igual. En esta total incertidumbre, no me queda otra que buscar la verdad, si es que existe una sola, en lo más profundo de mi mente, mediante el intelecto.

Había expuesto vagamente sus declaraciones de ausencia de fe en un designio divino, pero, sin ser maleducado, no podría haber sido más claro. Eso era lo que esperaba al menos. Se volvió a sentar en el diván, aunque preparado para levantarse si lo mandaban a la calle, abrumado ante la idea de que su mujer le habría echado en cara durante toda la vida aquella oportunidad perdida, por no haber sido un poco más diplomático, un poco más posibilista.

Pero, cuando se encontró con la mirada sonriente de León XIII, se quedó tan sorprendido que se apoyó en el respaldo. Después, cuando el papa comenzó a hacer palmas con rapidez, como un niño al que le hubieran enseñado una caja de bombones, pensó por un momento que sus palabras habían sido malinterpretadas. A veces le sucedía lo mismo con algunos de sus pacientes, que querían oír a toda costa solo lo que les gustaba.

—Si es exactamente lo que sostiene el filósofo Demócrito —exclamó el papa, feliz—. Era uno de mis favoritos en el colegio, sobre todo cuando decía que no conocemos nada verdadero, porque la verdad está en lo más hondo. Y su método de investigación, el psicoanálisis, si lo he entendido bien, apunta exactamente en la mismísima dirección. Ah, querido doctor, no sabe lo feliz que me ha hecho, y en los tiempos que corren y a mi edad, no es nada sencillo. Qué lástima que no haya estado presente el joven Roncalli. Es un muchacho muy despierto, tiene mucha fe y, sobre todo, es honesto. Un don muy escaso, y no solo entre estos muros. ¿Sabe qué? —Se le acercó y bajó la voz—. Quiero contarle una confidencia. Es uno que dialoga más con Jesucristo que con Dios. Creo que usted ya me entiende.

Se colocó el índice delante de la nariz y encogió los hombros enjutos, como si quisiera subrayar que le había hecho una confidencia. Después se frotó las manos.

—Para mí es suficiente —prosiguió el papa—. He tenido todas las confirmaciones que deseaba. Y, entre nosotros, le diré que tampoco es que crea mucho en la infalibilidad de mis decisiones, a diferencia de mi predecesor, que hizo de ellas un dogma de fe. En mi opinión, el Espíritu Santo tiene otras cosas en las que pensar en vez

32

de estar pendiente de los desvaríos de un pobre viejo cualquiera. Ánimo, que ya llegamos a la cuestión. Lo único que le ruego es que guarde todo lo que le cuente en el más absoluto secreto. Por otra parte, es lo que contempla el juramento hipocrático, ¿no es cierto?

Así, comenzó a relatar una historia acaecida unas semanas antes en el interior de aquel mismo palacio. Una chica había muerto a manos de un miembro de la guardia suiza y se habían hallado los cadáveres de ambos tras haberse precipitado desde el tercer piso. Aquí se detuvo, a la espera de un comentario de su huésped. El cual, por mucho que se esforzaba, no lograba hallar en aquel episodio ninguna conexión con su profesión.

De todas maneras, Freud intentó asumir una expresión contrita. Sin embargo, como el papa continuaba en silencio, probó a soslayar el tema, una técnica que normalmente inducía al interlocutor a aclararse.

—Santidad, comprendo bien vuestro desconcierto —dijo—. Pero no sé si con mis conocimientos soy la persona adecuada para eliminar un trauma así.

—¡Oh, oh! —León parecía genuinamente divertido—. No me malinterprete. Me duele lo sucedido, pero he superado numerosas adversidades y esta también la superaré. No soy yo quien necesita de sus servicios.

—Os pido disculpas, pero no os entiendo en absoluto.

—Trataré de explicarme, y tenga paciencia y escúcheme bien. Quiero, o querría, si lo prefiere, que someta a algunas personas a su método de análisis, a algunos prelados, altos prelados. Y no porque crea que estén traumatizados, sino porque quiero quitarme un peso de encima. Quiero estar seguro de que ninguno de ellos está involucrado en esta historia.

Freud se llevó ambas manos a la cara para frotarse la barba, pero las retiró de inmediato, tras imaginarse que veía a su mujer que lo reprendía por aquel gesto, tan poco apropiado ante el patriarca de Roma. Aunque era un gesto útil para descargar la tensión.

—Sí, creo que ahora lo he comprendido —mintió—, pero creo que es un problema del que se debería ocupar la policía.

—¿Cuál? —El papa entrecerró los ojos—. ¿La del reino de Italia, que ha ocupado nuestros territorios? Nada les complacería más que un escándalo y sabe Dios que es lo último que necesitamos en este momento, con todas las potencias europeas que nos tiran de la casaca, sea para sostenernos, sea para ponernos la zancadilla. O quizá nuestra gendarmería que, si bien está a mi servicio, usted sabe que en un cuartel obedecen más al sargento furrier que al coronel. Yo estoy rodeado de oficiales y suboficiales y la mayor parte de ellos piensa en sus propios intereses. —León suspiró, pareció calmarse—. Y, además, aunque se descubriera a un culpable, ¿qué sentido tendría condenarlo? Dios se ocupará de él, o quizá lo perdone. Él escudriñará su alma mejor que ningún otro confesor y dictará su sentencia. No, querido doctor, lo necesito para que investigue, para descubrir la verdad en lo más hondo, como decía el viejo y sabio Demócrito. Dentro de poco se convocará el nuevo cónclave. Sé que estoy a las puertas de la muerte, aunque lo cierto es que me siento bien. No me mire así, doctor, estoy en pleno uso de mis facultades, y tampoco estoy loco. Ya he superado la edad de la vejez y recibo señales a través de mi cuerpo que nadie más que yo conozco. Estoy listo para recibir la paz eterna. Lo que perturbaría mi reposo sería no haber hecho nada para evitar que mi puesto fuese a parar no digo a un asesino, Dios nos libre, sino a alguno que pueda esconder bajo la tiara un bonito par de cuernos, ¿me explico?

Con la garganta seca, Freud asintió. Si hubiese intentado decir una sola palabra, habría emitido un sonido informe y desagradable. Por otra parte, como está escrito en el Pentateuco, que de adolescente se sabía casi de memoria, hay un momento para escuchar y otro para hablar. Después de todo, escuchar era una de sus mayores virtudes y la propia base de su método.

—A lo largo de nuestra historia —prosiguió León XIII—, hemos tenido que soportar el peso de muchas almas negras que convirtieron la Iglesia que habían sido llamados a liderar en un verdadero prostíbulo. Incluso lo sostenía aquel bendito Savonarola, se diga lo que se diga. ¿Y sabe lo que escribió Martín Lutero después de haber visitado Roma en 1510?

Era típico de los ancianos formular preguntas para poder responderlas ellos mismos, incluso en los casos en los que el interlocutor sabía la respuesta. Era el caso de Freud, pero prefirió darle esa satisfacción.

—Escribió que, cuando había hablado aquí, en estas estancias, del alma, ¡la gente se había echado a reír! Por suerte, aquellos tiempos han pasado y no deseamos que vuelvan, ¿no es cierto, doctor?

Freud intentó responder, pero en el tiempo que mediaba entre el pensamiento y la palabra, el papa introdujo otra pregunta.

—¿Se ha fijado alguna vez que es típico de las personas de cierta edad repetir a menudo «en mis tiempos»? ¿Y definirlos como una época mejor, más sana y más honesta? Pues bien —concluyó, satisfecho—, por mi parte creo que estos son los mejores tiempos de los últimos veinte siglos de nuestra historia. Y aunque a veces me vea obligado por razones de Estado a molestarme con los invasores Saboya, considero que el hecho de habernos arrebatado el poder temporal ha sido lo mejor que podía pasarles a nuestras almas. ¿Por dónde iba yo?

—Me indicaba que no se fía de la policía...

—No es una cuestión de confianza, sino más bien de utilidad. No me interesa castigar al posible culpable, solo impedir su posible ascenso al solio pontificio, de donde llevo sin despegarme cinco lustros. Eso es muchísimo tiempo, más del que nadie podía haber previsto. ¿Sabe que circula un chiste sobre mí? Se dice que los cardenales creían que habían elegido un santo Padre pero, en lugar de eso, ¡han elegido un Padre eterno!

León XIII reía y tosía al mismo tiempo y no parecía que fuera a parar, hasta tal punto que Freud se preocupó de que sufriera un colapso. Los ataques de tos agitaban aquel cuerpo delgado como cuando se sacude una alfombra.

Se abrió una puerta y Angelo Roncalli entró con un vaso lleno de agua y una botella que Freud reconoció como la del famoso Mariani, el vino con cocaína que él mismo consumía, aunque de manera moderada. Después del entusiasmo inicial, había notado el peligro de una posible dependencia de aquella sustancia tan alabada por sus beneficios extraordinarios. Lo que más le chocó fue que en la etiqueta apareciese el rostro del papa, sonriente, como un reclamo cualquiera.

El pontífice bebió primero un poco de agua y luego pidió que le rellenaran media copa con vino.

—Gracias, Angelo, puedes marcharte.

El joven Roncalli se marchó tan silencioso y tan rápido como había entrado.

—Entonces —continuó el papa—, ¿acepta? Me daría una grata alegría y, además de la gratitud papal, recibiría unos honorarios de dos mil liras semanales. Se alojará aquí y dispondrá de una gobernanta que se ocupará de todo, además de contar con los servicios exclusivos de Roncalli, que es el único de quien me fío.

Al igual que el análisis de los sueños a veces desvelaba sorpresas que ni el paciente ni él habrían imaginado jamás, la petición de someter a algunos altos prelados a su método, como lo había definido el papa, desbarató todas las hipótesis de Freud. De repente, se imaginó a su mujer Martha que le daba un codazo para que aceptase el encargo, cuya compensación habría mantenido durante mucho tiempo las financias de la familia. A pesar de lo halagador de la oferta, no solo por la parte económica, Freud se encontró sumido en la duda y en la perplejidad. Sobre todo, se preguntaba si la asociación de ideas, la hipnosis o el análisis de los sueños podrían contribuir de alguna manera en una investigación criminal.

Al mismo tiempo le asombraba que nunca se le hubiera ocurrido. En efecto, le pareció obvio, o al menos evidente, que hurgar en el interior de las pulsiones, de los deseos y las represiones que la mente humana elaboraba en las profundidades de la consciencia podría dejar emerger tendencias delictivas o perversas, o todo lo contrario. En este sentido, la tarea del terapeuta podía considerarse idéntica a la de un investigador judicial.

Con sus pacientes conseguía verificar las tendencias criminales, pero no los crímenes ya cometidos. E indagar las causas de los comportamientos, más o menos patológicos, de las obsesiones, de las fobias o de las paranoias, habría desvelado al investigador muchas más claves que un vulgar interrogatorio. Si no se trataba de distinguir la inocencia de la culpabilidad, al menos habrían logrado descubrir una serie de indicios significativos que encajaran en un sentido u otro.

Por otra parte, su profesionalidad podría verse en entredicho si llegara a saberse que el ilustre profesor Sigmund Freud había abandonado a sus pacientes y sus investigaciones para dedicarse a recabar pesquisas como un inspector de policía cualquiera. Pero, por otra más, se le requería una total discreción, por lo tanto, a ninguna de las partes le convenía difundir una noticia de ese tipo.

Además, las dos mil liras semanales probablemente incluían el precio de su reserva. Eran más de ocho mil coronas, más de tres meses de sus ingresos, por lo que habría sido lógico mandar al cuerno los escrúpulos. Pero faltaban algunas piezas y esperaba que el papa se las pudiera proporcionar.

—¿Me permitís que os haga alguna pregunta, santidad? Así disiparé mis dudas.

El tono, ligeramente afectado, no pareció inquietar al papa, todo lo contrario, se giró hacia él con las manos unidas.

—¿Por qué yo, precisamente? —Freud se puso de pie y comenzó a caminar de un lado a otro delante del papa, como un péndulo—. Sabéis que soy judío y, por si fuera poco, mis teorías no están unánimemente aceptadas por parte de la cultura académica europea.

—Querido doctor, ¿quién ha dicho que la opinión de la mayoría esté de parte de la razón? Cuando Jesús comenzó a predicar, se burlaron de él y lo tomaron por loco. Sin querer hacer comparaciones con usted, por descontado —se rio con sorna—. Sé lo suficiente, y es que su método, a pesar de ser nuevo, se basa en experiencias antiguas. ¿Acaso Dios no se dirige a nosotros a través de visiones y sueños que deben ser interpretados? ¿Debemos pensar que todos los santos son unos impostores cuando declaran que han recibido mensajes de nuestro Señor durante el sueño? —El papa hizo una pausa, quizá para recobrar el aliento, y Freud se abstuvo de responder que, incluso si se admitía la buena fe de las distintas santa Catalinas, sus diálogos con Dios eran atribuibles en buena medida a la histeria provocada por la ausencia de comida, sueño y sexo.

—Respecto al hecho de que sea judío —continuó el pontífice— y agnóstico, por si fuera poco, es perfecto. Como no católico, no podrá ser influenciado por las simpatías o antipatías por uno u otro de los tres cardenales que someterá a sus pesquisas.

—¿Tres... cardenales?

—Ah, sí, aún no se lo había dicho. Están entre los más papables en el próximo cónclave. —León suspiró—. Y son aquellos que se encontraban en el interior del palacio cuando se produjeron los hechos. Mariano Rampolla del Tindaro, secretario de Estado; Luigi Oreglia di Santo Stefano, decano de los cardenales y camarlengo. En la práctica, es el que asumirá mis funciones en el momento en que yo muera, a falta de un nuevo papa. Y, por último, mi ayudante de cámara, el joven Joaquín de Molina y Ortega. Es solo arzobispo, pero ya es cardenal *in pectore*. Lo sabe porque se lo he dicho yo. De Molina se ocupa de mis amantes secretos.

—¿Cómo decís, santidad?

—Oh, Santo Cielo, es cierto que la malicia está en los ojos del que mira y en los oídos del que escucha. Me refiero a los camareros secretos, son los que se encargan de limpiar mis aposentos. Los reconocerá por la librea violeta con los bordes negros.

Al decir aquella última frase, el papa bajó la mirada y Freud estuvo a punto de disculparse, cuando vio que los labios delgados esbozaban una sonrisa. Endiablado papa, lo había dicho aposta para tomarle el pelo.

—Tengo una última objeción. —Volvió a sentarse y, esta vez, el papa se puso serio—. Mi análisis conlleva una actitud cooperante por parte del paciente, y me pregunto si sus eminencias estarán disponibles y si ya habrán sido advertidos. Es más, querría saber si están al corriente del motivo real por el que serán sometidos al análisis. En caso de aceptar, probablemente me hicieran muchas preguntas.

—Dice el evangelista Mateo: Cuando digan sí, que sea sí, y cuando digan no, que sea no. Todo lo que se dice de más, viene del Maligno

—respondió el papa—. Entonces le respondo que sí a la primera pregunta y no a la segunda. Pero quiero añadir a la primera pregunta que, gracias a Dios, la obediencia todavía es una virtud. En lo que concierne a la segunda, confío en su habilidad para saber convencerlos de que se trata de algo bueno y justo, quizá para su salud mental en este momento de transición. Y me refiero a mi inminente defunción, no solo a la coyuntura política. Incluso su capacidad podría considerarse una virtud. —Aplaudió quedamente, con las muñecas juntas—. Bien, si acepta, mañana a las tres tendrá su primer encuentro. Espero que me perdone, mi único problema es el tiempo, sé que me queda poco, pero ya he tenido de sobra.

Los dos se miraron y se sonrieron. Freud asintió; la decisión estaba tomada. La experiencia que podría recabar con esta investigación, aparte de la compensación económica, sería preciosa, aunque todo quedara entre él y su conciencia.

Al besar el anillo del papa, un gesto que le salió completamente espontáneo, le pareció que se había puesto en la piel del detective inglés al servicio del arzobispo de Canterbury. El mismo Sherlock Holmes, cuya lógica deductiva no parecía tener rival, y al que le habría gustado mucho parecerse. Aparte, naturalmente, de su tendencia misógina, fruto de una homosexualidad latente de la cual, de momento, para su alivio, no había encontrado trazas en su interior.

5

A la mañana siguiente, recién despertado, trató de aferrarse a los retazos del último sueño, antes de que se desvaneciese con los primeros pensamientos. Le habría bastado agarrar uno, porque los demás lo seguirían en una concatenación más lógica que mnemónica. Era como pescar sardinas con las manos: las veía nadar en un banco, giraban vertiginosamente alrededor de la mente y debía estar atento, relajado, aunque concentrado, para evitar que un pensamiento equivocado las espantara.

Ya casi tenía una de las sardinas cuando unos golpes en la puerta fueron como la llegada de un tiburón: el banco de peces se diluyó y Freud abrió los ojos. La sábana de lino blanco sobre los dedos gordos de los pies los asemejaba a dos montañas nevadas, gemelas, y de la rabia movió los pies para provocar una avalancha. Volvió a oír que llamaban, el recuerdo de los sueños se había desvanecido. Miró el reloj: las ocho.

—¿Quién es? —gritó, molesto.

—Soy su limpiadora, doctor Freud, ya son las ocho.

No le había pedido a nadie que lo despertara, pero si estas eran las pésimas costumbres del Vaticano, más le valía acostumbrarse.

—Adelante, está abierto —dijo con más amabilidad.

La puerta entreabierta dejó entrever una cofia azul que se asomó a derecha y a izquierda para después retirarse. Unos instantes después hizo su entrada una bandeja que llevaba la mujer de la cofia. Freud solo consiguió ver su ropa, un delantal blanco encima de un vestido azul, y la impresión general que le dio fue que estaba bajo la tutela de la Cruz Roja. Cuando la mujer se giró, además de distinguir un mechón de cabello negro que se escapaba de la cofia, notó que faltaba el símbolo en la pechera, adornada solo con un crucifijo de oro.

—Buenos días, doctor Freud, ¿ha dormido bien?

—Sí, hasta que me he despertado, querida señora.

Vio que depositaba la bandeja en el escritorio y poco después le llegó un olor a café tan fuerte que se le revolvió el estómago. Para estabilizarlo agarró el medio Trabucco que había dejado en la mesilla de noche, lo encendió y exhaló una larga bocanada mientras el fósforo aún ardía.

—Ay, el tabaco —dijo la mujer, todavía de espaldas—. Si Dios hubiera querido que el hombre fumase lo habría creado del fuego. Por cierto, no soy una señora, soy Maria.

—Le pido disculpas, sor Maria —respondió Freud con los dientes apretados—. El tabaco es el único vicio que me permito y me costaría demasiado renunciar a él.

La mujer se giró, se llevó las manos a las caderas y se echó a reír de buena gana.

—Querido doctor, usted fume todo lo que quiera, es más, perdóneme por mi sinceridad, a veces no sé tener la boca cerrada. Pero se ha vuelto a equivocar. No soy monja, lo que soy es madre, eso sí, pero en el sentido de que tengo una hija. También soy católica, apostólica, romana y abandonada por mi marido, que Dios lo tenga en su gloria allá donde esté. Y seré su limpiadora mientras nadie me ordene lo contrario.

Unos golpes suaves en la puerta le evitaron a Freud tener que contestarle a la mujer y, sin esperar a que lo invitaran, Angelo Roncalli entró en la habitación. Durante el tiempo que tuviera que pasar en Roma ya podía olvidarse de la privacidad austríaca. Aquí todo el mundo entraba y salía libremente, más que en el Vaticano tenía que recordar que estaba en Roma. Mientras el diácono le trasladaba los buenos días del santo padre, Freud, con el rabillo del ojo, vio salir a Maria y pensó que ya podía levantarse. Por las bromas que intercambió con Roncalli, comprendió que estaba al tanto de los detalles de su encargo.

—La primera entrevista será a las 15 horas —dijo Roncalli leyendo una nota—. La tendrá con el reverendísimo arzobispo monseñor Joaquín de Molina y Ortega. Aquí tengo un informe sobre él, se lo dejo sobre el escritorio. He pedido que preparen un estudio en la habitación contigua donde recibirá a sus eminencias. Si desea realizar alguna modificación, haga sonar aquella campanilla. —Le señaló un pesado lazo de terciopelo que pendía junto al escritorio—. Está directamente conectada con mi habitación. Si desea salir hoy por la mañana, Augusto está a su disposición, al igual que el coche, al igual que este permiso, completamente necesario, para entrar y salir libremente del reino de Italia. ¿Quiere preguntar alguna cosa? Le ruego que lo haga con total libertad.

Tenía un centenar de cosas que hacer, pero Freud solo le pidió que telegrafiase al doctor Adler para avisarle de que su estancia en Roma duraría más tiempo del que había previsto. Después de dictar el texto del telegrama a Roncalli, este se fue por donde había venido y por fin Freud se quedó solo. A su colega también le había pedido que le enviara urgentemente su polígrafo que, en aquellas circunstancias, le sería de gran utilidad. Aquella maquinita sencilla que revelaba las diferencias entre los latidos cardíacos y era capaz de trasladarlas al papel: en muchas ocasiones le había resultado muy eficaz para sacar a la luz mentiras y miedos.

Había elaborado un método según el cual, al comienzo dejaba que el paciente se sintiera cómodo con una serie de preguntas inofensivas y después comenzaba a interrogarlo por sus costumbres y por sus recuerdos, hasta conseguir comenzar a lanzarle palabras sencillas a las que debía responder sin pensar con lo primero que le viniera a la cabeza. Desde lo más hondo del inconsciente surgía la verdad y, si la mente racional trataba de sofocar esta fuerza liberadora, las dos pulsiones entraban en conflicto y el pulso se aceleraba. Simple.

La primera vez que la había visto en funcionamiento le había sentado fatal no haberla inventado él. Su única contribución consistía en una ligera modificación de la aplicación de Molso y Lombroso. Estos italianos, siempre en medio. A decir verdad, en el ámbito científico eran unos visionarios. Tampoco es que el polígrafo fuera decisivo para el método psicoanalítico, pero le había proporcionado indicios interesantes a menudo. Y, como decía el culto Sherlock Holmes, un indicio es un indicio, dos son una sospecha y tres, una prueba.

Cuando le resultó posible, en las horas siguientes, telegrafió personalmente a Martha para contarle la situación de asedio en la que vivía y que la decisión de permanecer en Roma derivaba de la cuantiosa contrapartida económica. La única nota afectiva que consiguió comunicar a través del empleado de la oficina postal del Vaticano fue un beso colectivo para ella y sus seis hijos. Algo escaso, sabiendo la importancia que tenía su presencia para todos ellos. Al menos eso esperaba.

Antes o después habría podido afrontar, al menos ante sí mismo, esta incapacidad suya o su falta de voluntad para transmitirle amor. La quería, a su manera y sin duda alguna: era la madre de sus hijos, no le cabía duda de que él era el padre, y no solo por el parecido físico. El motivo por el que llevaba un tiempo distanciado de ella todavía le resultaba desconocido, pero, por desgracia, como solía repetir, no había ningún doctor Freud que le ayudara a salir de aquel bloqueo psicológico. Y no podía tomar ejemplo de casos similares, porque cada uno es independiente, no existe el psicoanálisis de masas.

Las escasas veces, cada vez más infrecuentes, que hacía el amor con Martha, siempre se retiraba al final con una especie de vergüenza, como si se sintiera culpable. El hecho de poseer a la hembra, en lugar de liberar en él un grito bestial, lo hacía huir como el macho de la viuda negra, como si temiese que ella pudiera vencerle. La hipótesis más probable era que, de alguna manera, aún era víctima del complejo de Edipo, proyectado en Martha, a la que identificaba con su madre.

O quizá todo dependía sencillamente del hecho de que en la vida matrimonial las relaciones sexuales satisfactorias solo duran unos años. Y más aún desde que las evitaban durante los intervalos necesarios a causa de la naturaleza enfermiza de su esposa. A fin de cuentas, quizá el matrimonio no fuera más que un pacto social nacido para refrenar el impulso sexual y evitar conflictos entre los machos dominantes, como les sucedía a los animales. Debería haber reflexionado sobre aquel concepto y trasladarlo a su esfera individual: el autoanálisis era uno de los deberes específicos del terapeuta. Lo haría cuando regresase a su austera Viena: ahora estaba en la Roma solar.

En la habitación adyacente le sorprendió la precisión con la que habían reconstruido la apariencia de su consulta. Una alfombra persa y mullida recubría en toda su extensión una otomana adosada a una pared, con algunos cojines desperdigados en un falso desorden. El sillón que estaba destinado a él también estaba apoyado en la pared, de manera que quien se tumbase en el diván no lo vería y solo escucharía su voz. Todo como en su consulta, era increíble.

En efecto, se decía que el Vaticano utilizaba una serie de agentes secretos imposibles de detectar y que su policía era la más eficiente del mundo, más aún que la Ojrana rusa. En cualquier caso, que hubieran indagado sobre él en Viena, en su despacho, para reconstruirlo con todo detalle anticipándose a su visita, le pareció cuando menos extraño, aunque en parte se enorgullecía.

Escoltado por Augusto, a quien solo se dirigía para darle indicaciones por no distraerlo en su supuesto voto de silencio, Freud recaló en su primera etapa romana en un estanco próximo a la fantástica fuente del Tritón, algo completamente distinto a la copia vulgar de Núremberg. Se detuvo un segundo para admirarla: hasta el 1600, toda Europa había copiado a Italia, después las armas habían marchitado el arte también.

En aquella tienda invadida por los aromas del tabaco se sentía como un niño rodeado de juguetes. Por primera vez en cuarenta y siete años no se sintió culpable por gastar más de ochenta liras en una selección de cigarros, y casi diez en una caja de cedro libanés para guardarlos. En el coche se dio el gusto de encenderse un perfumado Monterrey y en el bolsillo de la chaqueta se guardó un robusto Santa Clara, de hoja mexicana, ideal para la sobremesa.

Hacía un día caluroso, y en Via della Scrofa detuvo al coche junto a una fuente, donde se refrescó. La forma de la misma le recordó a un sarcófago romano: probablemente en tiempos lo hubiera sido.

No se atrevió a invitar a comer a Augusto, que no había abierto la boca durante todo el trayecto, y se citó con él en una hora, el tiempo justo de pasear un poco por aquella antigua vía romana y detenerse bajo la pérgola de una *trattoria.* Siguiendo la recomendación del posadero, pidió los *rigatoni* picantes con salchicha y queso pecorino y una ración de rabo de buey a la Vaccinara, a la que añadió una buena dosis de pimienta negra. Todo regado con un vinillo fresco, quizá demasiado delicado para su paladar de fumador.

A las dos y media el estudio estaba ya impregnado del humo de un delicado Fonseca que tenía un deje de miel, un olor que juzgó como el menos agresivo para su primera entrevista.

El fantasma del fracaso se había aparecido con la primera digestión, por su culpa sudaba sin moverse siquiera. La verdad es que no había inventado el psicoanálisis para aplicarlo a la investigación criminal. Aunque la naturaleza reservada de su encargo lo mantenía a salvo de críticas y escarnio, en caso de fallar su orgullo se vería afectado, y quizá también su autoestima. Le habría disgustado mucho a aquel hombrecillo simpático que era el papa. Se diría que poseía las cualidades del armiño: la piel suave capaz de cambiar de color con las estaciones, los ojos avistados, una gran capacidad de adaptación, pero también un morro capaz de matar al instante a una bestia tres veces más grande.

Estaba convencido de que, a pesar de deberle obediencia al santo padre, sería igualmente difícil que los cardenales le dejasen indagar espontáneamente en los meandros de su psique, que se expresaba a través de los sueños. Estarían como mínimo recelosos, o directamente mentirían. Y acostumbrados a los embustes típicos de los curas, quizá el polígrafo resultara inútil, cuando no contraproducente.

Según el reloj faltaban dos minutos para las tres. Freud echó un último vistazo a la disposición de la consulta. En un arranque de inspiración, colocó rápidamente dos sillones delante de la otomana, para darle oportunidad de sentarse al cardenal y, después, llegado el caso, de tumbarse. Una aproximación más delicada, más diplomática, podía surtir mejores frutos. No se sentía tan nervioso desde que se presentó al examen de la licenciatura.

La puerta se abrió sin que nadie llamara y Angelo Roncalli, con la cabeza gacha, pronunció el nombre de Joaquín de Molina y Ortega precedido por los cargos correspondientes. A pesar de haber leído en el informe que era un hombre joven, Freud se quedó atónito al ver su aspecto, casi aniñado, pese a una calvicie incipiente. No tenía ni una arruga en el rostro y ningún cerco oscuro bajo los ojos, de los que a veces encontraba en sus estudiantes: las trazas de una noche de estudio más que de desenfreno sexual, como mucho, masturbatorio.

Sin embargo, lo que más le preocupó fue la ausencia de expresión en su rostro, ni una arruga en la boca, ni un movimiento de las fosas nasales, como si fuese un consumado jugador de *whist*. Le tocaba a él adelantarse para entender cuál sería la atmósfera de su primer encuentro.

—Eminencia —le dijo, tendiéndole la mano—. Es un placer conoceros.

Fue consciente al momento de haber utilizado un título que no le correspondía, y esperó que De Molina y Ortega no adivinase que él conocía su cargo *in pectore*. El prelado, retirándose el mantelete, le estrechó la mano vigorosamente y un segundo más de lo habitual.

—Espero poder decir lo mismo al final de este encuentro —respondió mirando a su alrededor—. En cualquier caso, esto no cambiará mi disposición a obedecer las órdenes del santo padre.

—Yo también lo espero —contestó Freud. Estaba a punto de invitarle a sentarse en el sillón, cuando vio que cerraba los ojos y movía los labios en una oración silenciosa. Dejó que terminara.

—Antes de cada novedad siempre rezo una plegaria —dijo De Molina y Ortega—. Como cuando pruebo la fruta de temporada, el primer albaricoque o la primera cereza, que brotan en el mes de la

Virgen, y murmuro una oración en su honor. Ahora estoy listo. ¿Prefiere que me siente en el sillón o que me tumbe en el diván?

Las escaramuzas habían comenzado. Freud tenía que recordarse que era él quien llevaba las riendas y evitar el clásico error de dejarse condicionar por el paciente. No habría sido nada fácil inducirlo a una transferencia positiva en sus encuentros para darle la posibilidad de confiar en él plenamente. No se trataba de un simple cliente que acudía a él para que lo ayudara a superar sus neurosis, sino de un hombre consciente de su deber de obediencia. Es más, era un animal que se movía en su territorio y él representaba un competidor, cuando no un cazador que convenía evitar.

—Acomodaos donde más a gusto os sintáis —respondió.

De Molina y Ortega se tumbó en la otomana y cruzó las manos sobre el pecho, quien sabe si ya conocía el funcionamiento de las sesiones de psicoanálisis. La postura relajada parecía indicar que no había tenido experiencia con ellas previamente. Según había leído en el dosier, a pesar de su juventud, el cardenal había viajado por todo el mundo y podría haber conocido a algún émulo de su método. A Freud no le quedó más opción que sentarse en el sillón apoyado contra la pared. Del otro no veía más que el cuerpo relajado, terminado en un par de zapatos de negro lustroso con hebilla de oro, y calcetines rojos. Se aclaró la voz y apoyó el cigarro encendido en el cenicero de pie que alguien había añadido oportunamente esa mañana al decorado.

6

—En primer lugar, le agradezco su disponibilidad —comenzó Sigmund Freud—, y le quiero asegurar que todo cuanto se diga y se escriba en estas sesiones está protegido por el secreto profesional.

La segunda frase pertenecía a sus fórmulas rituales, que además de advertir sobre el secreto, servían para tranquilizar al paciente y dotarlo de un estado de ánimo más sereno. Sin embargo, apenas la pronunció, se dio cuenta de que no podría mantener el juramento, no con el papa. Al mismo tiempo vio que a De Molina y Ortega le temblaba ligeramente el pecho, como si riera, pero desde donde él estaba no podía verle el rostro y no podía estar seguro.

—Doctor Freud. —La voz plácida de De Molina resonó como el *Ave María* de Schubert—. Yo solo temo al juicio de Dios. He reflexionado acerca del tema porque Él es mi conciencia, un lugar donde continuamente discuten el bien y el mal. No me fio pasivamente de su voluntad, sino que dialogo con Él, con la humildad del alumno que pregunta y que responde cuando se le cuestiona. Pero creo que usted quiere saber otra cosa de mí. Los sueños, ¿no es cierto?

Freud lo dejó que siguiera, sin confirmar ni desmentir nada. Lo importante era que hablase.

—Hace algunas semanas —dijo De Molina contemplando un punto en el techo— tuve un sueño. Me encontraba en un país desconocido, junto al mar, y era mi cumpleaños. Un hombre y una mujer, personas a las que conozco, pero con las que no tengo confianza, me llevaban lejos con gran esfuerzo, quizá en brazos, no lo recuerdo bien, rogándome que mantuviera los ojos cerrados. En cuanto los abrí, volví la vista al cielo nocturno y vi una masa de estrellas de colores que giraban como si las moviera el viento. Yo miraba fascinado aquel espectáculo terrible, pero no me atemorizaba, y sentía gratitud por aquellos que me habían llevado a gozar de una visión de aquellas características. Después noté que había aparecido una estrella pequeña y luminosa que desaparecía dentro de una nebulosa roja como un náufrago en mitad de las olas y sentí el deseo de protegerla.

La estilográfica de Freud se detuvo en la última coma y se quedó a la espera de escribir el final.

—Después de esto me he despertado —concluyó De Molina—. Espero haberle sido de utilidad, doctor.

La naturaleza de la sesión debía ser completamente la contraria. Debía ser él quien ayudara a los que escuchaba. Para evitar suspirar, dejó caer la ceniza compacta del Trabucco que seguía fumando en el cenicero e inspiró con fuerza, reavivando la brasa. Subrayó algunos conceptos en los que le parecía interesante profundizar, como la pareja que había llevado a De Molina, el sentimiento de gratitud, la estrella luminosa y el deseo de protección. En la práctica, casi todo el sueño.

—Monseñor De Molina...

—Llámeme Joaquín. A juzgar por los encuentros que mantendremos, creo que puede facilitar la comunicación.

Ahí estaba la primera señal de transferencia, la predisposición natural del paciente en los encuentros con el analista. Había llegado demasiado rápido, podía esconder una inclinación fingida, próxima a la mentira. Además, el hecho de comenzar a contar el sueño sin que se lo hubiera pedido sugería una especie de *captatio benevolentiae*, una manera hipócrita de granjearse su simpatía. A menos que De Molina no conociese de antemano el método que él había inventado y hubiera querido facilitarle la tarea, superando con un arranque de generosidad el momento siempre delicado del primer acercamiento. Por otra parte, no debía dar por descontado que el sueño fuera una patraña.

Al margen de cualquier motivación que hubiera impulsado a De Molina a dar tal muestra de confianza, el hecho ya era lo bastante singular de por sí, y Freud lo anotó en un ángulo del cuaderno. Podía tratarse de una declaración patente de homosexualidad, muy común entre los sacerdotes que había conocido. O también una trampa para sondear sus reacciones.

—Será un placer, Joaquín —respondió.

Evitó adrede devolverle el gesto. Ya fuera por mantenerse alejado de un exceso de familiaridad en el futuro, ya porque la disposición de De Molina podía esconder la condescendencia típica que un superior entabla con un inferior, a pesar de que el otro era mucho más joven que él. Era casi una especie de arrogancia que, en los sujetos acostumbrados al poder, como algunos nobles y empresarios, resultaba natural, y a menudo había encontrado una correspondencia con los abusos de carácter sexual perpetrados a costa de los criados y los trabajadores.

—¿Se acuerda, Joaquín, de si el día anterior al sueño se encontró con alguien en particular o si se vio afectado por algún hecho insólito?

—¿A qué se refiere con *particular*, doctor Freud?

—No tuvo por qué ser excepcional —contestó—. Quizá solo distinto a la rutina cotidiana.

De Molina hizo como que se lo pensaba a conciencia y solo después negó con la cabeza.

—No, que yo recuerde, pero lo pensaré. ¿Desea que le cuente otro sueño?

En algunas ocasiones, con algún que otro paciente, Freud se había comparado con Moisés cuando divide las aguas del mar Rojo, sacando al descubierto del fondo marino las pulsiones más secretas y arraigadas en la mente. En aquel momento, por el contrario, se sentía investido de la paciencia teologal del santo Job, un personaje por el que no sentía ni estima ni afecto. Como el agricultor que, cada vez que intenta clavar la azada para cavar una patata, se da cuenta de que su diligente aprendiz la saca solo con las manos y se la muestra satisfecho. Ese era el objetivo, sacar el tubérculo del inconsciente, y le molestaba sobremanera que el otro se anticipara y, por tanto, frustrara su esfuerzo.

—¿Más o menos reciente que el anterior? —le preguntó Freud.

Había formulado aquella pregunta para darse importancia, sin que realmente la tuviera. Seguir la sucesión temporal de los sueños era una pista falsa, porque los sueños no se suceden en una línea recta, sino más bien circular, y mientras su significado no salga a la luz y se sublime, se convierten en algo recurrente y continúan reproduciéndose mediante patrones completamente ilógicos.

Pero solo en apariencia, porque la lógica de los sueños es distinta de la de la vigilia. Tan distinta como la lógica humana de la canina, como le había intentado explicar sin mucho éxito a su pequeña Anna. Esta solía gritarle a la terrier que tenían en casa y después, arrepentida, la mimaba. Él le había dicho más de mil veces que, de esa manera, el pobre animal entraba en conflicto y nunca sabía si había hecho algo bien o mal.

—Perdone, ¿cómo ha dicho? —preguntó Freud, que se había dejado llevar una vez más por el hilo de sus razonamientos.

—Más reciente, doctor, el sueño es de hace unos días, pero solo recuerdo algunas imágenes. Muy embarazosas, a decir verdad.

—Continúe, se lo ruego.

—Estaba conversando con el papa, pero no paraba de llamarlo padre Pecci, por su apellido, no su santidad, el título que le corresponde. Esto me provocaba una sensación desagradable de incomodidad, también porque el santo padre me observaba con una expresión de reproche muda y dulce. Eso es todo.

Das ist Alles? Ach, komm! Su lengua materna resonó en su cabeza como el restallido de una fusta. Venga ya, ¿cómo que eso era todo? Había más material en este sueño que en el otro, probablemente estaba condicionado por algún acontecimiento externo.

Había llegado el momento de hacer una pausa, también porque quería ponerse a analizar el material de inmediato. La próxima vez encontraría una manera de bajarle los humos al bueno de Joaquín de

Molina y Ortega, arzobispo y cardenal *in pectore*, una actitud camuflada de una amabilidad demasiado afectada.

León XIII se quitó el auricular. Aquel aparato le pesaba más que los achaques de la edad y, con todos aquellos cables, parecía que le había salido en el mentón la barba de los judíos. Con una buena trompetilla apoyada en la rejilla habría oído igual todo lo que decían Freud y De Molina. Con estas moderneces todo quedaba grabado, pero a menudo se preguntaba si eran de fiar.

Se acarició la nariz y se dedicó a algo más placentero y doloroso al mismo tiempo: sus amadas poesías. El canónigo de la catedral de Perugia, don Severi, había combinado varias de las suyas y había traducido del latín esos hermosos dísticos que había compuesto en honor a Celestino V. Es posible que en los años venideros se leyeran los poemas del otro, no su original, y todos le habrían atribuido ese italiano tan viejo, áulico y pomposo. ¿Cómo es posible escribir tantas estupideces seguidas: *¡Oh! ¿Qué pensar magnánimo / aviva tu voluntad / a despojarse la cabeza / de la tiara papal? Tal deseo te embarga / de vivir siempre a Dios*, con ese dativo erróneo, ya fuera en el sentido gramatical o en el teológico? Las traducciones, cuanto más simples, más bellas son, siempre que se entiendan. Bastaba decir: *Te apresuraste a desprenderte de la tiara, oh, Pedro, para acercarte a Dios como era tu anhelo.* Habría sido un yámbico un poco trocaico, a la griega, y encima con rima: no hacía falta mucho para evitar ese abominable lenguaje.

Guardó *Il Paese* junto a las demás revistas e hizo sonar la campanilla. Roncalli, que estaba leyendo con pasión algunos versos del *Cantar de los Cantares* detrás de la puerta del despacho del papa, llegó antes de que León pudiera tomar aliento.

—¿Sabes qué tal van las cosas con el doctor austríaco?

—Santidad, todavía es muy pronto para saberlo.

—No es eso —se rio León—, me refería a si las grabaciones funcionan, no me queda claro si estas maquinarias modernas son un invento del diablo o un regalo de nuestro Señor.

Roncalli se persignó.

—Probablemente no sea ni lo uno ni lo otro o las dos cosas a la vez, santidad. —Lo ayudó a levantarse del sillón—. Depende en gran medida del uso que se le dé. Pero parece que sí se graban.

León giró la cabeza hacia un lado y lo miró mientras Angelo se afanaba a su alrededor para colocarle el cíngulo, que se le había arrugado alrededor de la cintura, y la muceta de raso, que se le había arrugado por la espalda.

—¿Sabes que tienes razón, Angelo? Yo creo que si hubieran inventado el fonógrafo hace dos mil años, ahora oiríamos la voz de Jesucristo. Sería algo muy hermoso, pero tendríamos que estar atentos a la traducción. Si hasta los sacerdotes se equivocan cuando traducen del latín, quién sabe cómo se les ocurriría a los cardenales traducir la lengua de Jesús. Bien, ahora vayamos a dar un paseíto por el jardín y a rezar.

En el tercer piso, una mano delicada descorrió un visillo y detrás de él apareció el rostro alargado y demacrado del cardenal Oreglia di Santo Stefano. Se llevó unos quevedos a la nariz y observó los pasos vacilantes de León XIII, que se ayudaba de un bastón. En poco tiempo aquel largo pontificado se terminaría y a él, como camarlengo, le esperaba una breve regencia, brevísima en el caso de que todo saliera como era debido. Hacía falta una mano fuerte para devolverle al papado su esplendor. La gente necesitaba una figura autoritaria, no solo alguien autorizado, que la guiase, la enseñara y a la que prestar obediencia bajo cualquier circunstancia, ya fuera en la esfera privada, social o política. De hecho, ese alguien era él, o Rampolla.

No solo había expirado el tiempo de León, sino que también había sido el responsable de más de un desastre, como su obstinación en buscar un compromiso con el reino de Italia o, peor aún, esa bendita encíclica que les había dedicado a los trabajadores. En lugar de buscar cómo promover una vía de entendimiento entre estos y sus patrones, la *Rerum Novarum* lanzaría antes o después a los católicos a los brazos del socialismo, y tanto el orden público como la moral acabarían devastados.

Todos hablaban de la decadencia física del papa, pero nadie se preocupaba de su senilidad, como su última extravagancia, someterle a él, a Rampolla e incluso al joven De Molina al escrutinio de un médico judío y ateo, venido ex profeso desde Viena. Con qué intención lo sabía él y puede que también Dios. Se decía que aquel método sacaba a la luz las causas de las pasiones más profundas, liberando así la consciencia. Algo absurdo; era como querer liberar a la bestia que habita en el hombre, consentir que Satán saliera al descubierto. Con este sistema se ponía en duda el propio sacramento de la confesión, el único método verdadero para liberarse, dictado por Dios a los hombres para liberar a la consciencia de sus demonios.

Por suerte, los síntomas ya eran evidentes y León no escondía que se disponía a abandonar este mundo y la tiara papal. Al cumplir los noventa años, Oreglia le había propuesto la posibilidad, recogida en el derecho canónico, de renunciar al solio pontificio. Un acto por el que, como le había subrayado, habría pasado a la posteridad igual que el beato Pietro da Morrone, Celestino V, que había hecho historia solo por su asombroso gesto. No obstante, León lo había despedido con su ironía habitual, y tras señalar el cielo con el índice, le había asegurado que no tenía duda de que faltaba poco para que lo llamaran para una tarea más ligera. Por esa misma razón, todos debían ser un poco pacientes.

Quizá el jefe se había olvidado de su promesa, porque habían pasado tres años desde aquello. Pero ahora sí que faltaba poco, después, los pájaros que hasta entonces se habían dado un festín en su mesa serían expulsados por el nuevo halcón y los pretendientes más jóvenes y ambiciosos tendrían que exiliarse hasta que sus plumas negras se volvieran tan blancas como las suyas.

Satisfecho por la analogía entre hombres y pájaros que había elaborado, el cardenal Oreglia abrió la ventana y se asomó para observar, sin ser visto, los andares pausados del papa, que ya se había cansado a pesar de lo corto del trayecto entre los parterres y de la ayuda de su cámara, el desconocido Roncalli, cuyo único mérito era ser el mejor de su clase en el seminario pontificio. En el momento oportuno, tendría unas palabras con monseñor Spolverini, el vicerrector, del que no se fiaba. Le habría pedido que atara en corto a aquel mozalbete arribista, que aprendiera lo que es la fusta, para recordarle que la templanza es una virtud y la soberbia el mayor de los pecados.

Cerró la ventana en cuanto oyó que llamaban a la puerta con un golpe seco que reconoció. Respiró hondo.

—Adelante, eminencia —dijo, todavía de espaldas.

Los pasos de Mariano Rampolla del Tindaro, acostumbrado a llevar pesados zapatos de cuero incluso en verano, resonaron en la habitación y en los oídos de Oreglia, y le llegó hasta la nariz el olor punzante a grasa fresca de foca. Observó los zapatos de Rampolla, tan lustrosos que reflejaban la luz que entraba por la ventana.

—¿Qué noticias hay, secretario de Estado? —preguntó Oreglia—. ¿Declaramos la guerra a Austria, a Francia o prestamos juramento a su alteza italiana, el rey enano?

—Observo con agrado que el decano siempre tiene ganas de bromear —respondió Rampolla torciendo el gesto.

Oreglia se llevó la mano derecha a la frente y cerró los ojos, casi afectado por un súbito dolor de cabeza, algo que le sucedía a menudo.

—La edad y la situación actual nos conceden pocos placeres, y el humor, que invita a la sonrisa y no a la risa, es uno de los pocos que me concedo. Por desgracia, hay pocas ocasiones en las que nos lo podamos permitir.

Una risotada se hizo eco de sus palabras.

—*Risus abundat in ore stultorum*, tienes razón, y en estos tiempos hay alguno que se ríe mucho y se revela como un necio, además de desmedidamente anciano. Pero ese no es mi caso. La excepción confirma la regla, ¿no crees?

—Esto no es humor, es sarcasmo, y si supiera a ciencia cierta que te refieres a cierta persona, me preocuparía por tu alma.

—Sandeces, recuerda mejor que *sarkasmòn* en griego se refiere a aquel que desgarra la carne, y la nuestra ya lo está desde hace mucho tiempo.

Rampolla no perdía ocasión de lucir su erudición, y Oreglia aplaudió levemente para dar por terminada la conversación. Después lo miró de reojo.

—Pronto terminará. Lo sé, también estos huesos viejos lo notan.

—Se habrá cumplido la voluntad de Dios.

Ambos se observaron un instante, esperando que el otro abordara el asunto que a los dos afectaba. La edad dio paso al cargo.

—No me gusta abrir la caja fuerte de mis pensamientos a un desconocido —dijo Oreglia, después de mirar a su alrededor, como si quisiera asegurarse de que también la sombra de su secretario se hubiera disipado—. Y menos judío y ateo.

—Ni a mí tampoco —respondió Rampolla—. Sin embargo, un alma inocente no debería tener nada que temer.

—Con todos mis respetos por el secretario de Estado —contestó Oreglia, ceñudo—. Nadie puede permitirse tirar la primera piedra.

Un cigarrillo de forma ovalada apareció entre los dedos de Rampolla y, poco después, el secretario exhaló una nube azulada y dulzona por la boca.

—La verdad es que estos Fatima tienen el perfume de Egipto. Qué hermoso nombre para una marca que hace publicidad de un vicio: ¡el nombre sagrado de la hija de Mahoma!

Oreglia se giró de golpe hacia él y le señaló con el índice. El otro lo recibió con una sonrisa.

—¡Vamos, Luigi! Acabas de decirme que te encanta bromear, yo no he hecho más que seguir tus huellas, mi ilustre decano.

Oreglia abrió los brazos y asintió varias veces, en un gesto de capitulación, no de aprobación.

—Será por eso por lo que mereces tu cargo de secretario de Estado. —Se quedó un instante en silencio y se mordió los labios exangües antes de proseguir—. Y sé bien que quizá te aguarde otra tarea, mucho más importante.

—*Onus est honos*, los honores conllevan un gran peso —explicó Rampolla haciendo chasquear la lengua.

Al otro le habría encantado contestar con un apropiado proverbio en latín, pero en ese momento no le vino ninguno a la cabeza. Así que se acercó al bargueño donde guardaba un licor de café delicado, su vicio secreto, y llenó hasta la mitad dos copitas de cristal rojo de Bohemia, del mismo color que la bebida. Los dos se sentaron en sendos sillones de cuero.

—¿No tienes vino Mariani? —preguntó Rampolla, observando la preciosa copita de cristal engarzado en plata.

—No hay duda de que te estás preparando para ser papa.

—Confieso que adoro el Mariani. Será por esa maravillosa sustancia que contiene, cocaína de Perú, pero nunca he probado un tónico mejor para el alma y para el cuerpo. Pero este licor también está rico, viejo y sabio como tú. Por cierto, o si prefieres, a propósito —cambió de tono—, ¿cómo vamos con el cónclave?

—Circula el nombre de Gotti, y también que yo lo apoyo en secreto, un rumor que ni confirmo ni desmiento. Por eso tendrá una primera fumata, pero sin llegar al *quorum*. De esta manera —concluyó casi con tristeza—, su candidatura quedará anulada.

—Yo estoy dispuesto a aceptar la cruz. —Rampolla vació el contenido de la copa de un trago—. Siempre que el Señor no tarde demasiado en acoger en su seno el alma del nuestro. ¿Quién más entra en liza? ¿Y León, qué dice?

Oreglia apuró con avidez la última gota de licor.

—Las simpatías por De Molina y Ortega aumentan. Aunque es una hipótesis descabellada, solo tiene treinta y ocho años, no sabe nada de la vida y de lo que sucede tras estos muros. Y es León quien lo alienta. Dice que el Espíritu Santo no conoce de edades y que, por su juventud, podría garantizar un largo periodo de estabilidad. En esto De Molina es hábil, se mantiene al margen, pero tiene de su lado a los españoles, de los que no te hiciste muy amigo que digamos cuando eras nuncio apostólico en Madrid. Eras demasiado severo a ojos de esos hidalgos*. Y De Molina también gusta entre nuestros mayores, que lo ven como un hijo.

Rampolla se mordió el labio y dio un taconazo contra el suelo, que vibró ligeramente.

---

* En español en el original (N. de la T.).

—Es preciso investigar sus posibles debilidades —replicó con sequedad—. Es demasiado joven para comprender que la moderación es la primera regla.

—Eso es justo lo que estoy haciendo.

—Encuéntralas, y será como lanzar un ratón en mitad de una gatería. ¿Lo has visto alguna vez? No le dan caza, se pelean entre ellos.

—Pero así el ratón consigue huir —observó Oreglia, con el pecho hinchado.

—Exactamente. —Le sonrió Rampolla—. Por Dios bendito, tampoco lo queremos muerto, solo queremos que se marche. Una nunciatura en Sudamérica podría representar un importante paso adelante en su carrera.

—*Promoveatur ut amoveatur*, que ascienda con tal de que se aleje. Por ahora siempre ha funcionado, Dios mediante.

Por fin, Oreglia había tenido la satisfacción de encontrar él primero una frase en latín que encajara y, en aquel momento, tocaron a vísperas. Así pues, Rampolla, hijo de los condes del Tindaro, después de haber abrazado y besado en las mejillas a Oreglia, de los barones de Santo Stefano, salió sin añadir nada más.

Una vez a solas, Oreglia se puso el birrete rojo jaspeado: Rampolla ya estaba listo para calarse el blanco, el del papa. Le daría su apoyo, pero solo cuando hubiera perdido la esperanza de ponérselo él.

7

En la mesa todavía humeaban los huevos revueltos y las dos salchi-chas que la estupenda Maria había pedido que le preparasen, o quizá se había encargado ella misma. Mientras esperaba a que se le enfriasen, Freud subrayó a lápiz una frase del gran Goethe leída en *Las afinidades electivas*, uno de los libros que se había traído de Viena. Era verdade-ramente extraordinario observar cómo, en algunos casos, aquellos que cultivan el arte del pensamiento, a pesar de partir desde puntos diame-tralmente opuestos, llegan a las mismas conclusiones.

Era la tercera vez que lo leía, pero aquel pasaje siempre le había pasado desapercibido. *Un hombre que se precie de no cambiar nunca de opinión es un hombre que se empeña en caminar siempre en línea recta, un necio que cree en la infalibilidad.* Genial. Porque el hombre de por sí está hecho de curvas, de sinuosidades, de claros y de oscuros. Todo cambia y está en movimiento, las emociones bullen en el áni-mo como lava en la boca de un volcán, y el hombre obcecado en sus convicciones, si es que las tiene, no es más que un mentecato.

Contento con aquella comparación tan afortunada, que anotó en el libro rápidamente, Freud cató satisfecho el Reina Cubana; su sa-bor dulzón se adaptaba a aquella mañana soleada, pero templada por una brisa ligera que circulaba en su habitación, alimentada por las dos ventanas abiertas.

Durante una clase en la universidad el mes anterior, había seña-lado las dificultades que encontró en la elaboración de sus teorías psicoanalíticas y el difícil recorrido entre confirmaciones y desmentidos, siempre en busca de la verdad científica. Un estudiante provocador le había interrumpido para preguntarle si no creía que todas las respuestas y las soluciones pudieran encontrarse en la Biblia.

Una pregunta peligrosa, porque en el ambiente católico y tradicionalista de Viena un simple no podría haberle sometido a él y a sus teorías a un escrutinio indeseado, y un sí habría equivalido a abjurar de todo en cuanto creía. Así pues le había rebatido que las certezas eran el paraíso de los estúpidos, para hilaridad de toda el aula, y había retomado la lección. En la práctica, el mismo concepto que había expresado Goethe, lástima no haber nacido un siglo antes que él.

Cuando Maria entró para limpiar la habitación, Freud tenía la satisfacción pintada en la cara.

—Le veo de buen humor, doctor. A quien madruga Dios le ayuda, aunque haya que trabajar, la alegría está asegurada.

—Buenos días, Maria. Gracias por el desayuno. Es excelente.

—Es un placer, doctor; por fin puedo cocinar algo. Aquí solo huele a sémola. La buena comida alegra la vida y nos hace ser mejores. Pero quizá lo molesto con mi cháchara.

Sigmund Freud se quitó las gafas. Lo cierto es que no estaba acostumbrado a oír hablar a una mujer, una excepción que hacía con sus numerosas pacientes. Martha, su mujer, no poseía el don de la locuacidad, por suerte, y con las hermanas hacía tiempo que no tenía relación. Quizá con el tiempo hablaría con sus hijas, pero solo cuando fueran lo bastante mayores y hubieran estudiado lo suficiente para mantener una conversación en igualdad de condiciones. Lo habría hecho de buena gana con su cuñada Minna, pero antes de su aventura: el ardor les impedía charlar y, después de la consumación, la sensación de vergüenza les inducía al silencio.

—No, no me molesta en absoluto —respondió—. Solo estaba absorto meditando.

Le sorprendió tener ganas de hablar con una criada, quizá fuera una manera de distraerse de sus preocupaciones. El tiempo apremiaba, todavía no había reflexionado sobre los sueños de De Molina y Ortega y ese día tendía que verse con el cardenal Oreglia di Santo Stefano. Con un santo en el apellido, no tenía más remedio que ser un hombre santo. Pero lo que había leído en el informe confidencial que le había entregado Roncalli de parte del papa olía más a azufre que a incienso.

El decano, que llevaba la púrpura cardenalicia desde hacía cuarenta años, era temido y respetado por todos a causa de sus amplios conocimientos del ambiente vaticano. En el informe, secretísimo, se le describía como alguien colérico, déspota, que no se fiaba de sus pocos amigos y se mostraba decidido con sus muchos enemigos, rápido en la toma de decisiones y de firmes propósitos. Con cierta propensión a la tristeza, como si fuese la condición inevitable de la vida. Se le notaba en la fotografía adjunta: los labios se doblaban hacia abajo. Muy probablemente estaba al tanto de más secretos que toda la policía vaticana junta y había acumulado un gran poder oculto, siempre a la sombra del papa. De aquellas notas se extraía que, más que servir a Pío IX primero y luego a León XIII, se había servido de ellos. Conocerlo sería un desafío, y también una gran victoria si consiguiera romper su imperturbabilidad.

Maria se acercó sonriente y puso los brazos en jarras, a la espera, de manera que Freud no tuvo más remedio que exponer sus reflexiones. Dejarla esperando así habría sido de mala educación.

—Le pido disculpas, se trataba de una reflexión muy divertida —le dijo—. El escritor Goethe y yo coincidimos en que las certezas son el paraíso de los necios.

—Ah, eso es demasiado difícil para mí, pero... —Se llevó el índice a la punta de la lengua, un gesto que le gustó a Freud—. ¿Sabe que podrían tener razón? Pero entonces, perdone que le diga, la duda es el infierno de los sabios.

Sonrió, pero el silencio que siguió a sus palabras la puso incómoda. Se había equivocado, maldita fuera su lengua, ella no era más que la mujer de la limpieza, la criada, y este era un doctor extranjero, un huésped del papa. Incluso podría hacer que la despidieran por su imprudencia. Se alisó el delantal y esbozó una sonrisa conciliadora.

—Le pido disculpas, doctor, no lo volveré a molestar.

Freud levantó el brazo como para detenerla y ella se bloqueó.

—No —dijo con seriedad—. No se disculpe. Justamente estaba reflexionando sobre su pregunta. Me ha sorprendido la asociación que ha hecho entre paraíso e infierno. ¿Cómo se le ha ocurrido?

—Es fácil —respondió la mujer, aliviada—. Es un juego que tenemos las mujeres para divertirnos. Se llama el juego del revés. Se ponen las sillas en círculo, una de nosotras comienza con una frase corta y la que está a su derecha debe decir otra con todas las palabras contrarias. Si se equivoca, tiene que pagar la prenda y nos reímos mucho. Usted ha dicho paraíso de los necios y yo, en el juego del revés, diría el infierno de los sabios.

Había pasado años estudiando los mecanismos de la asociación de ideas, por los que una serie de palabras clave provocaban otras en sus pacientes, y las correlaciones ayudaban a explorar los rincones más oscuros de su inconsciente y sus neurosis. Pero no era tan sencillo, porque los mecanismos de autocensura a menudo inducían a las personas a decir lo contrario de lo que pensaban. Si en lugar de generar ansiedad en los pacientes pidiéndoles que se sometiesen a un experimento médico les hubiera pedido simplemente que hicieran el juego del revés, habría bastado invertir las respuestas y habría obtenido unos resultados libres de cualquier contaminación. Sin embargo...

—Doctor, ¿se encuentra bien?

Freud salió de su ensimismamiento y la observó, más pensativo que sorprendido. Con un gesto enérgico de la mano la invitó a sentarse delante del escritorio. El olor de los huevos y de las salchichas le alcanzó el estómago, pero en ese momento tenía otras cosas en las que pensar.

—Entonces —le dijo a la mujer sin más preámbulos—, si le digo agua, ¿usted qué responde?

—¡Fuego!

—Niño.

—Viejo.

—Casa.

—Tierra.

—Carne.

—Pescado.

—Sexo.

—¡Doctor!

—Discúlpeme, Maria. —Freud fingió un falso ataque de tos—. No pretendía ser indiscreto. Se trata de palabras básicas que forman parte de mi método. Quizá se lo explique en otra ocasión. Se lo agradezco de veras. —Atacó una salchicha—. No quiero entretenerla más, imagino que tendrá muchas cosas que hacer.

La limpiadora se levantó y se inclinó levemente antes de ponerse a hacer la cama. La verdad es que había quedado como una tonta con su reacción, esperaba que él no se hubiera dado cuenta de su rubor. Como si fuese una novicia, como si hubiera pasado los últimos años de su vida rezando el rosario.

Conocía perfectamente el mundo y también el sexo, si bien ya no tenía marido, y había sacado adelante una hija, que ahora comenzaba a sentirse halagada cuando algún chico le gritaba un piropo.

En sus tiempos, si hubiese osado siquiera levantar los ojos al oír el más inocente de los cumplidos, su madre le habría dado una bofetada. Pero los tiempos habían cambiado, y se pasaba el santo día trabajando, de la mañana a la noche, en la bodega de su madre y en el Vaticano limpiado, los dos lugares donde más a menudo se mentaba a Dios, aunque con diversa intención, y ya no sabía cómo controlarla.

Su única esperanza era que aceptaran su petición de llevarla consigo, como ayudante. Quizá ahora con aquel doctor, como tenía más trabajo, la admitieran. Además, tampoco les venía mal algún céntimo extra, aunque, con tal de tenerla cerca, la habría puesto a trabajar gratis.

Se acercó a la ventana con la excusa de limpiarla, la abrió y se puso a contar despacio hasta diez. Un juego mágico que hacía desde pequeña con infinidad de variantes. Si hubiera visto un sacerdote caminar por el jardín antes de terminar de contar, su deseo se cumpliría. Al llegar al siete se frenó, y en el nueve apareció un birrete rojo: un obispo, nada menos. Dios había oído su plegaria: su hija Crocifissa trabajaría con ella.

Cuando Maria salió, Sigmund Freud acababa de terminarse el desayuno, aunque los huevos se le habían quedado fríos. La próxima vez, antes de hablar pensaría en comer o, como última opción, la habría invitado a compartir con él la comida. Aquella mujer no tenía nada de tonta, todo lo contrario. Parecía que tuviera esa especie de sabiduría campesina típica de las ancianas de pueblo, y le habría gustado continuar la conversación. Quizá lo mejor había sido no hacerlo. En su posición habría sido fácil caer en el síndrome de Fausto. Ah, bendito Goethe, con qué maestría había indagado aquel hombre en los rincones más recónditos del alma humana. Él era médico, como Fausto, y Maria, inexperta y dócil, habría sido una Margarita perfecta para sucumbir a su deseo. Lástima que acabara tan trágicamente, con la muerte de los dos. No podía posponer más el trabajo, por eso cogió los apuntes sobre el sueño de De Molina y Ortega.

El segundo sueño, aquel en que él llamaba al santo padre por el apellido Pecci y él se lo reprochaba en silencio, estaba claro como el agua. De Molina y Ortega se sentía culpable cuando se reunía con el papa, en concreto, por un pecado que había cometido. El apellido Pecci y la palabra pecado estaban próximas, era una correspondencia clara, y por tanto una especie de desviación onírica, una cobertura del significado de culpabilidad implícito en la propia transgresión. En esencia, De Molina trataba de expiar la culpa, o sea, de obtener satisfacción, algo que confirmaba, si es que todavía había alguna duda, sus teorías. El sueño era la expresión de la necesidad de obtener satisfacción. Y, si no se equivocaba, el pecado podía ser, según la doctrina católica, por acción o por omisión. Por tanto, se trataba de algo que De Molina había cometido o, por el contrario, un deber moral que había eludido.

En el primer sueño había que profundizar en muchos elementos. La pareja que lo transportaba se podía identificar con sus padres.

Y el hecho de obedecer cuando le pedían que cerrase los ojos, una demostración de la fe que tenía en ellos, lo confirmaba. Por el contrario, la masa de estrellas de colores, con aquella pequeña y luminosa que aparecía y desaparecía, lo dejaba perplejo. O se trataba de una lamparita encendida, un estímulo fisiológico material y real y, por tanto, sin ningún significado, o quizá, más probablemente, representaba la luz de la esperanza en el caos de la bóveda nocturna. O bien el perdón del papa, que era para De Molina la satisfacción de un deseo, o quizá el de Dios, que en los sueños aparecía con frecuencia como una luz potente, ni pequeña ni intermitente.

Freud cerró el cuaderno de notas y se puso a pensar, mecido por el ritmo lento de las caladas a un Don Pedro con regusto a vainilla. Otro puro, con aroma a coñac, aguardaba en el bolsillo de la chaqueta, un cierre digno de cualquier comida, ya fuera frugal u opípara.

Con el cigarro todavía encendido, bajó casi de mala gana al comedor. El humo azulón formaba volutas flexibles que al salir se trababan como bailarines de tango y atravesaban el haz de luz lleno de polvo proyectado por los rayos del sol. Freud los seguía levantando la cabeza cada vez más, hasta el punto que se lo permitían las cervicales. Hacía un par de años que cada vez que movía el cuello notaba un ruido siniestro, un rechinar de huesos que lo irritaba, todo a causa de la postura antinatural que asumía en el sillón cuando escuchaba a sus pacientes. En cualquier caso, cuando volvió los ojos al techo, tan alto y lleno de pinturas al fresco, sintió una contracción de las gónadas placentera.

Al bajar la cabeza se fijó en Augusto, su chófer, que estaba sentado en un rincón. Lo saludó con un gesto de la mano y él se puso de pie, esbozando una reverencia. La locuacidad no era lo suyo, pero la educación sí. Desde el comedor, en la planta baja, se entreveían los jardines detrás de amplios ventanales adornados con cortinas de lino blanco bordadas profusamente con figuras del Antiguo Testamento. En la mesa no había ceniceros, por eso apagó el puro en el platito del pan. Una monja de mediana edad le mostró el menú sin saludarlo; eligió una pasta con tomate y albóndigas en salsa con puré de patatas, y un cuarto de vino de Castelli.

Mientras esperaba abrió *L'Osservatore Romano*, que le habían llevado a la habitación, y cuando pasó la página, le cayó en los pantalones una hoja de papel doblada por la mitad. La cogió y enarcó la ceja.

Tengo que verle lo antes posible. En la Capilla Sixtina, en cuanto termine.

Quien lo hubiera escrito imaginaba que lo reconocería, evidentemente, pues no había firmado el mensaje. Se sentía más molesto que sorprendido, pero debía esperar esto y mucho más de este antro donde llevaban casi dos mil años orquestando intrigas y conjuras.

8

No le resultó fácil llegar a la Capilla Sixtina. Sigmund Freud subió y bajó escaleras y más de una vez se encontró en el mismo sitio. Se habría detenido de buen grado en la extensa galería con los mapas geográficos gigantescos, y se quedó prendado, aunque por poco tiempo, observando *La escuela de Atenas* de Rafael en la Sala de la Signatura. Platón señalaba hacia arriba con el dedo y Aristóteles apuntaba con la mano hacia abajo. El mundo de las ideas por un lado y el de la vida práctica por el otro. Era como juntar al diablo con el agua bendita, pero el pintor lo había logrado.

Un miembro de la guardia suiza se le aproximó y le preguntó en inglés qué buscaba. Freud le respondió en alemán y este, al oír la lengua madre hablada con el dulce acento austríaco, lo acompañó hasta la entrada posterior de la Capilla, guiándolo con una alabarda corta en ristre, como si lo escoltase entre las severas figuras de los pontífices difuntos que seguían con la mirada desde los cuadros el paso de un médico judío, ateo y fumador.

Nada más entrar, Freud se encontró frente al fresco gigantesco del *Juicio Final* de Miguel Ángel; le pareció que se le venía encima. Pasado el primer momento de sorpresa miró a su alrededor. La Capilla estaba atestada de gente, sobre todo laicos y burgueses, acompañados de sus cónyuges, madres y hermanas ataviadas con vestidos largos y oscuros ceñidos a la cintura con cintas y lazos, cubierto el rostro con el velo del sombrerito. Al observar el conjunto, llegó a la conclusión de que las manchas oscuras armonizaban poco con los colores vivos de las cuatro paredes y la bóveda. Mucho más acorde era su traje colonial, aunque, quizá, estuviera un poco gastado. Notó que le tocaban el brazo y lo retiró de golpe, para encontrarse con la mirada de De Molina y Ortega.

—Gracias por haber venido —le dijo en cuanto lo vio. Entonces, él era el autor de la nota.

—Con todos mis respetos, excelencia —respondió, aunque se acordaba de que en su sesión el joven prelado le había rogado que lo llamase por su nombre.

—Observe, se lo ruego. —De Molina le pasó unos binoculares de teatro robustos—. Hacia el centro de la bóveda. Donde Adán recibe la vida a manos de nuestro Señor. ¿Qué ve?

Freud tardó algún segundo en enfocar hasta encuadrar el fresco central, veinte metros por encima de su cabeza.

—Observe bien la expresión de Adán —prosiguió De Molina y Ortega—. Está a punto de recibir la vida, debería ser feliz, pero su rostro transmite resignación, si no tristeza.

Freud debía admitir que era verdad. Incluso la postura del primer hombre, su porte relajado, expresaba una especie de falta de voluntad, una característica que había observado a menudo en algunos de sus pacientes más deprimidos.

—Y, ahora, si puede, enfoque el rostro de Dios: sé que parece increíble, pero tiene la mirada ausente, su expresión es vacía. Seguramente Miguel Ángel sabía lo que se hacía, ¿qué deduce usted?

Desde el suelo habría sido imposible para cualquiera observar ese detalle, pero gracias a los binoculares, Freud pudo apreciar que De Molina tenía razón de nuevo. Muy extraño: en aquella época los grandes maestros no hacían nada por casualidad, tenían que estar atentos al interpretar los deseos de su cliente para no arriesgar su vida. En este caso, por si fuera poco, Miguel Ángel debía vérselas con el terrible papa Julio II, Della Rovere, si no se equivocaba. Y pintaban solo figuras sagradas porque solo los príncipes de la Iglesia tenían con qué pagar su arte, y los laicos se sumaban a este ritual para no enemistarse con Dios. Cuando pintaban por placer los rostros del pueblo, siempre representaban escenas de miseria o de venganza, casi nunca de salvación.

Por eso sospechaba que Miguel Ángel contaría con que, desde aquella altura, nadie se daría cuenta del vacío en los ojos de Dios, en el sentido metafórico, de su ausencia del mundo. Si alguien lo hubiera intuido, a pesar de todo su arte, no se habría librado de la horca.

Mientras le devolvía los binoculares, Freud se tomó un momento antes de responder, dejando a un lado los supuestos históricos y centrándose en los actuales. La petición de De Molina y Ortega revelaba o una evidente agitación interior o un deseo de continuar con la primera sesión. Con aquellas preguntas quería sin duda decirle algo que había callado, y de su respuesta dependía que se cerrara en banda o que se abriese, algo necesario para que las sesiones venideras resultaran eficaces. No es que aquel fuera el ambiente más apropiado, pero no podía dejar pasar la oportunidad de abrir brecha en la mente del cardenal. Al mismo tiempo debía conservar la autoridad del terapeuta. Se sacó el reloj del bolsillo, observó la hora y suspiró.

—Deduzco que Miguel Ángel quiso evidenciar cómo el destino del hombre está ligado a la infelicidad. Pero... —añadió rápidamente, al ver que el rostro de De Molina se iluminaba—. No creo que me haya hecho venir aquí para mostrarme los detalles del fresco.

El cardenal estaba a punto de responderle cuando mudó la expresión. Había visto a alguien a espaldas de Freud, que tuvo que reprimir el instinto de girarse para no dejar a De Molina en evidencia. Entonces, este señaló vagamente algo en el techo con el brazo y, con una sonrisa forzada, se despidió, dio media vuelta y desapareció por la puertecita situada a la izquierda del *Juicio Final*.

Solo entonces se giró Freud, para ver si alguien lo estaba observando, pero no notó que nadie lo mirara. Sentía más desconcierto que curiosidad cuando salió al aire libre, por donde le era más fácil orientarse, y se dirigió hacia la entrada del Palacio Apostólico. Subió las escaleras y se encerró en su estudio. Un pequeño Trabucco se le materializó en las manos y se dio cuenta de que lo había encendido solo después de algunas caladas. El humo lo tranquilizó y lo ayudó a reflexionar sobre el encuentro.

Habían importunado a De Molina y Ortega justo cuando iba a revelarle algo, y no debía de ser baladí si no había podido esperar a la siguiente sesión. Esta reacción podía significar que tenía algo que esconder y que temía que lo vieran junto a él, como si alguien le buscara las vueltas. O quizá ese alguien fuera quien tenía algo que esconder y De Molina se temiese alguna reacción.

Demasiado complicado, y tampoco era su trabajo. No había desarrollado su ciencia para imitar a Sherlock Holmes, la criatura de aquel genio, Arthur Conan Doyle, que seguía de cerca a Goethe en la exploración de la mente humana. Él era médico, maldita sea, y tenía que abandonar aquellas conjeturas absurdas que no le correspondían.

Sin querer, esbozó una sonrisilla: también era cierto que, por dos mil liras a la semana, aunque solo fuera un par de ellas, habría indagado en el misterio de Lourdes si hubiera hecho falta y hubiera aplicado el psicoanálisis al cadáver de la pobre Maria Bernarda Soubirous. También había que tener en cuenta que ni siquiera le pedían resultados a cambio de las dos mil liras, solo opiniones.

Pero quizá se había desviado al pensar mal de sí mismo. En realidad, si fuera verdad, de eso no cabía duda, que a través de las interpretaciones de los sueños se podían descifrar los deseos ocultos y el intento de satisfacerlos, su método habría sido capaz de sacar a flote posibles tendencias criminales.

Esperó a soltar la última bocanada del Trabucco hasta un instante antes de que la sensación picante y agradable en la lengua se convirtiera en una molestia. El humo rebotó en los cristales de la ventana y lo envolvió, luego volvió a inspirarlo por la nariz, para degustar aquel dulzor volátil, típico del puro italiano.

Cuando las campanas de las tres del mediodía dieron el segundo tañido, oyó que llamaban en la puerta de su consulta. Entró un sacerdote joven, con las mejillas lozanas y una incipiente barriga. Lo saludó con una ligera inclinación y le hizo una profunda reverencia, todo lo que se lo permitió su barriga, cuando entró el decano del Colegio Cardenalicio, anunciado como su excelencia el cardenal Luigi Oreglia di Santo Stefano.

Por la mañana había pensado en el Mefistófeles de Fausto y ahora se le aparecía. Si hubiese creído en las coincidencias, como intentaba convencerlo el joven Gustav Jung, esta habría sido significativa, no casual, pero causada por influencias misteriosas.

Antes o después le quitaría de la cabeza al joven estudiante aquellas teorías absurdas.

Pero, tal y como estaban las cosas, con esa nariz aguileña, el mentón pronunciado y los labios casi inexistentes, semejantes a un cepo, habría bastado con ponerle un gorro con una pluma de faisán y Oreglia habría podido representar dignamente el papel de Mefistófeles tal y como aparecía en los carteles de teatro.

Incluido el hábito negro, con la excepción de un cíngulo púrpura, y, naturalmente, el crucifijo casi encajado en un pecho prácticamente raquítico. Quizá fuera el síntoma de una tuberculosis incipiente.

—Es un placer conocerlo, excelencia —Freud repitió el apelativo del secretario del cardenal—. Póngase cómodo, se lo ruego.

El apretón de manos resultó flojo, casi femenino, probablemente fuese una mano más acostumbrada a que la besaran. Oreglia buscó con la mirada un sillón y se acomodó con las piernas cruzadas. Freud cogió su cuaderno de notas y entonces se fijó en que el sacerdote que había precedido al cardenal se había sentado a su vez en una silla delante de su escritorio.

—Creo que sería oportuno hablar a solas —dijo Freud lo bastante alto para que el otro lo oyera.

—Preferiría tener un testigo —replicó Oreglia secamente—. Estoy aquí por voluntad del santo padre, a quien debo obediencia, pero no tengo ninguna intención de someterme a sus preguntas.

Freud cerró la pluma con el capuchón y, tras apoyar el cuaderno en las rodillas, enlazó los dedos bajo el mentón.

—¿Es usted jesuita, padre?

—No —respondió con frialdad—. Soy sacerdote y basta, desde hace más de cincuenta años.

—Discúlpeme, pero su razonamiento de obedecer al papa y de negarse a participar en estas charlas informales me parecía que derivaba de esos argumentos capciosos y tortuosos típicos de la orden de los jesuitas. Sin ánimo de ofender, naturalmente.

—Ya entiendo. Por el contrario, vosotros los judíos sois maestros en el arte de coger en falta a las personas. Como hicisteis con Cristo, el hijo de Dios.

—Yo no lo habría hecho —señaló Freud, siguiéndole la corriente.

—Lo hizo vuestra raza, ellos lo mataron.

—Bueno, si me lo permite, también un Borgia fue elegido papa.

Se le había escapado, pero si con De Molina y Ortega habían comenzado por las escaramuzas, aquí se habían empezado por una auténtica declaración de guerra. Y, ante las armas, o se responde con la bandera blanca o se dispara más fuerte. Mefistófeles lo observó ceñudo, quizá con un ápice de respeto. Sin hablar levantó un brazo y bajó la muñeca, y el sacerdote que lo acompañaba desapareció como un fantasma negro.

—¿Ya está contento? He dado el primer paso, he puesto la otra mejilla, como Cristo nos enseñó, pero solo tengo dos, doctor Freud.

—Quiere decir que es humano a pesar de todo. Por mi parte, no le pediré que se tumbe en el diván, como acostumbro.

—Me siento halagado.

De un misterioso bolsillo que Freud nunca habría imaginado que se escondiese entre los pliegues de la sotana, Oreglia sacó una pitillera y se encendió un cigarrillo con un fósforo que, una vez apagado, volvió a meter en la caja. Conque un fumador. Ese podría ser el caballo de Troya con el que ganarse su confianza lo suficiente para penetrar en su alma. Si es que tenía una detrás de aquella apariencia mefistofélica. Por eso Freud sacó otro Trabucco.

—Lo acompaño.

Mientras se encendía el puro, Oreglia esbozó una sonrisa.

—Le sorprenderá que fume. Permítame que le cuente una historia. Dos jóvenes novicios, un dominico y un jesuita, como ese con el que me ha confundido, tenían el mismo vicio, que no era otro que el tabaco. Decidieron pedirle al rector por separado que les permitiera fumar. Cuando volvieron a verse al día siguiente, el dominico estaba abatido. «El rector no me ha concedido el permiso», dijo. «¿Cómo es posible?, a mí me lo ha dado», replicó el jesuita. «No lo entiendo, ¿qué le has preguntado?». «Que si podía fumar durante las oraciones». «Lo has hecho mal, amigo mío», concluyó el jesuita. «Yo solo le he preguntado que si podía rezar mientras fumo».

A Freud se le atragantó el humo y, mientras intentaba aplacar la tos, le lloraban los ojos. Asintió varias veces, se levantó y cogió un vaso de agua del escritorio. Lo vació despacio mientras pensaba cuál debía ser su respuesta a la gracieta del cardenal. Había pasado más de un cuarto de hora desde que había entrado y aún no habían avanzado ni un solo paso. Toda una técnica, sin duda, y muy hábil, para distraerlo de su cometido, al cual el cardenal debía atenerse por la obediencia debida al papa. Si llegara el caso y él no fuera capaz de analizarlo, Oreglia no habría tenido la culpa. Un verdadero jesuita *in pectore*, a pesar de haber declarado que no lo era.

Debía responder de la misma manera. Por eso se sentó, cogió el cuaderno y fingió tomar nota, aunque lo único que apuntó fue un recordatorio para comprar los nuevos puros Bolívar, que el estanquero de la Via Sistina le había sugerido que probara.

—Gracias, excelencia, diría que por hoy hemos terminado —le anunció con una sonrisa.

Oreglia entrecerró los ojos detrás de las gafitas de montura metálica y, por primera vez, se mostró turbado, como Freud pudo apreciar por un ligero temblor de manos. Perder y fingir que había ganado, para que al adversario le entrara la duda, le pareció a Freud la mejor forma de salir de aquel callejón sin salida en el que le había metido el cardenal. Este se levantó con cara de fastidio, intentando descubrir el farol en los ojos de Freud. Este no parpadeó, se levantó y esta vez le estrechó la mano vigorosamente, sin encontrar resistencia.

—Hasta pronto, excelencia, ha sido un verdadero placer.

Cuando Oreglia salió, Freud abrió la ventana para que circulase el aire e inspirar el perfume de las glicinas que trepaban por una pérgola de hierro, por debajo de la que discurría un sendero de guijarros blancos. Oyó, sin ver a nadie, un crujir de pasos que lo pisaban y se tendió en el diván después de volver a encenderse el Trabucco, que se había apagado. Se secó el sudor de la frente: era inútil culpar solo al calor. La tensión de aquel encuentro lo había dejado exhausto y, además, no había sacado nada en claro al margen de confirmar lo difícil que iba a ser su tarea.

Esa noche hablaría con su mujer, Martha; mejor una llamada telefónica que un frío telegrama. Quizá comenzaba a echarla de menos.

Apoyó el puro en el cenicero y cerró los ojos, decidido a dormirse y a soñar para tratar de superar, con la ayuda del inconsciente, su estado de ansiedad. Después de muchos años de ejercicios e intentos, tenía la certeza de que recordar los sueños solo dependía de la tenacidad con que uno lo deseara.

También sus pacientes habían experimentado con éxito con este método que dependía en realidad de un acto de voluntad. Por el contrario, resultaba más difícil adormecerse cuando los pensamientos se sucedían uno tras otro, sin tregua. En este caso también había conseguido elaborar un sistema parejo al sueño, que consistía en sumergirse en un único pensamiento, hurgando hasta el fondo e investigándolo desde todos los ángulos.

Por eso decidió centrarse en el incesto soñado el día de su partida, en el que aún no había indagado lo suficiente. Le tocaba analizarse solo, una tarea cuando menos difícil, pero era el precio a pagar para ser el primero en entender la importancia del psicoanálisis. Quizá, el día de mañana, alguno de sus seguidores lo podría ayudar, pero aún no había llegado la hora.

Repasó el sueño. Después de dar por descontado que debía tratarse de la satisfacción de un deseo, tocaba analizar por qué motivo se había manifestado con aquellas imágenes contra natura de su hija Mathilde. Entre la niebla, como un relámpago, apareció la solución a lo lejos, pero se trataba de una visión acelerada, costaba reconstruir la secuencia lógica. Como padre quería proteger a su hija, que a ojos de los demás no resultaba agraciada, y eso le preocupaba. Por ese motivo él había sustituido a un posible pretendiente y, en el momento en el que su deseo se había manifestado, se había disgustado como padre.

Era más sencillo de lo que pensaba; no haber captado al instante aquella conexión había sido imperdonable. A menudo se debe dejar reposar el sueño, como un pastel a fermentar, de tal manera que el tiempo le ayude a crecer y a mostrarse como verdaderamente es, con paciencia, técnica y voluntad: podría decirse que era como el acto de la creación, si hubiera sido creyente. Se durmió pensando en la importancia de esta tríada para iluminar los aspectos más oscuros de la realidad. Debería anotarla en cuanto despertara.

9

Aquella noche no había corrido ni pizca de aire y la mañana era sofocante y con tanta humedad que la ropa se pegaba a la piel. Delante de las fuentes de Roma, tomadas al asalto, la gente agitaba botellas de vidrio y garrafas de arcilla, si bien con moderación, porque uno se ponía a sudar con solo mover los brazos y gritar a los demás que se dieran prisa.

Un carruaje con el emblema del Vaticano se detuvo en la esquina entre la Via di Panico y el callejón de San Celso. Un hombre se apeó del pescante con una carta en mano, maldijo el calor y entró en la bodega. El interior estaba a oscuras y solo se iluminaba a intervalos cuando alguien descorría la cortina verde que servía más para cortarles el paso al humo y los olores que para proteger del calor. El hombre miró a su alrededor y pidió un vaso de Albana que una mujer robusta le sirvió de un tonel detrás de la barra. Lo vació de un trago y al instante un hilo de sudor le bajó por el cuello. Se trincó un segundo y un tercero, hasta que sintió un agradable burbujeo en el estómago.

—¿Maria Montanari? —le preguntó a la mujer de la barra. Veinte años atrás, le habría parecido atractiva.

—Es mi hija —respondió la mujer poniendo los brazos en jarras—. ¿Quién pregunta por ella?

El hombre sacó un sobre ajado del bolsillo posterior del pantalón.

—Tengo una carta para ella. —La mujer extendió la mano, pero el otro retiró la suya—. Es personal —añadió.

La mujer se encogió de hombros y gritó el nombre de su hija, que estaba sirviendo una mesa. Al oír su nombre, Maria se aproximó a la barra. El hombre le sonrió dejando al descubierto un claustro de dientes amarillentos lleno de vanos oscuros. Los de arriba parecían sostenerse milagrosamente de unas encías sanguinolentas.

Aquella sí que era una mujer como Dios manda, con las caderas anchas y el busto abundante. La cintura, no demasiado fina, mostraba los signos de uno o dos embarazos. Sabía lo que se decía, había estado encinta por lo menos cuatro veces.

—La envía directamente su santidad el papa —dijo con afectación—. ¿No me merezco un beso?

—Dame la carta, patán —respondió con frialdad la mujer arrebatándosela de la mano.

—Déjala en paz —intervino la madre—, confórmate con no pagar el vino.

El hombre salió dando tumbos del local y desde el interior oyeron los gritos roncos al caballo, mientras las ruedas del carruaje echaban a rodar sobre los adoquines. En la bodega el juego se reanudó. Maria, detrás de la barra, abrió la carta con ansia, bajo la mirada curiosa de su madre.

—Es del padre administrador. Me da permiso para llevar conmigo a Crocifissa —exclamó—. Así me echará una mano y quizá con el tiempo también la contraten a ella.

La madre torció el gesto y la miró ceñuda. El mundo no era de color de rosa y todos los favores se pagaban, si es que no lo había hecho por adelantado. A Maria no le pasó desapercibida la mirada de su madre.

—No te pongas siempre en lo peor —respondió a su pregunta muda—. Puede que crean que me vendrá bien la ayuda con la llegada del doctor austríaco.

—Puede —comentó su madre, escéptica, enjuagando los vasos—. O puede que la divina Providencia esté dispuesta a pensar en pobres mujeres como nosotras. No pierdas de vista la mano que te acaricia si la otra se esconde tras la espalda. En cuanto a ese tal doctor Freud, no hables mucho con él: es un hombre rico, extranjero y conoce el mundo mejor que tú y que yo.

Maria agitó la cabeza al oír las preocupaciones de su madre. Aparte del doctor Freud, sobre el resto puede que tuviera razón y se mantendría alerta, como de costumbre, porque su hija era el bien más preciado que poseía en el mundo. Pero ¿qué mejor lugar para mantener a salvo a aquella potrilla que el Vaticano, Dios santo? Entró en la trastienda y se lavó las manos en el fregadero para tratar de desprenderse de las manchas y del olor del vino. La placa turca estaba sucia, como de costumbre, ninguno de sus clientes sabía apuntar al agujero, y hacía tiempo que se había aburrido de limpiarla cada vez.

No, Crocifissa tendría otra vida. Quizá al servicio de algún señor, así tendría que frecuentar las casas justas y no se casaría por necesidad, ya embarazada, como le había pasado a ella con el primero que llegó, maldito él y también ella por creer en sus promesas de una vida honesta y de trabajo. Quizá en casa de aquel doctor tan amable, aunque estaba en Viena. Aunque, por lo que ella sabía, el emperador austríaco era católico y temeroso de Dios, ni que fuera el sultán de los mamelucos. La idea de que estuviera alejada del ambiente miserable donde había vivido ella compensaría el sacrificio de saber que estaba lejos. Por el momento no eran más que sueños, lo sabía perfectamente, pero la vida sin sueños era aún más miserable y, además, soñar era gratis.

Tras guardarse la carta en el corpiño, se atusó el pelo y salió de la bodega bajo la mirada severa de su madre. Dobló la esquina y entró en casa sin llamar. Su hija estaba en la cama, vuelta hacia la pared y con las manos escondidas bajo el vientre, moviéndose a toda velocidad. Maria volvió la cabeza y entró en la habitación de su madre para coger un chal ligero haciendo el menor ruido posible. Un marido es lo que necesitaba su hija, no un trabajo.

Con un delantal que se le había quedado corto de lo alta que era, Crocifissa caminaba delante de su madre, pegando brincos, sin girarse nunca, haciendo oídos sordos a las palabras de esta, que la reprendía para que se comportara. Al atravesar el puente Elio, Maria, acalorada, observó distraída el porte de las damas que paseaban del brazo de los caballeros: la mayoría se protegía del sol con una sombrillita blanca. Cómo lograban no sudar con aquel calor y mantener ese aire sofisticado era todo un misterio. Quizá fuera cosa del corsé, que les apretaba el talle y las obligaba a caminar derechas sin resollar como un fuelle. Intentó imitarlas, enarcando la cintura como si fuera una oca y reduciendo el paso, pero casi pierde de vista a Crocifissa; la llamó a gritos, ganándose miradas soberbias de reproche a las que respondió levantando el mentón.

Qué bonita era la vida de los señores, sin hacer nada; el trabajo duro, para los demás. Eso de que el trabajo ennoblece a las personas seguro que se lo había inventado un noble para convencer a los pobres de que, si trabajaban, algún día serían como él, mientras él se pasaba el santo día a la bartola. La verdad era que, cuanto más ricos, más se instruían, mientras que la gente como ella cada vez era más ignorante y más fácil resultaba mandar sobre ella y que obedeciera sin rechistar.

Cogió a Crocifissa de la mano a la fuerza y se adentraron en los callejones que conducían al Vaticano, donde encontraron un mínimo de frescor y evitaron encuentros indeseados con aquellos señores y señoras más tiesos que un ajo. Bastaba cambiar el olor a ajo por el de la basura en cada esquina y los meados de gato.

Aunque no todos se comportaban con soberbia; el doctor austríaco no era así, y debía de tratarse de una persona importante si el propio papa había solicitado su presencia en su lecho de enfermo; pobre hombre, se decía que pronto entregaría a Dios su alma. No, el doctor Freud era un hombre correcto, incluso le había dirigido la palabra, no era nada afectado, a pesar de las gafas y la barba gris. De haber sido ella una señora, quizá incluso la habría cortejado; no le había pasado desapercibida cierta mirada, de esas que ella tan bien conocía, si bien dirigida con respeto.

—Pero ¿qué estás mirando? —le preguntó a su hija, que la observaba con cara rara, o eso se le antojó.

79

—Y yo qué sé, parece que tienes la cabeza en otra parte.

—Aunque sea madre también tendré derecho, ¿no?

Por un momento, le entró miedo de que le hubiera leído el pensamiento. Se encogió de hombros y apretó el paso. En vez de pensar en ser una señora, con que hubiera sido solo un poco menos tonta, suspiró, se habría dejado de fantasías absurdas; ni siquiera sabía si el doctor estaba casado o soltero. Pero habría sido bonito y todo era posible en este mundo, incluso que un león africano y un tigre de Bengala tuvieran una cría. Bendito Dios, a juzgar por la fotografía que había visto, el monstruo que habían parido parecía el retrato del mismísimo demonio.

Se detuvo y se puso a contar hasta diez, su juego habitual: si veía una sombrilla verde, el doctor austríaco la cortejaría. Ni le había dado tiempo de contar hasta dos cuando una señora se apeó de un carruaje con un parasol que parecía un espárrago abierto, más o menos del mismo color que su rostro. Había dicho solo cortejarla; si hubiera visto uno rojo, mucho más difícil, quién sabe qué habría sucedido.

Ante la puerta de Santa Ana, un agente de la guardia vaticana les cerró el paso. Maria se sacó del corpiño la carta de autorización, que el suboficial leyó con atención. Observó a las dos mujeres y se atusó el bigote.

—Debéis esperar al cambio de guardia —les dijo con un marcado acento alemán—, después podréis pasar.

El sudor le manchaba los colores de la camisa y, a pesar de los guantes blancos, el asta de la alabarda relucía a la altura de la empuñadura. Maria observó al hombre con pena, esa tez pálida y salpicada de manchas por culpa del calor. A pesar de toda su autoridad y su actitud altanera, soportaba el calor peor que ella. Todo el mundo obedece y teme a alguien, no solo las personas como ella. Hasta el papa, rodeado de un país hostil que hacía de todo para amargarle la vida.

Como aquella vez que un zafarrancho de masones que no temían la ira de Dios colocó en Campo de' Fiori la estatua de Giordano Bruno, el hereje, que miraba con el rostro severo y acusador en dirección a San Pedro. Por no hablar del hálito del Todopoderoso que el viejo

León XIII hacía tiempo que notaba en la nuca: el castigo de Dios, aquello sí que era para asustarse, porque ninguno, ni siquiera él, podía saber a ciencia cierta si acabaría en el paraíso. Eso contando con que todo fuera verdad: los santos, la Virgen y demás.

A veces se le pasaba por la cabeza que se trataba de un invento para mantener la obediencia, como había hecho ella con su hija cuando era niña. Amenazarla con un castigo si no se portaba bien, ese había sido el único sistema para mantenerla a raya. Ahora ya ni siquiera aquella amenaza funcionaba. Pero después de haber pensado que no existía nada, se confesaba con el cura, porque más vale miedo que recibir palos.

En las dependencias del servicio, en la planta baja, ayudó a Crocifissa a ponerse a regañadientes el delantal de trabajo gris, el de las aprendizas. Bregó para ponerle una cofia insuficiente para contener tantos rizos bajo la mirada divertida de las compañeras del turno de tarde. Seguida de su hija, recorrió el pasillo a toda prisa evitando las miradas lascivas de algunos fámulos jóvenes y engreídos vestidos con librea negra, calzas blancas por la rodilla y zapatos relucientes. Mientras subía a la habitación del doctor Freud, iba pensando que ojalá le hubiera disgustado cómo le había arreglado la habitación la criada del viernes.

Antes de llamar le dio el último consejo a su hija: que el doctor era un hombre como es debido, un gran señor, pero no era un tipo arrogante, e incluso tenía la intención de invitarlo a comer un domingo, siempre que no tuviera nada mejor que hacer. Por eso debía comportarse con educación y respeto, sin exagerar. Crocifissa torció el gesto, no porque fuera a llorar, era su forma de darle a entender que la había ofendido al tratarla como una niña.

10

A la espera de recibir al tercer cardenal, el último, pero el más importante, el secretario de Estado, el conde Mariano Rampolla del Tindaro, Sigmund Freud releía algunos de sus apuntes sobre la hipnosis tumbado en el diván. La falta de disponibilidad de Oreglia sería un obstáculo para la aplicación de la técnica, aunque quizá pudiera surtir efecto con De Molina y Ortega. De los dos, quizá a causa de su juventud, le había parecido el más maleable, aunque también el más oscuro, un hombre escurridizo como una anguila. Si uno no ponía de su parte, la hipnosis tenía escasas posibilidades de funcionar, pero De Molina parecía necesitar una liberación que, evidentemente, la Iglesia católica no estaba en posición de proporcionarle. Cerró con fuerza el cuaderno y lo tiró al suelo para ponerse a mirar el techo.

Aspiró una calada profunda de uno de los últimos Reina Cubana. Al día siguiente tendría que renovar la reserva para no arriesgarse a quedarse sin tabaco, el descubrimiento más fantástico de los últimos siglos. Sin embargo, no sintió ninguna satisfacción, algo que le causó espanto. Como hubiera perdido el gusto por el tabaco, lo mejor sería izar la bandera blanca y *zum Teufel*, al cuerno con el dinero.

Intentó hacer un anillo de humo, pero no lo consiguió, como de costumbre: nunca había aprendido a pesar de que se había aplicado a conciencia. Era necesario retener un poco el humo en la boca para que fuera más denso, poner los labios en forma de círculo con la lengua en medio, un ejercicio con un vago regusto erótico. Tras exhalar la habitual masa informe, atravesó la nube azulona con el cigarro. Así no valía, pero, a veces, engañarnos a nosotros mismos sirve para paliar el fracaso. En ese momento le entró la duda: también repetirse que su profesión era la medicina en lugar de la investigación podría interpretarse como un engaño, una manera de convencerse a través de un razonamiento forzado.

Chasqueó la lengua contra el paladar y se quitó las gafas. En efecto, existía la posibilidad de que su deseo, reprimido parcialmente desde sus primeros fracasos, fuese indagar como su amado Sherlock Holmes, y que, en aquel momento, su conciencia racional se estuviera dando de tortas con una pulsión completamente opuesta. El primer análisis se realiza sobre uno mismo, sin piedad y con una lucidez fría, de lo contrario, el fracaso está asegurado con los demás. Comprenderse a uno mismo es una condición necesaria para comprender a los demás.

Maldición: en realidad no continuaba con aquella investigación absurda por el dinero, al menos no solo por eso. No, a pesar de la cautela que rodeaba el caso, debía admitir que en el fondo se estaba divirtiendo. Él, un judío ateo, llamado por el papa de la Iglesia católica a husmear en la mente de los cardenales para confirmar una hipótesis oscura, un pecado mortal, una participación en un suicidio, una tendencia emotiva que quizá escondía la habitual represión sexual.

Nada más fácil en un hombre al que le habían impuesto la castidad, ya fuera alguien próximo a los cuarenta, a los sesenta o a los ochenta años, como De Molina y Ortega, Rampolla y Oreglia.

Dio una palmada y la ceniza le cayó sobre las solapas de la chaqueta. Como si la hubieran llamado para cumplir su cometido, unos instantes después, Maria la criada llamaba a la puerta.

Sin pensárselo, Sigmund Freud se levantó de golpe, como le habían enseñado de niño en el colegio Sperl, un reflejo condicionado que se resistía a desaparecer, a pesar de sus esfuerzos. Se mareó un poco por el cambio de presión y se esforzó por enfocar las manecillas del reloj, preocupado de que ya fuera la hora de la cita con Rampolla. Antes de volver a endosarse las gafas, se dio cuenta de que se trataba de dos mujeres y que ninguna de las dos llevaba el hábito de cardenal.

—Perdone las molestias, doctor, querría presentarle a mi hija.

Al oír la voz de Maria respiró hondo, casi tuvo la sensación de haber inflado el pecho. La chica que la acompañaba no parecía su hija, con aquellos rizos negros, y temió no haber comprendido bien.

—Mi hija —repitió Maria empujándola hacia él—. Crocifissa.

—¿Cómo dice? —respondió Freud.

Quizá su italiano no era tan perfecto como creía, o quizá Maria, como mujer del pueblo, usaba términos poco apropiados.

—Es su nombre —explicó Maria—. Crocifissa, crucificada como nuestro Señor.

—*Ach du lieber Himmel!* —exclamó él, corrigiéndose de inmediato en italiano—. ¡Santo cielo! ¿Cómo se le puede poner a una niña un nombre así?

La muchacha sonrió satisfecha soltándose de la mano de su madre, que se quedó perpleja.

—Era el nombre de su abuela paterna —susurró Maria, como justificándose.

—El estúpido nombre de una mujer mala. —Crocifissa se cruzó de brazos—. ¿Has visto? Lo dice también el doctor que tanto te gusta.

Maria se mordió el labio para controlarse y evitar darle un tortazo. Lo que no pudo evitar fue ruborizarse y, cuando sintió el calor en las mejillas, fue aún peor. Freud se dijo cuenta y se quitó las gafas para limpiar las lentes, con la cabeza gacha.

—Discúlpeme, no pretendía ofenderla ni a usted ni a su hija, pero opino que la costumbre de llamar a los hijos con el nombre de los abuelos puede llegar a ser perjudicial para su futura personalidad. Pueden provocar la reacción opuesta en vez de servir de ejemplo.

—Mi abuela era una borracha —volvió a la carga Crocifissa—. Y de joven fue prostituta.

—¡Crocifissa! —la reprendió su madre—. No te permito...

—Lo sabes perfectamente —la interrumpió su hija—. Tú misma me lo has dicho, y por eso mi padre tenía el apellido de la abuela, porque nunca conoció a su padre.

La chica se inclinó ligeramente ante Freud y se puso a observar los cuadros de santos de las paredes, estirando el cuello para observar algunos detalles macabros, entre calaveras, llagas y torturas. Maria, con la mirada baja, continuaba frotándose las manos para secarse el sudor. No había imaginado que el encuentro se desarrollaría así. Había querido presentarle a su hija al doctor con orgullo, pero él, con su broma, lo había estropeado todo, desencadenando la reacción de Crocifissa. Era como todos los demás, engreído y desdeñoso, predispuesto a juzgar a los inferiores a él. Sintió que se le saltaban las lágrimas, pero no quiso darle esa satisfacción por nada del mundo. Y, cuando Freud apoyó una mano en las suyas, que tenía apoyadas en el regazo, se puso aún más rígida. Cómo se atrevía a tocarla.

—Lo cierto es que debo disculparme con usted, Maria.

La voz de Freud, que quizá a causa del acento un tanto áspero, le había resultado hasta ese momento un tanto insulsa, si bien agradable, le caló más de lo habitual, tan hondo que la dejó temblorosa.

—Es una muchacha preciosa —añadió Freud—. No me extraña, teniendo en cuenta lo mucho que se parece a su madre.

Era atractiva, pero no tenía nada que ver con los rasgos dulces de Maria. Un instante después, Freud retiró la mano como si se hubiera quemado, arrepentido de haber pronunciado aquella frase. No porque no lo pensara de verdad, sino porque podría haber avergonzado más aún a la mujer y nada más lejos de su intención. Él era el profesor y ella la criada, las diferencias sociales y de rol eran demasiado grandes. Se sintió como un imbécil: seguro que si hubiera sido su paciente no habría cometido un error tan garrafal como ese.

Maria levantó la vista, con los ojos brillantes por las lágrimas, y esta vez fue ella la que le tocó la mano a Freud. No, él no era como los demás, era un ángel hosco bajado del cielo para impartir algo de justicia entre aquellos muros. Freud le dirigió media sonrisa, agradecido, sin saber dónde mirar. De haber sido un hombre de fe, en aquel momento le habría rogado sin dudarlo al Adonis de su juventud judía o a cualquier santo católico que lo sacara de aquella embarazosa situación.

La casualidad quiso, más bien, que el libertador se presentase bajo la forma de Angelo Roncalli, que llamó y entró con su ímpetu habitual. Los dos se soltaron de inmediato.

—Doctor Freud, ¿va todo bien? Buenos días, Maria, ¿quién es esta simpática muchacha?

—Es mi hija, Angelo, se llama Crocifissa.

Al decirlo miró de reojo a Freud, que pareció advertir en las patas de gallo el atisbo de una sonrisa cómplice.

—Un nombre hermosísimo a la vez que una pesada carga —dijo Roncalli—. La pasión de Cristo siempre la acompañará, pero al tercer día resucitó, por eso auguro que sus tribulaciones terminarán algún día y vivirá en la plenitud.

—Amén —respondió Maria—. Espero que tengas razón y que pronto terminen también las mías.

—Estoy seguro —afirmó Roncalli—. Este será un gran siglo, en él Cristo triunfará sobre el Maligno. El hombre no es malo por naturaleza, es débil, como un cachorro recién nacido. Hay que encauzarlo y educarlo para que sea feliz.

—¿No cree que también tenga necesidad de cariño? —intervino Freud.

—Por supuesto que sí —respondió el otro con entusiasmo—. Es justo lo que digo siempre. Es usted un hombre sabio, doctor. Le iría bien el birrete rojo de cardenal.

La carcajada con la que el comentario fue recibido tuvo un efecto liberador en Freud y Maria, que se olvidaron de la tensión que se había creado entre ambos.

—Sabe que soy judío y, sin ánimo de ofender, no creo en Dios.

—Solo sé lo que me ha dicho el santo padre: que si todos los judíos fueran como usted, el domingo podríamos celebrar misa juntos y el sábado descansar. Total, al que está ahí arriba nuestras grandes diferencias le parece tan diminutas como pulgas.

Roncalli se frotó las palmas de las manos, como si hiciese frío, y luego dio una palmada.

—He venido a decirle que el papa querría que cenara de nuevo esta noche con él. Me ha rogado que le diga que espera una sorpresa y que está seguro de que será de su agrado. Ahora os dejo, que el amor del Señor esté siempre con vosotros.

—Y con tu espíritu —respondió Maria.

La mujer estaba a punto de salir cuando posó la mirada en los zapatos del doctor austríaco. Estaban muy sufridos, tan arrugados como las mejillas de una vieja. Era probable que nadie los hubiera limpiado a conciencia desde hacía tiempo.

—Ya que esta noche cenará con el santo padre, ¿me permite abrillantárselos, doctor?

Freud se concentró un segundo y, tras recordar con alivio que no tenía agujeros en los calcetines, se quitó los zapatos. Mientras tanto, Maria había regresado a la habitación con unos trapos, un cepillo negro y un vasito de metal. Cuando lo abrió salió un olor nauseabundo, una mezcla de pescado podrido y aceite viejo.

—El olor se va rápido, doctor, ya verá como brillarán los zapatos.

Faltaban pocos minutos para las tres cuando Maria y su hija salieron del despacho directas a la planta baja, donde las esperaba el turno de limpieza de la tarde.

Freud decidió que un Liliputano, con su carácter decidido y el leve perfume a canela, sería ideal para ese equilibrio entre lo dulce y lo áspero, lo sagrado y lo profano, a la espera de recibir al secretario de Estado. Esa expectativa, que hasta aquel momento le preocupaba, ahora le pareció aceptable, cuando no placentera.

11

Después de haber decidido que había pasado el tiempo suficiente, Freud se sacó el reloj del bolsillo y observó contrariado que su notorio paciente llevaba ya más de un cuarto de hora de retraso. La espera es extraña: los primeros minutos se perdonan, casi con benevolencia, después comienza la irritación. Pero, a partir de un cierto retraso, la molestia y el sufrimiento se ven sustituidos por la rabia. Así pasa con el amor, pero también sucede con las citas importantes. En la mente surgen las primeras dudas: por ejemplo, no haber especificado bien las indicaciones del lugar y la hora. O uno se imagina un contratiempo imprevisto que justifica el retraso y del que se hablará con quien comparte nuestra espera, dividiendo con el otro el disgusto o consolándolo. Al final aparece la resignación, que tiene sabor a derrota, aún más amarga si uno está convencido de que no ha hecho nada mal y su espera ha sido en vano. Todo esto se olvida si, como un viento súbito que infla las velas después de horas de calma chicha, el invitado llega y te sonríe contento, levantando los brazos en un gesto de disculpa.

Eso sucedió cuando el cardenal Rampolla del Tindaro apareció en el umbral de la puerta que Freud había dejado abierta y se dirigió hacia él con una expresión risueña y contrita.

—Queridísimo doctor, es un verdadero placer conocerlo.

Sorprendido por aquella muestra de familiaridad, Freud le tendió la mano al otro hombre, que se apresuró a estrechársela. Entonces, el cardenal miró a Freud a los ojos y apretó el dedo corazón sobre la muñeca del otro. Freud se quedó un segundo sin aliento y dudó antes de responder de la misma manera. Con aquel saludo inequívoco, Rampolla declaraba que pertenecía a la masonería y él también. El secretario del Vaticano era masón: aún le quedaban muchas cosas que aprender en Roma.

El cardenal se sentó en el sillón sin dejar de mirar alrededor y abrió una pitillera de plata de la que extrajo un purito de esos que estaban tan de moda entre las damas de la alta sociedad. Freud dejó que se lo encendiese solo, para evitar cualquier exceso de familiaridad.

Quizá había cometido una ingenuidad. Puede que Rampolla, que conocía aquella señal, lo hubiera hecho adrede no tanto por declarar que era masón como para asegurarse de que el otro lo era. El venerable de la B'nai B'rith de Viena, unos meses antes, durante un ágape ritual, había puesto a los hermanos sobre aviso de falsos masones, espías de la policía o de la Iglesia, que trataban de descubrir qué profesores o funcionarios públicos pertenecían a la masonería. La mayoría de las veces era para tenerlos controlados, aunque en algunos casos era para chantajearlos en el caso de que su profesión no permitiese ser miembro.

Por otra parte, aquella consigna podía interpretarse en el sentido inverso, en cuyo caso el cardenal se había puesto en sus manos, corriendo el riesgo de que lo denunciase al papa.

—No piense mal de mí, doctor Freud —dijo Rampolla después de soltar el humo de la primera calada al purito—. Como secretario de Estado, era mi deber recopilar cualquier tipo de información sobre usted, en defensa del buen nombre y de la labor del santo padre, he considerado oportuno revelarle este secretillo que nos une, como *par condicio*.

Freud no respondió y esperó a que se expusiera algo más. Nunca se habría imaginado que su conversación con el cardenal iba a comenzar así.

—Comprendo su perplejidad y prudencia —continuó Rampolla—. Es más, las aprecio. Por eso añado que mi iniciación tuvo lugar hace más de quince años, aquí en Roma, poco antes de ser nombrado secretario de Estado. Mi mentor, como se imaginará, fue otro cardenal cuyo nombre no puedo revelar, ni siquiera entre hermanos. Usted conoce mejor que yo la regla según la cual podemos revelar nuestra pertenencia a la masonería, pero no la de otro hermano.

Freud continuaba observándolo en silencio, esperaba para inducirlo a explayarse.

—No se sorprenda, no somos pocos quienes compartimos la hermandad aquí. Imagino que sabrá que sigue vigente la excomunión *ipso facto* para cualquier miembro. Incluso los templarios fueron expulsados de la Iglesia en su tiempo, aunque a Dios le eran más gratos que a Clemente V, que los mandó a la hoguera con la complicidad del rey de Francia. Yo mismo, hace algunos años, ayudé a su santidad a elaborar la encíclica *Custodi di quella Fede*, que ratifica la condena a los masones. A pesar del secretismo, las voces sobre mi pertenencia a la masonería ya circulaban y, de este modo, tras consultarlo con mi logia, traté de alejar las sospechas de mi persona. Naturalmente, uso un nombre en clave, como puede imaginarse, pero estoy espléndidamente rodeado de banqueros, intelectuales, músicos y numerosos diputados y senadores del reino de Italia. Si le interesara, podría organizar un encuentro con el Gran Maestro del Gran Oriente de Italia. Ernesto Nathan, no sé si lo conoce, es judío y ateo como usted, si no más.

Dicho esto, Rampolla se apoyó contra el respaldo del sillón, expulsó el humo por la nariz y se puso a pensar en otra cosa. Entre ambos se impuso el silencio. Mientras Rampolla hablaba, Freud había mantenido una calma estudiada, a pesar de que lo había pillado completamente por sorpresa. Bien estaba que hubiera rumores de obispos y cardenales que pertenecían a la masonería, pero que el mismísimo secretario de Estado del Vaticano le confesase que era un hermano lo había desorientado.

Después de aquella confidencia, negar que formaba parte de la hermandad del B'nai B'rith habría sido tanto ridículo como contraproducente para la tarea que le habían encomendado. Rampolla se habría cerrado en banda tras sentirse traicionado, y el psicoanálisis necesitaba que existiera una relación de confianza entre médico y paciente. Si el camino para conseguirla pasaba por reconocer la pertenencia a una logia, no sería él quien lo impidiera. Con las últimas palabras de Rampolla, al menos ya no quedaba duda de que efectivamente se trataba de un hermano masón. El motivo de su revelación era una cuestión completamente distinta.

—Me he quedado sin palabras —comenzó Freud—. Y, para alguien como yo, que hace de la palabra un arte, se trata de un acontecimiento realmente extraordinario.

—No me malinterprete —sonrió Rampolla—. No acostumbro a hablar *apertis verbis*, tan a las claras. No he llegado a ser secretario de Estado por esta virtud. Dedico la mayor parte del tiempo a sopesar las palabras como si fueran gramos de oro y a evaluar el uso que mis interlocutores puedan hacer de ellas. Y quiero añadir que no he sido como un libro abierto con usted por simple obediencia al santo padre. Lo que pasa es que me he informado debidamente sobre usted antes de esta reunión, y estoy seguro de que, gracias a su formación científica y su cultura, aparte de su distancia sideral de las intrigas políticas, podremos hablar con franqueza, de igual a igual. Aunque conozco las razones por las que nuestro querido papa lo ha traído a Roma, por supuesto.

Sigmund Freud odiaba los juegos de cartas, sobre todo aquellos en los que se apostaba. Era una forma odiosa, además de estúpida, de perder el tiempo y el dinero. Durante su juventud, la lectura de *El jugador,* de Dostoievski, lo había impresionado en gran medida. La ruina moral, económica y sentimental, con la consiguiente e inexorable degradación de sus protagonistas, mostraba de manera inequívoca los peligros del juego.

Así, cuando uno de sus pacientes le confesaba que obtenía placer con algún juego de azar, atribuía este vicio a una pulsión destructiva del instinto sexual, una desviación de aquel impulso primordial, que contribuía a la represión del individuo. Con las consiguientes fobias y obsesiones que le encargaban que tratase. Por necesidad terapéutica, había aprendido a reconocer entre sus pacientes a aquellos que tendían, a pesar de sus buenas intenciones, a disimular sus propias emociones. Esta capacidad, si entre los hombres se presentaba como una especie de engaño perverso, entre los jugadores se consideraba una virtud con nombre propio: farol.

Que el cardenal Rampolla estuviera de verdad al corriente de su misión le pareció, instintivamente, la hipótesis más probable, y su condescendencia, una manera de inducirlo a abrirse a él como otro libro.

En efecto, un secretario de Estado, en aquel reino cerrado y piramidal, podía saberlo todo. Freud se tomó su tiempo, mientras apagaba el Liliputano y se encendía un noble Monterrey, y aquella pausa le proporcionó la lucidez necesaria para responder. Primera regla: nunca cubras la verdad con la máscara de la mentira. Segunda: mejor dejar rodar la bola que Rampolla había lanzado sin intentar detenerla, pero tampoco darle más impulso. Aquel sí que era un juego divertido.

—Sin duda —respondió—. Imaginaba que el santo padre le habría puesto al corriente de las razones de mi visita. Me habría resultado difícil creer lo contrario. Y me alegro: así ponemos las cartas sobre la mesa.

Si se hubiera detenido a reflexionar un segundo más no habría utilizado aquel término, pero la mueca que esbozó el cardenal le hizo darse cuenta de que su propio farol había funcionado. Así, hablando sin hablar, Rampolla no se había enterado nada y él no había revelado nada. Era el momento de espolear aquel caballo noble y altivo para ver cómo reaccionaba.

—Entonces, si lo desea, podemos comenzar. ¿Tendría la amabilidad de contarme el último sueño que recuerde?

Con la trompetilla apoyada en la rejilla de la ventilación, el papa León trataba de no perderse ni una palabra del encuentro entre su secretario de Estado y el médico vienés. Por desgracia, el fonógrafo se había averiado y las grabaciones se habían perdido. Los endiablados inventos modernos tenían ese defecto. Prometían facilitar las cosas, hacerlas más sencillas y eficaces, pero al final todo era una ilusión y te dejaban con las manos vacías. Exactamente lo que sucedía con las ilusiones del diablo. Ningún chisme sustituiría nunca al oído, y cuando a este no le bastara con la ayuda de una trompetilla, querría decir que Dios había decidido que había llegado la hora de escuchar su voz y nada más. Y para hacer eso bastaba con tener la conciencia abierta, aunque no se tuviese del todo limpia.

De vez en cuando se perdía alguna palabra, sobre todo del vozarrón grave del médico, mientras que el timbre sonoro del cardenal Rampolla se oía como si estuviera en la habitación de al lado, no de la planta de abajo. Le había preguntado varias veces al Padre eterno, que había permanecido mudo, si no era pecado espiar sus conversaciones, pero, como argumentaba el joven Roncalli, la culpa estaba en la intención y en el provecho que se sacaba del acto. En aquel caso, la intención era digna y el provecho no era otro que contribuir a la gloria de la Iglesia para preservarla de la ruina.

También se preguntó si no sería reprobable lo mucho que le divertía oír a Rampolla contar que había soñado con una gallina que correteaba por el jardín, y que le había picoteado los dedos de los pies hasta el punto de despertarlo en plena noche. O la risa que le había entrado cuando el doctor Freud le había preguntado al cardenal si alguna vez había encontrado chinches en su colchón. Pero la respuesta que había hallado en su alma lo había tranquilizado. Era cierto que la risa abundaba en la boca de los necios, pero los pobres de espíritu eran los bienaventurados del Señor, y por tanto la risa más simple y natural era un regalo suyo.

El coloquio estaba a punto de finalizar y ningún secreto había salido a relucir. Sabía desde hacía mucho que Rampolla era masón, aunque había fingido no darse cuenta. De hecho, había sido una de las razones por las que lo había nombrado secretario de Estado hacía ahora dieciséis años. Cuantos más cargos honoríficos tienen los políticos, a más asociaciones pertenecen y más fácil les resulta relacionarse, que es el fundamento de cualquier diplomacia. Y, tal y como estaba la Iglesia de Roma, asediada entre socialistas, saboyanos, republicanos y masones, solo Dios sabía lo mucho que necesitaban estar a bien con todos ellos. Con los franceses, que odiaban a los alemanes, y los turcos por un lado y los rusos por el otro, todos dispuestos a aprovecharse de cualquier debilidad de la Iglesia, fuera real o ficticia, la política era un auténtico manicomio y Rampolla había demostrado que sabía tratar con los locos. Y menos mal que los ingleses eran protestantes y estaban a lo suyo, de lo contrario ellos también estarían enredando.

Se levantó trabajosamente de la silla, aquella mala postura pegado a la rejilla para escuchar lo había dejado exhausto. Vio con alivio la nueva botella de vino Mariani sobre la mesa: quienquiera que se hubiera fijado en que estaba vacía había sido un hijo atento, probablemente Roncalli. Se sirvió más de medio vaso. Aquel tónico le resultaba verdaderamente milagroso para su salud, y era la única de las muchas recomendaciones de los médicos que seguía con gusto. La cocaína era un regalo de Dios, y por eso había prestado voluntariamente su imagen para servir de reclamo al vino, además de haberle otorgado una medalla de oro a su inventor, Angelo Mariani.

Menos de media hora después le entró el apetito: aquella noche les haría los honores a sus dos comensales. Una sorpresa para ambos y para él, otra velada que trascurriría en una agradable compañía: le quedaban pocas, más valía aprovecharlas.

12

Después de apagar la lámpara de petróleo, Freud se guardó los dos últimos Reina Cubana y un Santa Clara en el bolsillo interior de la chaqueta. Al día siguiente, aunque el mundo se acabara o muriera el mismísimo papa, iría a aprovisionarse de los definitivos Liliputanos, los costosos y delicados Don Pedro y los sencillos Trabucco. No quería saber nada de los Punch. La última vez que los había adquirido para probarlos, la capa, la parte exterior, no le había parecido lo suficientemente lisa y aterciopelada, y le había dejado en la lengua un regusto metálico. Por otra parte, siempre había detestado aquel nombre inglés copiado a una bebida malsana que, en lugar de mejorar la digestión como prometía, repetía horas y horas después.

Consideraba inconcebible quedarse sin tabaco, más que una dependencia era..., cómo definirlo, una especie de beatitud necesaria. Impedirle fumar habría sido como negarle la oración a un eremita. Agitó la cabeza y se estremeció. Por voluntad propia podría haber intentado fumar menos, aunque no veía la necesidad. Aún peor habría sido encontrarse con una hermosa provisión de puros y ningún fósforo: aquella sí que habría sido una tragedia. Compraría una caja de diez. Bendito dinero, que en este caso le permitía satisfacer el placer de fumar bien. Que se trataba de un sucedáneo de la actividad sexual hacía tiempo que lo sabía. Por otra parte, como no consideraba que fumar fuese un placer sexual auténtico que reemplazara al sexo, podía estar tranquilo.

Le echó un vistazo al reloj y consideró que disponía de un cuarto de hora largo antes de presentarse ante el papa para cenar. Fue hasta la ventana y la abrió para gozar del olor de la resina de los pinos que se mezclaba con el aroma acaramelado del Reina Cubana y del vuelo estrepitoso de las golondrinas a la caza de presas.

Para ser sinceros, tendría que replantearse su teoría sobre la correspondencia entre el dinero y las heces, que en su momento puede que naciera de su falta de liquidez. Tendría que comentársela al papa, seguramente estaría de acuerdo con él, aunque creía recordar que la máxima de que el dinero es el estiércol del diablo pertenecía a Martín Lutero. Hizo una mueca con la boca y se fijó en una mancha de ceniza en el antepecho de la ventana, sin enfocarla, una costumbre que le ayudaba a concentrarse. No se equivocaba con la idea de que el niño retuviera las heces por miedo a perder algo que le pertenecía y que de mayor hiciera lo mismo con el dinero, dando lugar así al origen del acaparamiento y la avaricia.

También era cierto, lo había escrito él y no podía equivocarse, que al negarse a hacer de vientre, el niño enmascaraba el deseo inconsciente de posponer el placer de la evacuación, similar a un breve orgasmo. Pero gastar el dinero después de haberlo acumulado, además de ser un placer en sí mismo, era un privilegio y una satisfacción que pocos como él podían permitirse. Usarlo para el placer equivalía a darle su justo valor y, en el caso del tabaco, era una cuestión prioritaria. Y si la venera o cualquier forma cóncava representaba la vagina, la evidente forma fálica del puro era aún más manifiesta, aunque dudaba de que el placer de succionarlo tuviera algo que ver con una tendencia homosexual. Pero demostraba cuánta sensualidad podía inspirar y exudar una mujer con un puro en la boca.

Quizá sería mejor evitar esta conversación con el papa. Estaba a punto de cerrar la ventana cuando se fijó en algunos mosquitos, inmóviles como motas negras en la pared. Aquellos minúsculos asesinos portadores de la malaria habían entrado sin zumbar siquiera, de lo contrario se habría dado cuenta antes, a no ser que se estuviera quedando un poco sordo. Encendió al momento unos conos humeantes de Razzia y colocó un par de ellos delante de la ventana y otros tantos a ambos lados de la cama, con la esperanza de que hicieran lo que prometían en todos los anuncios de los periódicos. En Viena, los escasos mosquitos no eran portadores de fiebres, pero en Roma, rodeada de ciénagas y pantanos, todo era posible. Bien pensado, Roma era la ciudad donde todo era posible *tout court*.

Todo podía suceder allí, como así fue cuando, apenas entró en la sala de los tapices, donde se iba servir la cena, se encontró frente a Cesare Lombroso, a quien precedía su fama.

—Queridísimo doctor —le dijo el italiano—. Es un placer conocerlo.

—El placer es mutuo —respondió Freud—. No pensé que...

Lombroso continuó su conversación con el papa, dejándole con la frase a medias que Freud evitó concluir. Iba a cenar con el inventor del polígrafo: una sorpresa nada agradable, formalidades aparte, y no solo por aquellas gafas de metal y la imponente perilla blanca. Él también lucía barba y gafas, pero no se daba esos aires.

La sensación negativa no se diluyó durante la cena, aunque León XIII intentó por todos los medios que entablaran conversación o que debatieran. Todo por culpa del comportamiento de su colega italiano, si bien admiraba su trabajo. Se había comportado como el único gallo del corral y, mientras el papa ejerciera de granjero, él no tenía ninguna intención de asumir el papel de gallina.

Ese «queridísimo» inicial, no seguido de su apellido, le había irritado. Esa manera típicamente italiana de expresarse escondía bajo una apariencia de cordialidad una afirmación de superioridad, un alarde de riqueza, cultura o puede que fama.

Al papa, por su parte, le embargaba una alegría casi infantil y continuaba preguntándoles a ambos comensales su parecer sobre las mismas cuestiones, saltando de un tema a otro, a cuál más disparatado. Del nuevo arte visual en movimiento al telégrafo sin hilos, que había contado con la contribución fundamental del doctor Marconi.

—¿No creen —les indicaba a ambos— que estas invenciones, hijas de un nuevo siglo moderno, puedan alejar al hombre de la búsqueda de la verdad interior?

Freud levantó un dedo para objetar cuando Lombroso intervino.

—Sin duda. Es todo culpa de un progreso sin control. En mis tiempos, es decir, en los nuestros, santidad —Lombroso le guiñó el ojo al papa—, la ciencia obedecía a la moral, no al revés.

Freud optó por callar. Al final de la comida, quizá gracias al vino fresco que un criado continuaba escanciándole al médico italiano, Lombroso reveló que Cesare era su pseudónimo, que su verdadero nombre era Marco Ezechia. Añadió que, como su ilustre colega, era de ascendencia judía, a pesar de que era completamente ateo, que el papa le perdonase por partida doble. Miró a Freud de reojo y ese fue el único momento en el que ambos intercambiaron cierta complicidad. En Roma, en el Vaticano, en presencia del representante de Cristo en la tierra, dos judíos ateos, para más inri, eran como dos voluminosas judías en un plato de lentejas.

León XIII no se descompuso y, aprovechando ese momento de silencio, pidió que le trajeran un portafolio de tafilete rojo.

—Me gustaría que les echara un vistazo a estas fotografías —le dijo a Lombroso sin dejar de mirar a Freud—. Tengo la pequeña manía de coleccionar rostros y de catalogarlos, y me gustaría conocer su parecer sobre los rasgos de estos hombres. Se dice que usted tiene talento para reconocer al instante a un delincuente, profesor, y no querría tener entre esta pequeña muestra a ningún imitador del demonio. ¿Le importaría que me aproveche de su amabilidad y su conocimiento?

Las fotos que colocó ante Lombroso resultaron ser las de los tres cardenales que el médico vienés se encargaba de psicoanalizar. Los ojos de León se redujeron a dos ranuras y los labios, ya sutiles, se retrajeron aún más en el interior de la boca cuando intentó disimular la sonrisa. Endiablado papa. Freud notó una gota fría de sudor que le bajaba por la espalda. Entonces, la cena no había sido más que una pantomima para sonsacarle al médico italiano una opinión sobre los tres sospechosos, sin revelar nada y sin sospecharlo. Endiablado papa, por partida doble.

En efecto, al margen de sus méritos en diversos campos de la medicina, Lombroso había desarrollado, como él, una nueva ciencia, que consistía en identificar los rasgos criminales en las características faciales y otros atributos físicos. Si al principio Freud sintió resentimiento por creerse excluido durante la velada, ahora se regodeaba: en aquella partida de cartas a tres bandas, el papa lo había elevado a la categoría de cómplice y el otro era el pollo al que iban a desplumar, para satisfacción suya.

Aquella era la verdadera sorpresa, no la presencia de su colega, y ahora le tocaba a él seguir el juego e intervenir, llegado el caso. Lombroso observó todas las fotos con gran atención, se limpió las gafas con la servilleta, las comparó de dos en dos y luego las colocó en una especie de escala jerárquica de la que solo él parecía conocer el significado. Suspiró, arqueó una ceja tupida como si dudase y, finalmente, se apoyó en el respaldo de la silla.

—Santidad, en dos de los tres sujetos —proclamó—, percibo indicios inequívocos de personalidad criminal, por lo que desaconsejo vivamente que frecuente su compañía. Fíjese en el más anciano: tiene la frente estrecha, aunque la calvicie hace que parezca que la tiene más amplia. Los senos frontales están marcados, mientras que el rostro es alargado. El individuo debe de ser alto. —Lombroso le lanzó al pontífice una mirada por encima de las gafas y esperó una respuesta afirmativa en vano. En efecto, el cardenal Oreglia le sacaba al menos medio palmo—. Además —continuó Lombroso—, por la nariz aguileña, las orejas alargadas y los caninos, que se entrevén más desarrollados de lo normal, me atrevería a afirmar que se trata de un asesino en potencia. Pero debería examinarlo en persona, en cualquier caso. Con una fotografía no se puede constatar nada.

—No, naturalmente, pero me conformo con sus impresiones —el papa casi lo interrumpió—. Continúe, doctor, se lo ruego. Tengo un gran interés.

Fingiendo curiosidad, Freud cogió la foto y la observó con atención. Por un instante, se le pasó por la cabeza que los tres prelados se estuvieran escondiendo tras alguna de las cortinas de terciopelo amarillo y que, en cuanto terminase el examen de sus retratos, saldrían ataviados con sus ropajes. Pero Lombroso ya la había emprendido con el segundo retrato.

—Si no fuese científico y estudiara la mirada, en lugar de las características fisionómicas, diría que este joven es un prestidigitador o un vendedor de crecepelo. Pero, a través de un examen objetivo, podría definirlo como un banquero honesto, si es que todavía existen.

Con la tercera fotografía del revés, tapó primero la parte izquierda y después la derecha para escrutar el rostro de De Molina y Ortega.

—Observen qué simetría tan perfecta: los labios regulares, aunque exangües, como se deduce de su tono pálido respecto a la tez. Y los ojos distantes que se encuentran en el extremo con una nariz recta en un triángulo equilátero perfecto. Por un instante me había engañado ese leve prognatismo, pero es de carácter secundario, algo común en muchos de los Habsburgo, con todos mis respetos por el emperador de Austria y por nuestro querido doctor Freud, su súbdito. Este hombre podría sentarse perfectamente a nuestra mesa, si bien sus conversaciones podrían resultar totalmente banales.

El papa se frotó las manos y, con un gesto de una de ellas, llamó al criado para que le sirviera una copa de vino Mariani, que no ofreció a sus invitados.

—¿Y qué me puede decir del tercero? —León sonrió—. Siento verdadera curiosidad y sus deducciones me han impresionado—. Freud se planteó que el papa también jugase al gato y al ratón con él, quizá la invitación para venir a Roma escondiera otra cosa.

—¿Lo conoce? —Lombroso arqueó la ceja izquierda y pareció pasar al contraataque.

—La verdad es que no —mintió el papa, ladeando la cabeza, mientras observaba la foto de su secretario de Estado.

El médico italiano dio unos golpecitos en la fotografía con el dedo.

—Mírelo bien. La nariz, sobre todo. Carnosa, chata y aguileña al mismo tiempo, como si fueran varias narices en una. Los labios carnosos, los párpados abultados, los ojos son más que porcinos, parecen los de un auténtico cerdo, como si lo hubiera parido una marrana, y disculpen la grosería. Y esta asimetría aberrante del rostro: con la parte derecha muestra benevolencia, con la izquierda, maldad, como el ojo, entrecerrado, que revela una vida de sospechas y maquinaciones. Sería un sujeto estupendo para usted, doctor Freud, descubriría una doble personalidad. También se percibe un poco de bocio, estoy convencido de que es un hombre robusto y achaparrado, me atrevería a decir. Decididamente se trata de un hombre peligroso, un violador con tendencias homicidas. Pero quizá, santidad, usted se esté burlando de mí.

Freud posó la mirada un instante en los ojos del papa, que mostraba una expresión de inocencia total. Lombroso podía haber visto en algún sitio un retrato del cardenal decano o del secretario de Estado, y todos sus comentarios podían haber formado parte de un juego al que había fingido sumarse. León XIII no respondió; a fin de cuentas, no le había hecho una pregunta, solo había expresado una duda. El silencio, en cambio, no había hecho más que aumentarla.

Un puro, por Dios, en ese momento lo necesitaba más que un náufrago un salvavidas. Pero aquel hombrecillo vestido de blanco simplemente se acercó a Lombroso con cara de sorpresa, que se vio obligado a retirar la suya.

—Con su venia, santidad. Pretendía decir que no me sorprendería que haya querido someterme a una prueba a sabiendas del carácter perverso de este hombre. Y que quizá este individuo despreciable se esté pudriendo en una mazmorra de Castel Sant'Angelo esperando al verdugo.

—Oh, no —respondió el papa con un tono de inocencia infantil—. Hace más de treinta años que no se ajusticia a nadie. Pero querría hacerle una última pregunta. Según su experiencia, ¿los delincuentes pueden reprimirse por temor a Dios?

A Freud le entró un ataque de tos y el papa le lanzó una mirada de desaprobación.

—Para ser sinceros —respondió Lombroso con una mueca—. La mayoría de los reos son creyentes, como se aprecia también por las imágenes de los santos con las que decoran sus tugurios y los mensajes que graban en las paredes de sus celdas. Han sido moldeados por una religión mezquina y acomodaticia que convierte a Dios en una especie de tutor benévolo de sus crímenes. No me hace falta recordarle, santidad, que hasta los ladrones tienen a san Dimas, su santo patrón y protector.

El papa se frotó las manos, que poco a poco se adueñaron del portafolio de tafilete rojo.

—De verdad que no sé cómo agradecerle esta última explicación, la conservaré como un tesoro —dijo León—. Pero ahora les ruego que me disculpen, mi cansancio es mayor que el placer de su compañía. Les dejaré con su tabaco y sus discursos científicos, seguramente tendrán mucho que debatir y contrastar entre colegas.

Los dos médicos se levantaron y Freud se inclinó levemente para besarle la mano. No era por las dos mil liras a la semana, ni tampoco por imitar al colega, más bien era una manera de quitarse el sombrero que no llevaba como gesto de profunda admiración. Si hubiera tenido que definirlo habría dicho que era genial y diabólico. Con noventa y tres años nada menos.

13

El despertador capuchino que compró en París, que llevaba consigo siempre que viajaba, vibró con decisión a las siete y media. La superficie dorada despedía un destello molesto y Freud se levantó a desgana. El insomnio, debido probablemente a las dos copas de vino Mariani que se había pimplado con Lombroso, no le había dejado descansar. Cada despertar había estado acompañado de una serie de sueños, y el intento de retenerlos había mermado su capacidad para volver a dormirse. Recordaba solo algunos retazos del último: un paseo a caballo que le proporcionaba una sensación agradable en las gónadas, la sonrisa molesta de algunos desconocidos que se quitaban el sombrero a su paso y la visión de De Molina y Ortega, vestido como Augusto, el chófer silencioso que lo había llevado en coche un par de veces.

Anotó apresuradamente los hechos en el cuaderno, dejando un poco de espacio entre ellos para catalogar las distintas impresiones. También se tomó media jarra de agua para intentar quitarse la sensación de tener la lengua abotargada, por culpa de la cocaína del vino y, también, aunque lo admitiera a disgusto, del tabaco, pues había fumado sin parar hasta pasada la medianoche.

A consecuencia del engaño del papa, Lombroso le caía más simpático, pues le había tocado el papel de perdedor, aunque no lo supiera. Por lo demás, la pomposidad del italiano le había parecido propia de un científico al final de su carrera, con más tendencia a magnificar los méritos pasados que a profundizar en la teoría. Una debilidad propia de la edad avanzada, como había admitido el propio Lombroso hacia el final de su encuentro. Durante el mismo, Freud se había sentido tentado de plantearle alguna pregunta sobre el análisis del rostro de los criminales, pero lo había evitado, temía que su curiosidad pudiera destapar el ardid del papa.

Por otra parte, aunque algunas de las afirmaciones más dogmáticas de Lombroso lo dejaban perplejo, no había que infravalorar sus investigaciones. La fisionomía ya se había acreditado como una nueva ciencia y el erudito italiano tenía muchos seguidores, muchos más que él, seguramente, al menos por el momento.

Decidió poner fin a la reflexión y salió a toda prisa, rumiando sobre el significado del sueño y de los símbolos que lo poblaban, el caballo sobre todo. Antes de partir en dirección al centro, pasó ante la oficina de correos del Vaticano, donde obtuvo la grata confirmación de que el polígrafo estaba a punto de llegar. Le serviría para verificar el nivel de emotividad de los tres cardenales; de los tres, solo De Molina y Ortega parecía tener alma. El único inocente, según Lombroso. Pero de ahí a descubrir posibles culpas, secretos, obsesiones o fobias ligadas de alguna manera a ese acto delictivo había mucho trecho. A su debido tiempo, le agradecería a Adler que se lo hubiera enviado con tanta premura desde Viena.

Mientras pasaba por la puerta de Santa Ana, donde la guardia suiza lo saludó con deferencia, se rascó la barba. Si lo hubieran sometido a la prueba del polígrafo cuando Lombroso le preguntó por qué motivo se encontraba en Roma como huésped del papa, habría aparecido como un mentiroso empedernido. Menos mal que la excusa de que había venido para someter a algunos sacerdotes a curas con hipnosis había satisfecho a su colega. A fin de cuentas, no era del todo mentira, más bien era una media verdad.

Al dejar a sus espaldas la basílica de San Pedro, se encontró caminando a paso resuelto mientras balanceaba rítmicamente el bastón de Malaca: apuntaba al suelo cuando apoyaba la pierna izquierda, lo retiraba cuando avanzaba con la derecha. Se llevaba el mango del bastón al ala del sombrero cada vez que se cruzaba con una mujer agraciada.

No solo aquellas acompañadas por las criadas con la cesta de la compra, que bajaban la mirada compungidas, sino también las mujeres del pueblo con vestidos muy escotados, que se echaban a reír complacidas tras el inesperado saludo de un señor distinguido.

El cansancio se le había pasado, y cuando en Via Sistina entró en el estanco, dejó que los empleados, después de reconocerlo, se deshicieran en halagos por su elección y lo acompañaran hasta la puerta descuidando a otros clientes. Por otra parte, era comprensible: no todos los días se veía a alguien gastar doscientas sesenta liras en puros caros. Reina Cubana, Liliputanos, Don Pedro, Santa Clara y los famosos Bolívar, que no había fumado nunca, con la tonalidad oscura justa y un decidido olor a frío.

—Si me permite —se atrevió el estanquero, en tono amistoso—, apreciará lo compactos que son, porque las trabajadoras lían la capa de los Bolívar como solo ellas saben, con los muslos.

Cuando salió de la tienda se encendió uno y, después del primer aroma a fruta fresca, le sobrevino un gusto casi terroso y caliente, quizá demasiado para el día que hacía. Habría sido perfecto en invierno, en las colinas nevadas de Grinzing, después de un jarrete humeante con patatas y col y un buen trago de Schwartzhog como digestivo.

Aunque tenía ganas de guardar los puros rápidamente para resguardarlos del calor en el humidificador, tenía que pasar antes por el Banco de Roma, a poca distancia de allí, para verificar que había recibido el primer pago de las dos mil liras y para retirar efectivo, pues andaba escaso. Cuando se presentó, el empleado llamó al jefe de sala y este al director, que le dedicó diversas zalamerías, manifestando lo honrado que se sentía de que un caballero tan famoso hubiera abierto allí una cuenta. También le sugirió que invirtiera en algunas acciones que contaban con la confianza del mismísimo papa y con las que este había especulado con éxito. Freud salió del banco aturdido pero satisfecho de no haber cedido a los halagos.

A su regreso se detuvo ante el Tíber, donde adquirió una blusa con encaje *valencienne* para su mujer, para sentirse menos culpable por haber gastado tanto en puros. Quizá un poco cursi para sus gustos, pero a él le gustaba, y eso también era importante.

En la Via de' Coronari, la sed comenzó a atormentarlo y no pudo calmarla ni con un ligero Trabucco. No le gustaba tanto fumar mientras caminaba, porque no se saboreaba tan bien con las distracciones que saltaban a la vista. Fumarse un puro era como intimar con una mujer: había que hacerlo con calma, al menos que uno fuera una bestia en celo. Cuando apagó la brasa contra una pared, leyó el nombre de la calle: Via di Panico, la misma en la que Maria le había contado que su madre regentaba una bodega. Justo lo que necesitaba para calmar su sed y su curiosidad, aunque, en ese momento, quizá ella le estuviera limpiando la habitación.

No debía tratarse de un local de lujo, podía ser justo aquel con una cortina verdosa a modo de puerta. Le asaltó más el silencio que el olor a vino y a tabaco rancio. Una mujer de rasgos duros, que había vivido tiempos mejores, lo observó con severidad, pero un instante después se iluminó como si hubiera visto a la Virgen y le hizo señas para que se aproximara a la barra.

—Es usted el doctor austríaco, ¿verdad?

Cuando él asintió, la mujer batió palmas y después las dejó unidas, casi como en un gesto de plegaria.

—Ay, Santo Cielo, pero qué placer, qué honor. Maria me ha hablado mucho de usted, ¿sabe? Permítame, ¿qué le puedo ofrecer? ¿Le apetece un vinillo fresco del bueno? No se crea que es el mismo que beben estos patanes. Quita la sed y espanta los malos pensamientos.

Antes de que pudiera decir ni una palabra, Freud se encontró delante un vaso de vino blanco, lo miró, le dio las gracias con la mirada y bebió un sorbo. Un segundo después se encontró sobrevolando su querida Viena, en Grinzing, entre las mesas de madera de un *Heuriger*, bajo un techo de racimos de uva madura. Martha, que todavía no era su mujer, lo escuchaba en silencio mientras él se le declaraba, con la garganta seca de la emoción.

—¡Maria! —gritó la mujer—. ¡Ven corriendo!

Cuando levantó los ojos del vaso, Freud creyó ver el rostro sonriente de Martha mientras le decía que sí. Pero no era ella, esta mujer quizá era aún más hermosa, o quizá fuera culpa del vino.

—Buenos días, doctor, ¡pero qué sorpresa tan grande! —Sonreía con la boca, pero no con los ojos.

—Yo... —Freud intentó retomar el control—. Pasaba por aquí, me disponía a volver al Vaticano y...

—Ha estado de compras. —Maria lanzó el delantal sobre la barra y se retocó el pelo—. Apuesto a que son puros.

Freud se encogió de hombros y le entraron unas ganas repentinas de fumarse otro.

—Vamos, salgamos fuera, aquí no se puede hablar.

Él no tenía ninguna intención de hablar, por qué se le habría ocurrido la idea absurda de entrar en la bodega. La mujer lo tomó del brazo, una confianza que no se esperaba. La verdad era que estaba en su ambiente, allí no era una sirvienta, sino la dueña.

Freud sudaba y el vino que se había tomado con el estómago vacío no era el único culpable. Se detuvieron a la sombra, en un banco de piedra cerca del surtidor de una fuentecilla. El gorgoteo interrumpía el silencio de ese rincón. La mirada perdida de Maria, que observaba un punto indefinido al fondo de la calle, lo puso sobre aviso. Cuando sus pacientes clavaban la vista en el techo sin hablar, había llegado el momento de una confesión dolorosa o embarazosa.

—Verle ha sido un milagro. —Maria se mordió el labio—. No sé con quién hablar, ni siquiera mi madre lo entendería.

Un segundo después, las lágrimas le asomaron a los ojos y Maria apoyó la cabeza en su hombro. Freud miró a su alrededor; por suerte, las pocas personas que pasaban parecían ir a lo suyo. Su instinto le decía que se levantara para que desapareciera sin lugar a dudas aquella confianza que resultaría inapropiada a ojos de todo el mundo, a ellos los primeros, o peor aún, transgresiva. Pero justamente por eso no podía evitar encontrarla atrayente: de hecho, él mismo sostenía que vivir la transgresión te libraba de la neurosis que, a su vez, reprimía todos los instintos sexuales, dotando sus causas y, a veces, también los síntomas de una apariencia indescifrable. Las neurosis eran como las salas donde recluían a los locos sin remedio, a los peligrosos: tenían el interior insonorizado e impenetrable, y solo quien poseía la llave podía entrar. Esta llave era, justamente, el psicoanálisis.

Se habría sentido mucho más a gusto si hubiera podido expresar aquella teoría ante un simposio médico autorizado en lugar de vivirla en sus carnes. La de Maria no olía ni a vino ni a lascivia, sino a lilas y a verbena, que se mezclaban con el sudor, y el conjunto olía a vida, a naturaleza. Sacó un pañuelo del bolsillo y se lo puso entre los dedos, con cuidado de no abandonar la posición erecta. Fue ella quien se apartó, tras sonarse la nariz.

—Discúlpeme, doctor, no pretendía...

Era su turno de hablar, de decirle una palabra de consuelo corriente o cualquier banalidad aún peor, pero mientras el cerebro elaboraba cientos de palabras adecuadas a la circunstancia, parecía que la lengua se le había pegado al paladar, incapaz de expresar sonido alguno.

Solo cuando ella se levantó del banco, Freud tomó aliento y pudo articular palabra; hasta entonces la lengua había sido una excrecencia inútil del aparato bucal.

—Hable, la escucho —logró decir, con la ayuda de una frase repetida miles de veces ante sus pacientes.

Maria volvió a sentarse, con las manos en el regazo y los pies enlazados entre sí.

—Crocifissa no ha vuelto esta noche y tengo miedo.

Ni siquiera ella sabía por qué motivo se lo contaba: ¿qué podía hacer él? Quizá porque era un hombre, el único que conocía y del que, por instinto puramente femenino, se fiaba, o quizá porque se había presentado de esa manera tan inesperada, como un ángel en respuesta a sus plegarias.

Había pasado la noche en blanco: primero despotricando por el retraso de su hija, lista para reprenderla y castigarla y, después, con el paso de las horas, cada vez más angustiada y atormentada, imaginándose las desgracias más horribles. Había pensado en ir a ver al padre administrador para preguntarle si la había visto marcharse y a qué hora, pero de esa manera habría dado una mala impresión de su hija, y encima los primeros días de trabajo. De confesárselo a su madre, mejor ni hablar, ella le habría repetido hasta la saciedad que se había equivocado, que ser criada de los curas no era lo suyo, que su sitio estaba en la bodega. Habría añadido que aquellos paletos que la frecuentaban, casi todos compañeros socialistas con el pañuelo rojo en el bolsillo, eran mucho mejores que aquellos grajos negros y engreídos del Vaticano. Y que, si le hubiera sucedido alguna desgracia, la culpa sería solo suya, que dejase de pensar de una vez en una vida que no fuera un trabajo honrado entre gente normal.

Freud apoyó los paquetes en el banco y se encendió otro Trabucco, el cigarro que tardaba menos en fumarse. Cuando fue a hablar por fin, aspiró el humo y se puso a toser.

—¿Se encuentra bien, doctor?

Él hizo un gesto afirmativo con la cabeza y la invitó con otro de la mano a que continuara.

—Ayer por la tarde —prosiguió la mujer—, estábamos abrillantando los muebles del pasillo juntas, los del tercer piso. Crocifissa parecía nerviosa, pero yo pensé que estaba harta de frotar. A esa edad es normal trabajar a desgana, una aún no se ha acostumbrado. Cuando estábamos a punto de marcharnos, me dijo que tenía que entretenerse un poco más. Un monseñor quería hacerle unas preguntas y quizá confesarla. Es cierto, hacen eso con las novicias, para evitar que se les meta en casa alguna descarriada, una anarquista, una socialista, qué sé yo. Pero Crocifissa no es ni lo uno ni lo otro. Le dije que la esperaría en la puerta de Santa Ana y me quedé esperando allí hasta que cerraron. Entonces pensé que habría salido por otro sitio y regresé aquí ya casi a oscuras, pero no estaba en casa ni en la bodega.

—¿Quiere que pregunte yo? Puedo intentarlo con Roncalli, parece un joven cabal.

No sabía por dónde empezar, ninguno de sus hijos se comportaría así nunca, por no mencionar a sus hijas, que no salían de casa como no fuera en compañía de su madre o una criada. Por lo poco que había visto de la ciudad, Roma le parecía un mundo completamente distinto a Viena; lo mismo que sucedía con la gente, para bien y para mal. Los colores de la vida tenían un precio y Roma parecía un arcoíris caótico, pero a veces había que pagar un precio por el caos.

—No lo sé, pero si esta noche no regresa, sí, se lo ruego.

Le tomó la mano y se la besó. Freud mantuvo el puño cerrado y la retiró despacio, para no ofenderla o avergonzarla, pero aquel gesto, fruto de la gratitud, le provocó, a su pesar, una sacudida en la ingle.

—Ya me marcho, no se olvide de sus paquetes —le dijo con una media sonrisa.

—Claro que no, son mis puros y... una blusa.

Al leer en la bolsa la marca Trebo, a Maria se le iluminó la cara.

—Entonces, por eso ha venido a la bodega —exclamó, entusiasmada como una niña—. Doctor, no tenía por qué, no me lo merezco. Enséñemela, se lo ruego.

Abrió el paquete mientras él la miraba, embelesado e incapaz de reaccionar.

—Pero ¡qué bonita! Nunca había tenido una prenda tan elegante. Yo... de veras que no sé cómo darle las gracias.

Maria dudó un momento, después le dio un beso en la mejilla y se marchó corriendo.

14

L'Osservatore Romano publicaba en la tercera página un artículo sobre la mortalidad por cáncer: en Italia había cincuenta y dos casos entre cien mil personas, la media más baja de Europa. Según apuntaba el redactor anónimo, la medicina moderna consideraba que los tumores eran producto de una alimentación alta en grasas, típica de las sociedades nórdicas. Una opinión refutada por otros estudiosos eminentes que lo achacaban a la falta de higiene en las ciudades grandes, mientras que para otros el cáncer era una consecuencia directa de los problemas mentales. El hecho de que estuviera más extendido en los países donde más cerveza se consumía indicaba una posible correlación, aunque podía depender tanto del agua utilizada como del tipo de lúpulo.

Freud dejó el periódico en el suelo: prefería el vino, si bebía cerveza era solo porque era mucho más barata. Pero, de ahora en adelante, le diría a Martha que economizara en otros aspectos de la vida cotidiana para poder destinar algo más al vino; y mejor si era blanco, ligero y con burbujitas.

Cogió el cuaderno en el que tenía apuntadas algunas preguntas para De Molina y Ortega, que llegaría pronto, pero su mirada se posó en los apuntes sobre el sueño que había tenido aquella noche. La parte donde aparecía el joven cardenal mudo debía representar su deseo insatisfecho de que hablara, pero la conexión con el caballo y la gente que lo saludaba no estaba nada clara. Tampoco conseguía concentrarse lo suficiente: todos sus pensamientos regresaban de forma inevitable al encuentro de aquella mañana con Maria. Por muy legítima que fuera la preocupación de su madre, Crocifissa probablemente habría dormido en casa de alguna amiga mayor con la que había estado bebiendo y se habían emborrachado. Volvería a casa con el rabo entre las piernas y Maria se calmaría después de darle un buen cachete.

Lo que más le turbaba era el interés que sentía por aquella mujer, que se había manifestado sin preaviso. Y se había concretado en un placer sutil cuando Maria se había apropiado de la blusa destinada a su esposa. Nunca habría osado hacerle un regalo así, todo lo más un pañuelo, pero en esa ocasión el destino había sustituido a la voluntad, incapaz de superar las barreras de las convenciones sociales.

Todo normal, pero solo si uno creía en el destino. Como si la casualidad hubiese dictado que se dirigiese hacia aquel objetivo por vías secundarias: el cambio de calle, la excusa de la sed que lo había conducido hasta la bodega. Pero el destino era un mito, el Hado era un dios ciego, hijo del Caos y de la Noche. Lo que sí existía era la voluntad del inconsciente, que te hace caminar en dirección opuesta respecto a la que crees dirigirte. Se había puesto en la piel de Zerlina, la campesina de *Don Giovanni*, de Mozart. Cuando el retorcido caballero la corteja y ella recita el aria «Vorrei e non vorrei»: es ahí cuando duda entre rechazar la proposición amorosa o aceptarla. En realidad, sabe perfectamente que aceptará, pero para no sentirse tan culpable, finge consigo misma y evoca sus escrúpulos inútiles.

Sabía con certeza que Maria en realidad no le gustaba, podía ser que estuviera transfiriéndole a ella el sentimiento de soledad que lo perseguía.

—Al que llama, se le abrirá, dice el Señor, aunque claramente usted lee poco las Sagradas Escrituras, doctor.

La voz aguda de De Molina y Ortega lo cogió por sorpresa y aún más ese tono jovial, tan distinto al aire angustiado con el que lo había visto tres días antes en la Capilla Sixtina. Un encuentro interrumpido, como un coito.

Entre las preguntas que había recopilado, había incluido una demanda para pedirle explicaciones.

—Le pido disculpas, monseñor, estaba divagando.

—Divagar, vagar... Vagas estrellas de la Osa... —respondió De Molina—. ¿Usted conoce a nuestro poeta Giacomo Leopardi?

—La verdad es que no, pero póngase cómodo, por favor.

A partir de la segunda sesión, no había peor manera de comenzar que desviarse del objetivo, como si el médico y el paciente fueran dos amigos que se encontrasen para hablar de esto y de aquello. De Molina y Ortega se tendió en el diván y del hábito asomaron un par de zapatos rojo fuego.

—¿Quiere que le cuente el último sueño que he tenido?

—Hoy no, gracias. Pero apúntelo, nos será útil la próxima vez. Me gustaría que cerrase los ojos y respondiera a cada palabra que yo le diga con la primera que le venga a la cabeza.

—Como guste —respondió De Molina con frialdad.

Restablecida la distancia necesaria, Freud sacó el cuaderno donde había escrito tres columnas de palabras clave, las mismas para los tres cardenales. La comparación entre ellos podría arrojar resultados interesantes.

—Jesús —comenzó.

—Amor —respondió De Molina sin dudarlo.

—Oración.

—Canto.

Freud subrayó esa respuesta en apariencia incongruente.

—Comida.

—Carne.

—Fidelidad.

—Castidad.

Otro subrayado.

—Mentira.

—Fuego.

—Ventana.

—Vacío.

—Caricia.

—Madre.

—Pierna.

—Seno.

—Juego.

—Estudio.

De Molina se incorporó sobre los codos.

—Dios santo, doctor, ¿vamos a seguir así mucho más?

Habían interrumpido el contacto, pero había bastado para recopilar información. La velocidad con la que De Molina había contestado y la predisposición a participar en el experimento le habían impedido reflexionar y, por tanto, mentir. Ahora el nerviosismo le habría venido bien para profundizar en el análisis. La tensión y el desasosiego podían representar indistintamente una negativa al diálogo o la antesala a una confesión liberadora, cuando no a la propia liberación.

—No. —Freud cerró el cuaderno—. Si lo desea, podemos dejarlo aquí.

Alguna gota de sudor empañaba la frente de De Molina, posiblemente por el calor. Qué ropa interior llevaban en verano los curas bajo la sotana negra era uno de los misterios de la Iglesia católica.

—¿Le he sido de utilidad?

Después de quitarse las gafas, Freud se frotó los ojos.

—Sin duda, pero lo sería aún más si me explicase por qué me invitó a la Capilla Sixtina hace tres días. No era para mostrarme la mirada ausente de Dios.

El cardenal sonrió, encogió los hombros y se cruzó de brazos. Una postura de defensa total. Bien, había introducido una cuña mojada en el mármol, la única manera de quebrar su dureza. El silencio de De Molina le confirmó a Freud su impresión.

Se notaba algo casi parecido al borboteo de un volcán que, en breve, fuera a desgarrar la montaña y a chorrear ríos de lava. Debía estar preparado para cualquier eventualidad, incluso para un arrebato de violencia. Dos años antes, una paciente suya, al sentirse atacada donde más le dolía y acorralada, había acumulado tanta tensión que no era capaz ni de hablar, y la única manera de desfogarse que había encontrado había sido arrancarse la blusa y mostrar los senos. Después de aquel gesto, había bastado con otra sesión para curarla de su histeria. Esperaba que De Molina no se arrancase el hábito.

—Es usted muy listo, doctor. —El cardenal lo miró de reojo, pero sin agresividad alguna—. Sin embargo, las circunstancias cambian, igual que cambian las estaciones, y aquello que un día se dice, otro se calla. Es la voluntad de Dios, más que la nuestra.

Dicho esto, De Molina y Ortega se cerró en banda. Sin que nadie se lo pidiera le contó a Freud un sueño, en el que su madre le reprendía por estudiar con poca aplicación y su padre lo había castigado mandándole a la cama sin cenar.

Se trataba probablemente de un episodio real sucedido durante su infancia que De Molina había querido contarle como si fuera un sueño. Pero al querer engañarle, le había revelado involuntariamente un problema sin resolver acaecido durante la infancia, si es que todavía se acordaba. Por otra parte, reconocer un engaño nos acerca a la verdad, eso decía siempre su abuela, que no sabía nada de psicoanálisis.

El cardenal ya se había levantado para marcharse cuando Freud decidió gastar su último cartucho en algo que no fueran salvas.

—Tengo una última pregunta que forma parte del recorrido que hemos comenzado. Sin rodeos, querría saber a qué edad comenzó a masturbarse y si continúa haciéndolo.

De Molina se ruborizó y la mirada se le inyectó de odio. Freud se quedó impasible, por fin una reacción humana. Un piso más arriba, León XIII desfalleció un instante y la trompetilla se le cayó. Fue a cogerla de inmediato, para no perderse la respuesta.

—Comprendo su incomodidad —continuó Freud—. Pero además de la importancia de la pregunta para su cuadro psicológico, quiero recordarle que me debo al secreto profesional.

De Molina y Ortega se humedeció los labios, clavó la vista en el suelo y se frotó las manos.

—No tengo intención de responder a esa pregunta, doctor. Son aspectos de la vida que, aunque pertenezcan a la corporalidad del ser humano, para mí, para todos los que llevamos este hábito, tienen un alcance espiritual. Solo podría hablarlo con mi confesor.

—¿Y quién es? —lo apremió Freud.

—Ahora sí que está exagerando, le recuerdo que existe un secreto que está por encima del profesional y es el secreto de la confesión. Sin embargo, por obediencia al santo padre, no por satisfacer su curiosidad, le confiaré que suelo confesarme con el cardenal decano, Luigi Oreglia. Espero que esté satisfecho. Y ahora, si me lo permite, me despido.

Freud cerró el cuaderno y se levantó por educación, mientras De Molina salía de su consulta, con la cabeza gacha, casi como si rezara, por qué no. Esperó a que cerrase la puerta antes de darle un puñetazo satisfecho al brazo del sillón.

Si hubiera sido una partida de *whist*, se habría adjudicado él solo los cuatro puntos de los honores. La falta de respuesta del cardenal sobre la masturbación equivalía a admitir la práctica. Estaba convencido. Habría bastado con un simple no, un gesto de negación con la cabeza, quizá acompañado de una sonrisa condescendiente para dejarlo con la duda. Pero se había negado a responder a aquellas provocaciones y, en todos los casos observados en decenas de pacientes, aquel comportamiento implicaba una admisión implícita. En cualquier caso, en un hombre de treinta y ocho años sin una mujer a su lado o, mejor dicho, en su cama, la masturbación, aunque solo fuera para satisfacer el instinto, era completamente normal.

En todo caso, el hecho de que De Molina se masturbase podía ser un punto a su favor de cara a la investigación. Una actividad masturbatoria sana implicaba una ausencia de neurosis, y eso reducía la posibilidad de que fuese cómplice o estuviese implicado de alguna manera en ese crimen pasional, ya fuera homicidio o suicidio.

El problema radicaba en el concepto de pecado para los católicos, como De Molina había apuntado, que inhibía este ejercicio saludable. Resistir la tentación provocaba desviaciones y neurosis, pero también ceder a ella, a causa del sentimiento de culpa. Si alguien, y todo estaba por demostrar, estuviera involucrado en el doble suicidio-homicidio de la chica y del guardia suizo, no podía más que tratarse de un pervertido, ya fuera un simple testigo o un cómplice.

En cuanto a la confesión, debía admitir que De Molina tenía razón. La pregunta le había salido espontáneamente, sin ningún motivo, quizá dictada por una curiosidad insospechada por el misterio del perdón de los pecados, inexplicable para un judío, inconcebible para un ateo y mortífera para un psicoanalista.

Se encendió otro Trabucco: el cigarro italiano, aunque más barato que los cubanos y los mexicanos, comenzaba a gustarle más que los demás. Era como saborear el perfume de aquel país, dulce y acre al mismo tiempo, intrigante y acogedor, peligroso y maternal como solo puede ser la relación con una madre opresiva.

Anotó en el cuaderno los binomios que podían ser significativos. En particular la oración y el canto, la mentira y el fuego y la pierna y el seno. Esta última asociación podía estar relacionada con la moda del tobillo descubierto, esa forma de dejar entrever, una especie de adelanto enigmático de otras rutas de acceso.

El pecho, después de la vagina, era uno de los principales órganos sexuales y, como su subconsciente no había osado optar por esta, De Molina se había desviado. Por otra parte, la palabra «seno» era más tranquilizadora a causa de su doble significado, físico pero también sagrado, como el seno de la Virgen María, donde se había encarnado Jesús, como decía una consabida oración. También en este caso el misterioso autor de la plegaria había realizado un cambio de imágenes, una censura, como si la concepción mágica del presunto hijo de Dios hubiera ocurrido en los pulmones y no en el útero de la Virgen.

Y si no se admite la palabra «útero», llámesela tripa, regazo, vientre, ¡basta de tanta hipocresía! De pierna, mujer, de mujer, sexo, de sexo, vagina y de vagina, seno: el recorrido de De Molina estaba más que claro.

El canto era el aspecto más noble de la oración, el más antiguo, un rito en el que los fieles se unían en la devoción a través de un símbolo transcendente y Freud no se acordaba de por qué motivo había subrayado esa relación. Pasó a otra, al binomio más interesante que se escondía en la relación entre la mentira y el fuego. Indicaba sin duda un sentimiento de culpa reprimido. El fuego, visto como castigo infernal a causa de una mentira que yacía todavía sepultada en el Yo de De Molina.

—Buenas, doctor, se le enfría el caldo. —Freud levantó la mirada y necesitó algunos segundos antes de que la vista se le reconectara a la mente y poder responder con una sonrisa al gesto jovial de Angelo Roncalli.

—Muy buenas, Angelo, discúlpeme, estaba pensando.

—Si uno fuera culpable de pensamiento, no habría inocentes entre estas paredes.

Dijo la frase con una resignación fingida. Aquel joven siempre lo divertía, unía el ingenio campesino con una sensibilidad desarmante. Su sutil sentido del humor parecía emanar directamente del espíritu del papa. Si los pontífices fueran una dinastía, Angelo habría sido un digno sucesor de tal padre. Se llevó la cuchara a la boca: en efecto, Roncalli tenía razón sobre el caldo, no había nada peor que una sopa tibia. O fría o caliente, así no era más que un brebaje insulso.

—Debo hablar con usted.

—¿Desea acompañarme?

—No, gracias, ya he comido, pero cuando termine podríamos dar un paseo por el jardín, si le apetece.

Las flores de azahar de la China, casi secas, se desprendían al menor roce exhalando un perfume intenso, su último don antes de perecer, una fragancia menos dulce que la primaveral. Roncalli restregaba los pétalos entre el índice y el pulgar y después se llevaba los dedos a la nariz con los ojos cerrados. Por su parte, Freud prefería el olor dulzón del Don Pedro que acababa de encenderse, que se mezclaba con la resina de los pinos. Frente a la expresión casi estática de su acompañante, formuló la hipótesis de que toda la naturaleza fuese una fuente de placer. La vida misma había creado el placer para poder perpetuarse, y era el placer el que hacía posible la vida y su continuidad.

Se dirigieron hacia el jardín y se detuvieron bajo las frondas de un cedro del Líbano, mientras un mochuelo modulaba su canto amoroso.

—Usted se acuerda de Crocifissa, la hija de Maria Montanari —dijo Roncalli, de sopetón. No era una pregunta, sino una afirmación.

Se acordaba de todo lo concerniente a aquella chica, incluida la preocupación de su madre, a la que le había restado importancia. Había algo en el aire que le susurraba que quizá se había equivocado.

—La he encontrado hace un rato, no lejos de aquí, detrás de un arbusto.

—¿Viva? —preguntó Freud, instintivamente.

—Sí, gracias a Dios. —Roncalli frunció el ceño—. Pero tenía el vestido desabrochado y dormía. Me ha costado mucho despertarla, parecía confundida, puede que un poco borracha, porque olía a vino y no se tenía en pie.

—*Scheisse*... —murmuró Freud, con la esperanza de que el otro no hablara alemán.

—No sabía qué hacer, si hubiera llamado al padre administrador o, peor aún, a la guardia, le habría creado problemas, y también a su madre, esa mujer excelente. Por eso me he quedado con ella hasta que se ha hecho de noche y luego la he llevado casi en brazos al único sitio donde estaba seguro que nadie la encontraría. A su cuarto, doctor.

Freud bajó la cabeza y apoyó la frente en la mano. Por un segundo, pensó en el escándalo que se montaría si alguien la encontrase allí. Por si fuera poco, para disculparse tendría que haberle echado la culpa a Roncalli y alguien podría tomarlos por cómplices. Y todo por una jovencita que se había entregado al vicio. En el blanco de los ojos del joven sacerdote reconoció su sinceridad y un ruego mudo, sin malicia ni pudor, la sencillez del que sabe que ha hecho lo correcto. Un antiguo concepto judío según el cual no hace falta ser santos, tan solo justos, y todo el mundo puede serlo, basta con hacer el bien cuando la ocasión se presenta.

Subieron a la habitación deprisa. Crocifissa estaba tumbada en el diván, con una sábana que le llegaba hasta el mentón. Respiraba pesadamente con los ojos cerrados. Freud cogió un brazo y le tomó el pulso, lento y fuerte como el de un atleta.

Cuando se aproximó al rostro y le examinó una pupila, esta permaneció inmóvil, sin reacción alguna, ni siquiera a la luz: la chica seguía inconsciente. Un leve olor a heno le asaltó la nariz, era un olor que conocía bien, que había notado en la boca a menudo cuando consumía cocaína. Debía haber tomado bastante, mezclada con alcohol, porque aquel estado catatónico era una consecuencia directa, después de un estado de euforia demasiado prolongado.

—Está bien, seguirá dormida durante horas, los efectos secundarios de la cocaína son así, sobre todo en aquellos que la toman por primera vez y en exceso.

—Bendita muchacha —exclamó Roncalli—. ¿Por qué degradarse de esta manera?

—Por qué la han degradado, querrá decir. Puede que alguien se haya aprovechado de ella.

Roncalli se sonrojó de golpe. Solo en ese momento comprendió que las condiciones en las que la había encontrado, con las medias bajadas y los botones del vestido desabrochados, hacían pensar en una agresión sexual más que en una simple borrachera.

—No consigo imaginar quién puede haber sido, quién se atrevería a hacer algo así.

—Lo ha dicho usted mismo, alguien que sabe que puede atreverse, o alguien a merced de un delirio, o ambas cosas —respondió Freud—. Ahora debemos llevarla a su casa. ¿Es posible coger un carruaje, a esta hora, sin llamar demasiado la atención?

—Se me ocurre algo mejor, voy a llamar a Augusto, nuestro chófer. Me fío de él. Sí —añadió, agitando la cabeza, como si negase con el gesto lo que afirmaba con palabras—. Lo mejor será llevarla a su casa cuanto antes.

Cuando se abrió el portón de hierro y el Darracq de Augusto se detuvo ante la puerta de Santa Ana, los tres guardias solo vislumbraron a los pasajeros sentados en su interior: un señor distinguido con barba y una chica con la cabeza apoyada en su hombro. Uno de ellos levantó la barrera para dejar pasar el coche. Freud se temía que pidieran explicaciones, porque cualquiera que fuera mínimamente diligente habría formulado alguna pregunta al toparse con semejante espectáculo. La única reacción que despertó fue una mirada de complicidad, o eso le pareció, que le molestó mucho.

El coche salió disparado y rechinando entre las callejas desiertas para detenerse pocos minutos después ante la bodega. Estaba cerrada, pero delante todavía había varios hombres que fumaban y discutían. Los cigarrillos brillaban en la oscuridad como luciérnagas rojas. Cuando vieron bajar a un hombre bien vestido del coche, uno de ellos le dio un codazo al de al lado, señalando a la chica que aún dormía. Con un puro en la mano, Freud se acercó con cautela.

—¿Sabéis dónde puedo encontrar a Maria Montanari?

Uno se quitó la gorra y recibió un empujón del que tenía más cerca, que avanzó hacia aquel señor distinguido. Se abrió la chaqueta para mostrar el cuchillo que llevaba en la cintura.

—Vive aquí al lado, ¿quién la busca?

—Soy médico —respondió Freud con amabilidad. Aquel debía ser el jefe de esa panda de babuinos y él no tenía ninguna intención de mostrarse hostil en su territorio.

—Le traigo a su hija, la he encontrado en malas condiciones. Todavía no se encuentra bien.

El hombre estiró el cuello y, cuando reconoció a Crocifissa, masculló un juramento y su tono cambió.

—Ahora mismo lo acompaño.

El poder de la medicina, entre los ricos y entre el vulgo. El hombre del cuchillo había pasado de ser un posible antagonista a ponerse a su servicio. El médico moderno había heredado el antiguo poder de los chamanes, los únicos que tenían permitido debatir de igual a igual con el jefe de la tribu y salirse con la suya.

Bastó un campanilleo y Maria se asomó rápidamente a la ventana. Esa noche también la había pasado en vela. No gritó al ver a

Crocifissa y no dijo ni una palabra cuando el hombre la tendió sobre la cama. La chica dejó escapar un gemido seguido de otros más débiles. En cuanto el hombre salió tras descubrirse la cabeza ante él, Freud hizo ademán de marcharse.

—Espere —le dijo Maria—. No se vaya, por favor.

Él obedeció sentándose en una silla de paja y esperando a que la mujer terminara de acariciarle la frente a su hija, hasta que Crocifissa dejó de lamentarse y volvió a caer en el sueño.

15

Le resultó amargo y difícil explicarle a Maria dónde y cómo habían encontrado a su hija. Freud no había sabido responder a muchas de las preguntas que ella le había hecho y él mismo se había planteado. Los ojos de la mujer iban de la hija a él, preguntándose sin palabras el porqué, y en algunos momentos la sospecha los ensombrecía, cuando él titubeaba en el relato. Solo cuando el médico le aseguró que a la mañana siguiente Crocifissa se despertaría nerviosa, posiblemente deprimida, pero ya repuesta, Maria se echó a llorar de puro alivio.

Freud no regresó al Vaticano, había tenido bastante por ese día; le pidió al silencioso Augusto que lo llevase a un hotel modesto del paseo junto al Tíber, delante del Castel Sant'Angelo. Se tiró sobre la cama sin desnudarse y, por la mañana, después de una noche agitada, evitó apuntar los sueños.

Las condiciones adversas y las preocupaciones cambian de color durante el sueño, por breve que este sea, y cuando se encaminó hacia el Vaticano, entre los gritos de los pescaderos y de los fruteros que tiraban de sus carros, Freud se sintió más repuesto. Durante el trayecto se hizo una composición de lugar sobre el próximo encuentro con el cardenal Oreglia, el más espinoso de los tres, quizá por ser el más anciano. Que la edad ponía a los hombres fuera del alcance de las tentaciones y los hacía más sabios era uno de los falsos mitos en los que se sustentaba la jerarquía de las sociedades tribales, aunque en la actual también se le daba crédito. Había comprobado con sus pacientes que las frustraciones asociadas a la reducción de la capacidad sexual conllevaban un aumento de las perversiones, con la aparición de conductas desviadas como el voyerismo, que solo se aliviaba mediante la masturbación. De momento, todo esto ponía al cardenal decano a la cabeza de la lista de sospechosos.

Aquella consideración lo dejó satisfecho y convencido de que el día de mañana aquella experiencia sería un tesoro que podría ofrecer a las fuerzas del orden el apoyo del método psicoanalítico. Cuando regresara a Viena debería hablar con alguien de la corte, quizá con el emperador en persona, sabía cómo lograrlo. Era un hombre enérgico, aunque en la inauguración del año académico lo había visto muy consumido; después del asesinato de su querida Isabel no había vuelto a ser el mismo. Más que una gran emperatriz, había sido una gran mujer, que sin embargo ocultaba en su interior profundas heridas. De buena gana habría tratado de curarla. Seguro que padecía histeria, causada probablemente por el trauma de la vida en la corte y el suicidio de su primogénito, Rodolfo. Su anorexia constituía la prueba más evidente.

Al pasar por la puerta de Santa Ana se llevó la mano al sombrero ligeramente para saludar a los guardias, buscando en vano el rostro que la noche anterior lo había mirado con complicidad. Le dio asco de nuevo por aquel comportamiento y le dieron ganas de no regresar al Vaticano. Retrocedió un segundo, escuchó los ruidos de la calle y aspiró los olores, penetrantes y mezclados.

La primera vez que estuvo en Roma como simple turista le había parecido la madre de todas las civilizaciones, como una matrona sabia rodeada de hijos que reciben sus enseñanzas justas y amorosas. Ahora le parecía una prostituta gorda, con el rostro maquillado y el vientre blando, repleto de comida mal digerida, a punto estallar en flatulencias, gorgoteos y gruñidos siniestros.

Sintió nostalgia de Viena, del aire frío pero limpio, de la expresión severa pero sincera de sus habitantes, de las reglas que todos sabían que había que respetar y que todos cumplían. Y a la vez sintió una añoranza

124

melancólica por su mujer y por el manto de tranquilidad que había construido alrededor de él y que a veces también lo oprimía.

Había dos posibilidades: combatir esa nostalgia o ceder ante ella, huir precipitadamente. Tomó aire a través de la nariz y se encendió el primer puro que sacó del bolsillo de la chaqueta: un Don Pedro, el más caro. Ya estaba bien: él era el doctor Sigmund Freud, el padre del psicoanálisis, y se quedaría hasta el final de la investigación. Aquel mismo día telefonearía a Martha, hablaría con sus hijos uno a uno y le compraría una blusa nueva. Quizá distinta de la que había permitido que Maria se apropiase. Además, sacaría de la biblioteca algún libro en alemán: la lectura de *Las afinidades electivas*, tan tormentoso, lo estaba cansando. Era necesario porque, aquella noche, inútil ignorarlo, había soñado en italiano.

Una lira de propina le pareció suficiente para el chico que le llevó el polígrafo a su despacho. Abrió el paquete como si contuviese una araña de cristal de Bohemia. Colocó pieza tras pieza sobre el escritorio y, cuando terminó, miró la maquinaria desconcertado: necesitaría al menos medio día para montarla, sin contar con que luego necesitaría un ayudante que anotase en un cuaderno las reacciones del sujeto. A ojo le parecía que no faltaba nada: las bases de latón para apoyar las manos, el cilindro del monitor cardíaco, el tensiómetro para la presión arterial, el temporizador para medir la velocidad de las respuestas y, naturalmente, el transformador de corriente, sin el cual todos aquellos chismes no funcionarían.

Se topó con un contratiempo cuando se acordó de que los agujeros de la toma de corriente no se correspondían con el enchufe. Todavía tenía el cable en la mano cuando oyó que llamaban y miró la hora. Así que el cardenal había decidido presentarse y, además, antes de tiempo. Se puso la chaqueta y fue a abrir, pero se encontró ante Maria. Retorcía el delantal con las manos y se mordía el labio. Podía concederle diez minutos, no más, aunque le hubiera querido dedicar mucho más.

—Le pido disculpas por estos últimos días —dijo la mujer—. Mañana volveré a limpiar su habitación.

Cuando un paciente quería decir algo importante, normalmente comenzaba por un tema completamente pueril, y Maria no había venido para anunciarle aquella banalidad. Le hizo un gesto para que entrase y esperó a que se tomase su tiempo.

—Crocifissa está bien, gracias de nuevo. —Lo miraba de arriba abajo—. Pero está rara. No quiere decirme qué le sucedió e insiste en volver al trabajo cuanto antes.

—Tener ganas de trabajar es una buena señal —objetó Freud.

—En ella no, siempre ha sido un poco perezosa, una gandula.

Aunque era un tanto presuntuoso, debía admitir que la palabra «gandula», que debía tener una connotación negativa, le resultaba desconocida, y frunció el ceño. Pero Maria interpretó el gesto como una señal de que compartía su preocupación.

—Usted es un doctor de la mente —continuó—. Dígame, por favor, ¿qué puede significar?

Le hubiera gustado responder que no era adivino, pero habría sido una respuesta poco afortunada. La idea de que Crocifissa estuviera relacionada con el caso de los dos jóvenes que habían caído por la ventana se le había clavado en la mente como un cuchillo candente y no lograba extraer la hoja.

—Creo que todavía estará conmocionada —respondió, poco convencido—. Quizá sería mejor dejarla en casa dos o tres días y procurar que duerma, que duerma mucho.

Otros dos golpes en la puerta: el cardenal. En su lugar, entró Angelo Roncalli.

—Buenos días, Angelo. —Maria le hizo una ligera reverencia—. He venido para avisar al doctor Freud de que mañana me encargaré de su habitación.

—Qué considerada.

En la consulta flotaba cierto embarazo, superado por dos golpes secos que resonaron en la puerta de madera una vez más. Esta vez sí que era el cardenal Oreglia, que se quedó perplejo en el umbral un instante. Entrecerró los ojos y Freud creyó ver que las mejillas exangües se le llenaban de manchas moradas.

—Quería disculparme con usted —dijo el cardenal decano, sin asomo de arrepentimiento en la voz, como si quisiera reprenderlo por haberlo obligado a justificarse—. Y asegurarle mi plena colaboración en la sesión de hoy y en las venideras. Pero no sé si molesto.

Freud se quedó mudo: habría apostado que Oreglia se negaría a continuar con las sesiones. Maria continuó con la cabeza gacha como si hubiera sufrido una parálisis, mientras Angelo se llevó una mano al pecho.

—Nos marchamos en seguida, eminencia —le dijo compungido.

—No es necesario —respondió el cardenal con energía renovada—. Os lo ruego, haced como si no estuviera.

—Le estaba diciendo a Roncalli lo muy satisfecho que estoy con la limpieza de la habitación y la consulta. —El cigarro que acababa de encender le devolvió a Freud el control de la situación—. Creo que a su santidad le gustará saberlo.

Los dos gallos se enfrentaban mientras los dos polluelos aguardaban el resultado del combate con la esperanza de que fuera pacífico y salieran indemnes.

—El santo padre se ocupa de la casa del Señor y de sus huéspedes de una manera irreprochable —replicó Oreglia—. Tiene ojos y oídos en todas partes, y donde no alcanzan los suyos, puede contar con los de sus ayudantes de confianza.

A León XIII, que estaba en el piso de arriba con la trompetilla pegada a la rejilla de ventilación, se le escapó una sonrisa.

—Podéis marcharos —concluyó Freud—. Dadle las gracias al papa de mi parte.

Maria y Angelo se escabulleron y los dos hombres quedaron uno frente al otro. El primero en apartar la mirada fue Freud.

—Dígame, eminencia, ¿le molesta el humo del cigarro?

—No más que las vicisitudes humanas, que he aprendido a tolerar con la ayuda del Señor.

—Es usted muy sabio.

—Un sabio no es más que un viejo que no recuerda lo que ha hecho de joven. —Oreglia se llevó la mano a la frente con una mueca, como si quisiera contener una jaqueca.

—¿Puedo preguntarle por qué motivo ha cambiado de idea, eminencia? Me alegro mucho, pero la última vez me pareció que no tenía intención de continuar con nuestros encuentros.

El papa se retiró de la pared: entonces el decano había tenido intención de desobedecerle. Aunque, en su momento, no había realizado ninguna objeción.

—Fe, doctor Freud, es solo cuestión de fe. Si usted está aquí por voluntad del papa debe existir una razón, no puede ser un capricho suyo. Y yo he reflexionado en paz y soledad y he recordado mi deber de ponerme totalmente a disposición de la voluntad de Dios.

Solo faltaría que su disposición dependiera de los caprichos de la edad. León agitó la cabeza con incredulidad, pero volvió a pegar el aparato a la rejilla a toda prisa.

—He cometido un acto de soberbia al querer evitar estos encuentros —continuó Oreglia—. Y la fe o, mejor dicho, la confianza que tengo en que el propósito de nuestro vicario, por extraño que me parezca, sea justo y honrado, me ha hecho cambiar definitivamente de idea. Me confesaré en privado de mi pecado.

—¿Puedo preguntarle quién es su confesor?

—Su santidad, cuando se lo permiten sus quehaceres, si no el secretario de Estado, el cardenal Rampolla. Al ser decano, tengo algunos privilegios. Pero me temo que no comprendo el motivo de su pregunta.

En realidad, tampoco él sabía por qué se la había hecho. Había sido un impulso, aunque debía de existir un motivo, la experiencia le había enseñado que la mente conoce los mecanismos inconscientes que solo se manifiestan a posteriori.

La noche tardó en llegar por culpa de aquel aburrimiento de sesión. Ni una sola respuesta interesante, ni un solo comentario que no fuera banal, ni una palabra fuera de lugar que delatara un mínimo de nerviosismo. Y ni el más mínimo rastro de neurosis. U Oreglia poseía un autocontrol excepcional o era más puro que el agua de los manantiales de sus montes.

También el papa bostezó varias veces y pensar en la cena, a base de caldo de capón y un filetito muy poco hecho sin condimentar, contribuyó a que la escucha fuera aún más penosa. Ni siquiera el tónico Mariani consiguió sacarlo de aquel desánimo que no auguraba nada bueno.

El tiempo lo angustiaba o, más bien, la falta del mismo. El profesor Freud no avanzaba ni un paso; según había creído entender, los caminos de aquella nueva ciencia de la mente podían ser misteriosos, casi tanto como los del Señor.

«—Prepárate, Pecci». —Porque Él usaba su apellido, una manera de mantener las distancias—. «Te he dejado demasiado tiempo en este valle de lágrimas, no te aproveches».

«—Lo sé, Señor, estoy listo».

«—No es cierto, Pecci, si lo estuvieses olvidarías todo este asunto y te abandonarías a mi voluntad».

«—Pero has sido tú, Señor, quien me has metido en esta situación, yo solo me preocupo por quién pueda ser tu nuevo vicario. Corren tiempos tristes, ya nadie teme a Dios, no tienes más que ver a los piamonteses».

Al papa le pareció oír una risita procedente de su corazón; si era la de Dios, no tendrían problemas cuando se encontraran. Él era un ser extraordinario que habitaba en todas las cosas, pero sobre todo en la conciencia de cada uno, a menos que estuviera diciendo una herejía.

«—Lo sabes bien, Pecci, que lo que me interesa es la paz entre los hombres, que hagan el bien y que se amen los unos a los otros. Todo lo demás, como dijo mi hijo, son estupideces».

«—Señor, te pido que me ayudes a lograr que el próximo papa sea digno de ti, después de eso dispón de mí como gustes».

«—Eso está mejor, Pecci, pero ese ateo austríaco debe darse prisa, el tiempo se acaba. Y no me refiero al mío».

16

Ya no era una niña, a diferencia de lo que pensaba su madre, y aunque todavía no era una mujer, sus formas ya atraían las miradas de los chicos, y no solo las de estos. Crocifissa se miró al espejo y se acarició las caderas por encima del ligero vestido, igual que había hecho ese sacerdote vestido de negro.

¿Cuándo había sucedido? Dos días antes, creía, pero desde que bebió aquel vino, sus recuerdos eran confusos. Pero se acordaba perfectamente de aquel hombre que le hablaba de Dios y de su preocupación por la gente pobre, mientras la sostenía sobre las rodillas como un padre cariñoso. Al principio no lo había entendido, y la habitación donde la había invitado le había parecido la antesala del paraíso, con todos los dulces que quisiera, los sillones grandes y los cojines más blandos en que se había sentado en su vida.

—Tócalos —le había dicho el sacerdote—. Son de pluma de oca, las chicas modernas se parecen a esta ave. Pero tú pareces una criatura distinta, el Señor está contigo, tienes los estigmas de su gloria —había añadido.

No conocía esa palabra tan difícil, y cuando él le explicó el significado se asustó. También había sentido un poco de vergüenza cuando le tocó los pies, para indicarle el lugar de las llagas, y la palma de las manos. Después le había mostrado dónde se encontraba la herida más grave, la del pecho, y había insistido mucho en la forma, primero con el dedo y después con la mano. Pero, al comprobar cómo le temblaba, a la vergüenza inicial le había seguido un conocimiento nuevo e inesperado. Gracias a la mirada de aquel hombre, al estremecimiento, a los ojos clavados en su pecho, había comprendido, mejor que con mil explicaciones, que poseía una especie de poder. Se parecía al que tenía de niña sobre su madre, cuando lloraba y pataleaba, fingiendo rabia y dolor, hasta conseguir lo que quería.

El sacerdote debía de ser una persona importante, su habitación era inmensa y la cruz de oro que le colgaba sobre el pecho era más grande que la que tenía la Virgen del Carmen al cuello, que en algunos días iría en procesión desde Santa Ágata a San Crisógono. Él hablaba con la voz queda de los confesores, utilizando palabras que ella a menudo no entendía y que le parecían salidas de la mismísima boca de Jesús. Hasta que le metió la mano bajo el vestido y comenzó a acariciarle suavemente las rodillas y a susurrarle al oído palabras entrecortadas, inconexas. En aquel momento supo, por instinto, que podría hacer con él lo que quisiera. De vez en cuando, él se detenía, con la cara encendida y jadeante, le sonreía y bebían juntos aquel vino que les daba energía y calor, pero puede que hubiera bebido demasiado.

Se había apartado solo cuando él le había metido la mano debajo del hábito: se imaginaba más o menos qué habría encontrado por las charlas con sus amigas mayores, qué tendría que haber hecho, pero no le apetecía o quizá había juzgado que todavía no había llegado el momento. Se lo había visto a hacer a los chicos, riéndose todos juntos mientras tanto, y se había divertido al verlos. Pero una vez vio a un viejo borracho hacer los mismos gestos obscenos contra una pared y le había dado asco.

Cuando ella se negó, él no se enfadó como había temido. Es más, le aseguró que apreciaba aún más su inocencia y que, con esa forma de ser y de conducirse, la gracia del Espíritu Santo estaría siempre con ella y su madre se habría sentido satisfecha. Él la ayudaría y quizá el comedor del Vaticano podría surtirse de vino en la bodega de su abuela. Después le había dicho que su relación sería especial de verdad, bendecida por Dios, como si fueran dos almas elegidas que se encontraran de espaldas al mundo y compartieran el éxtasis que solo los santos y las santas conocían.

Tantas palabras celestiales, demasiadas en realidad. Después había continuado con un beso en la boca y había notado cómo intentaba introducirle la lengua entre los labios. En parte la había rechazado y en parte había jugado con ella, puede que sí. Seguro que había continuado bebiendo y después no se acordaba de nada más, solo de que había llegado a casa de alguna manera y que su madre lloraba entre los brazos de aquel doctor austríaco tan antipático.

Qué cobarde, aprovecharse así de una mujer. Ahora le tocaba pensar a ella: si aquel cura influyente mantenía su palabra, las cosas cambiarían para toda la familia. Se convertirían en grandes señoras y ella sería cantante o bailarina en la ópera. Muchos hombres importantes harían cola para poder hablar con ella o invitarla a cenar, para regalarle tantas flores que no sabría qué hacer con ellas, y joyas, que luciría todas juntas, como la Virgen.

Ahora tenía que ser una niña valiente. Su madre, que no habría entendido la importancia de ese encuentro, no debía sospechar nada, puede que la hubiera obligado a quedarse en casa o, peor aún, a trabajar en la bodega. Al día siguiente regresaría al Vaticano. Monseñor le había dado un permiso especial para poder entrar y salir a la hora que quisiera, eso le había dicho, y se lo había metido entre los pechos. Y si un guardia la detenía bastaría con pronunciar estas palabras: «Órdenes de monseñor», y nadie le pondría ninguna objeción. Además, le había prometido que si se confesaba con él, todos los pecados pasados y futuros le serían perdonados y no tendría que pasar ni un solo día en el purgatorio cuando muriera. Pero tenía que contarle todo, absolutamente todo, hasta los más mínimos detalles, sobre todo lo que sentía cuando se tocaba.

Al pensar en esto, Crocifissa sonrió y se tumbó en la cama boca abajo. Con la cara vuelta hacia la pared desconchada, metió la mano derecha en el lugar donde el pecado era puro placer y dejó que el dedo índice y el corazón la transportaran a un mundo mejor.

* * *

Durante la noche, Freud había saboreado un par de Reina Cubana de nueva producción que le habían parecido muy delicados, como si el humo desprendiese un toque casi femenino. Cada cigarro, aunque fuera de la misma marca, incluso de la mismísima caja, tenía su propia peculiaridad, una fragancia única que dependía de miles de factores. De la humedad del día en que se recolectó el tabaco, del tiempo de secado de las hojas, del día y de la manera en la que se enrollaron. Puede que incluso dependiera del estado de ánimo de la mujer que lo lio, alegre o nerviosa, cansada o excitada.

Y mucho dependía también del clima en el que se elaboraban, en el que se fumaban e incluso del instrumento con que se encendían. Jamás hacerlo con una llama de petróleo, eso lo sabían hasta los niños. Y dependía también de la comida y la bebida que se había tomado, esos olores se mezclan con el del tabaco generando en la boca diversos gustos y sabores, y perfumes distintos al original. A menos que uno bebiera agua de seltz, que limpia la boca de impurezas y permite saborear el cigarro en toda su esencia.

Era lo que había hecho aquella noche, mezclar agua y tabaco y, gracias también a la ventana abierta, había conseguido soportar el bochorno que había descendido de improviso sobre la ciudad.

En Viena el calor nunca te impedía dormir, y en verano el perfume de los tilos en flor entraba en casa a darles tregua. Como mucho, uno se encontraba en el dormitorio alguna abeja despistada, ebria del néctar de esas flores. Nada que ver con el olor de la resina de los pinos de Roma, que favorecía la afluencia de mosquitos.

Después de darle caza, gracias al resplandor de la luna y el zumbido del insecto, lo había despachurrado con gran satisfacción. Sobre una superficie oscura o sobre una tapicería de color aquella manchita roja habría sido imperceptible, pero en el blanco de la pared se distinguía desde el otro extremo de la habitación.

Esa porquería tan evidente lo indujo a reflexionar: la visibilidad de las cosas no deriva de su grandeza, sino de su relación con la realidad que las rodea. Desde esta óptica, el doble suicidio de dos amantes en un prostíbulo no habría merecido ni dos líneas en un periódico, pero en el Vaticano, en el mismo palacio donde dormía el vicario de Cristo y algunos de sus más estrechos colaboradores, había sido como un repicar de campanas y el papa había demostrado no ser sordo.

A fin de cuentas, a él le habían encargado descubrir si el mosquito se había estampado solo contra el muro o si alguien, de alguna manera, lo había empujado. Porque de entre todos los lugares que los dos podían haber elegido para abandonarse al placer o para poner fin a su vida, elegir un salón donde se recibía a príncipes y a diplomáticos durante el día resultaba de lo más absurdo. Por otra parte, si era cierto que algún alto prelado estaba implicado, la profanación de un lugar tan importante y la relativa transgresión habrían sumado placer al placer.

En cualquier caso, el polígrafo estaba listo para entrar en funcionamiento, gracias a que Augusto le había conseguido un adaptador para el enchufe. El problema era encontrar un ayudante, no tanto porque fuera difícil anotar unos pocos datos durante el interrogatorio, sino por la presencia de un extraño, que sus eminencias no habrían agradecido. A menos que encontrase una persona completamente ajena a su ambiente y tan inocua que no les cohibiera. Hubo un tiempo en que los nobles defecaban sin problemas en presencia de sus siervos, nunca de sus pares.

Angelo Roncalli, a quien todavía debía contar el resultado de las andanzas de Crocifissa estaba excluido, los cardenales no lo apreciaban y era una persona demasiado próxima al papa. Augusto era una posibilidad, su imperturbabilidad silenciosa era una especie de garantía. En realidad, no sabía a quién más preguntar, y acudir directamente al papa le pareció la única solución.

—Buenos días, doctor, ¿cómo está?

La voz de Maria lo sorprendió, y más cuando la vio ante él. Seguro que no había entrado sin llamar; o se estaba volviendo un hombre demasiado distraído o se estaba quedando un poco sordo. La observó con tanta intensidad que ella bajó la vista. Tenía la solución ante él, reforzada por un pensamiento poco racional y científico. El hecho de poder pasar más tiempo en su compañía, quiso convencerse, no tenía nada que ver con esta idea.

—Buenos días, Maria. ¿Sabe usted leer y escribir? —le preguntó con cierta brusquedad—. ¿Y hacer cuentas?

—Que me dedique a limpiar no significa que sea ignorante, doctor.

—Esto es completamente cierto. —Le sonrió—. Conozco médicos que no saben leer ni las recetas que escriben. Dígame, por favor, ¿cómo está Crocifissa?

—Como siempre.

No parecía tener ganas de hablar y esto le facilitó la siguiente petición, la que le bullía en la cabeza. Si hubiera esperado más tiempo, no habría tenido valor para planteársela.

—¿Le apetecería ayudarme durante mis experimentos? —La mujer no levantó la vista siquiera.

—¿Qué tendría que hacer?

Maria no había dudado ni un segundo, pero el que hubiera respondido una pregunta con otra, como psicoanalista, lo ponía hecho una furia. En aquel caso, la reserva de la mujer resultaba más que legítima y Freud supo que estaba en el camino correcto: había encontrado la ayudante que buscaba.

Le explicó a grandes rasgos el funcionamiento del polígrafo y le especificó cómo tendría que hacer las anotaciones. La mujer escuchaba y, cuando no entendía algo, le pedía que se lo repitiera hasta que asentía. Hicieron una prueba con él como paciente, y su precisión a la hora de anotar las oscilaciones de la presión sanguínea y del latido cardíaco maravilló a Freud: ni su mujer, ni el doctor Adler podrían haberlo hecho mejor. Y cuando ella notó que sus pulsaciones habían aumentado a medida que avanzaba el experimento y le pidió explicaciones, él la miró con recelo, negando la evidencia de que era ella quien hacía que el corazón le latiera más de prisa.

Al final, Maria le sonrió feliz. Por suerte él ya se había quitado los electrodos del pecho: el oscilómetro se habría salido del cilindro.

—Solo tengo una pregunta —le dijo cohibida.

—Claro que sí —la interrumpió—. Le pagaré por esto.

Esperaba que se tranquilizara, pero Maria frunció el ceño y permaneció en silencio. Cuando le sostuvo la mirada y repitió mentalmente

135

la frase que acababa de decir, se sintió como un idiota. *Verdammter Mist!*
Aquel «maldita sea» le había salido de lo más hondo de las vísceras y
le causó un retortijón en el estómago. La había ofendido. Era obvio
que le iba a pagar, pero aquella no era forma de decirlo y no era acerca de eso la pregunta que ella iba a hacerle. Los errores se pagan, y
tratar de esconderlos, como había aprendido por propia experiencia en
todos los procesos de autoanálisis que había emprendido, era una especie de perversión que había que evitar.

—Es la segunda vez que debo pedirle disculpas, Maria. Espero
que no haya una tercera. ¿Me perdona por mi absoluta falta de sensibilidad?

Con los brazos cruzados, la mujer lo observó unos segundos y
luego se echó a reír. Entre todas las reacciones posibles, parecía la menos apropiada, pero resultó ser liberadora para los dos. La risa de la
mujer había sido al mismo tiempo una rebelión contra su autoridad,
un encogerse de hombros ante la diferencia entre sierva y patrón que
él le había recordado sin miramientos, valiente imbécil. Si hubiese
tenido la oportunidad de estudiar, aquella mujer habría dado mil
vueltas a muchos hombres en todos los ámbitos. *Verdammter Mist!*
Había tomado una decisión fantástica, en el sentido de que sería una
asistente perfecta, naturalmente.

Por eso también él se echó a reír, en parte porque la risa es más
contagiosa que un bostezo, en parte por su metedura de pata y en
parte por una alegría casi infantil que no había sentido, quizá, desde
que era niño. Como si hubiese descubierto una compañera de juegos, pero con la conciencia de un hombre adulto.

—Bien, pues dígame su pregunta.

—Me preguntaba si los monseñores aceptarán mi presencia.

Exactamente, Maria había dado en el clavo. Pero él era el doctor
Freud y, si fuera necesario, se dirigiría al papa. Aquel hombre, soberano absoluto de ese pequeño reino católico, quería resultados, y todos debían aceptar sus métodos y sus reglas.

—Su vacilación es sensata —respondió con seriedad—. Pero he
pensado que no debemos darles la oportunidad de elegir. Daremos

por hecho que hace falta un ayudante técnico para hacer funcionar el polígrafo, cosa que es verdad. Y el ayudante no ve, no siente y no habla, pero anota. Encima de su uniforme llevará una bata blanca, eso siempre causa impresión, genera una especie de temor reverencial. Más o menos como los jueces, cuando se ponen la peluca y la toga negra. Y quien se pone una inocente bata, como en un rito religioso, parece imbuido de los poderes divinos del oráculo. Con un diagnóstico profético y un tratamiento intachable, dirige su sabiduría oculta contra la humanidad ignorante. Y, si el paciente muere, la culpa siempre la tiene este último, nunca salpica ese uniforme mágico e inmaculado.

La mujer lo estaba escuchando, sin saber si estaría de broma. Cuando vio que la observaba por encima de las gafas, supo que era así.

—No se atreva a pronunciar tales palabras aquí. No crea que la Inquisición ha desaparecido. Estamos en Roma, doctor. Y ¿sabe qué? Es usted muy gracioso.

—¿Sí? Es probable. Conozco tantas cosas que se ocultan en la mente del hombre que dan más para reír que para llorar. Entonces, ¿acepta? —Le guiñó el ojo—. Le juro que le pagaré bien.

—En ese caso, acepto.

Le tendió la mano y, al estrechar la de ella, suave a pesar del trabajo manual, Freud comprendió que se estaba arriesgando a dejarse fascinar por el horror. No se refería a que Maria fuese fea, todo lo contrario. Más bien se trataba de esa especie de imán que empuja al que tiene miedo a asomarse al vacío y mirar hacia abajo, movido por un deseo irresistible de volar y de caer al mismo tiempo.

Gracias a Dios, a los dioses, al destino o, como habría dicho el joven Jung, a una serie de coincidencias significativas, Maria se separó de él con rapidez y, después de la inclinación habitual, se dispuso a limpiar la habitación. Él sintió una necesidad imperiosa de aire fresco —en la consulta la temperatura había superado el nivel de peligro— y de fumarse un Liliputano, fuerte y sutil, que se encendió delante de la puerta de Santa Ana.

—Buenos días, doctor, que disfrute del paseo.

Al oír esa voz se volvió apenas y creyó reconocer el rostro del guarda, pero no hizo caso e inclinó la cabeza mínimamente. En aquel momento nada podría desviarlo de una horchata helada a la sombra de una pérgola con glicinas colgantes y sillones de mimbre donde poder relajarse. Encontró rápidamente el local que satisfacía todos los requisitos y se sentó a disfrutar del paso de los carruajes. El sonido intermitente de las rodadas sobre los adoquines de piedra lo ayudó a dejar vagar sus pensamientos.

Entre las figuras que pasaban, temblorosas en la atmósfera caliente, vio a dos sacerdotes tomados del brazo que aproximaban y separaban las cabezas. Ambos lucían dos grandes sombreros redondos, denominados sombreros de teja o saturnos, como el planeta; un accesorio que los goliardos usaban de broma en las fiestas de graduación, sobre todo cuando al final se metían en algún lío entre voces y alegrías. Esa forma de llevarse la mano al ala ancha, retirarlos, levantarlos, bajarlos e inclinarlos ahora a derecha, ahora a izquierda, le parecía un baile ritual, un lenguaje esotérico que escondía quién sabe qué secretos, como en una confesión.

De repente, tuvo un presentimiento: De Molina le había dicho que se confesaba con Oreglia, el decano, y este con Rampolla, el secretario de Estado. Cabía la posibilidad de que este último se confesara con De Molina, para cerrar el círculo, una especie de fortaleza en la que todos se guardaban las espaldas y se aseguraban el paraíso. Los tres, en caso de necesidad, podían dirigirse al papa, ya que eran sus colaboradores más cercanos.

De haber sabido algún dato útil para la investigación, ninguno de los tres o, mejor dicho, de los cuatro, habría podido hablar a causa del secreto de confesión. Incluso una alusión velada podría estar prohibida. Tendría que pedirle al papa que se lo aclarara sin demora. O, al menos, cuanto antes. Bueno, lo antes posible.

La mente se le abrió como un huevo y la deducción que brotó le pareció intachable: elemental, mi querido Watson, como habría dicho Sherlock Holmes. *Um Gottes willen!* Por amor de Dios, ¿cómo no se le había ocurrido antes? ¡Era obvio que el papa sabía algo y que lo había averiguado a través de uno de ellos mientras lo confesaba! Y no podía actuar de forma directa a causa del secreto que conlleva el sacramento, ni siquiera alejar al culpable de la Santa Sede, una manera indirecta de señalar su culpa. Desde los tiempos de los emperadores romanos, para castigar a un culpable demasiado importante se usaba la fórmula «ascender mejor que alejar». Los tres investigados estaban, cada uno a su manera, en los vértices de la Iglesia.

Más claro que el agua, se dijo, masticando el hielo que había quedado en el vaso de horchata: a él lo habían contratado para destapar del todo la caja de Pandora, adonde el papa ya se había asomado.

Un escalofrío, placentero en aquellas condiciones, le recorrió la columna, y no fue a causa de la horchata. Por primera vez, le pareció que se entreveía algo en aquella niebla que lo rodeaba: una media sonrisa en los labios finos del papa.

Freud era mejor que Sherlock: se levantó de golpe y dejó sobre la mesa una propina considerable, algo que su detective favorito no habría hecho nunca, pues era un poco tacaño. No se había sentido nunca tan joven ni tan vigoroso, ni siquiera en su noche de bodas.

17

Il Giornale d'Italia traía en primera página la noticia de la huelga general, anunciada para el lunes siguiente, y sugería con ironía que los astutos trabajadores gozarían así de dos días de descanso que emplearían en irse de parranda durante el día y de tabernas por la noche. *Il Secolo*, en el artículo a seis columnas que aparecía bajo los titulares, se declaraba contrario a los huelguistas, con la esperanza de que las justas reivindicaciones no dieran paso a una revuelta popular. Para *L'Osservatore Romano* se trataba de una pequeñez, apenas digna de un suelto al pie de la segunda página. En primera plana se anunciaban a bombo y platillo novedades importantes relacionadas con la nueva gestión de la comisión de las Obras Pías, que el secretario de Estado Rampolla del Tindaro había confiado a uno de los nuevos cardenales. Freud se apostó consigo mismo que el seleccionado había sido De Molina y Ortega.

Examinó con atención los objetivos de dicha comisión, mejor dicho, cómo a través de las Obras Pías hacía siglos que la riqueza se distribuía de una determinada forma. Del noble que donaba tierras y casas, al pobre que enviaba una cesta de pan en memoria de un pariente difunto. Se explicaba que la generosidad del donante era una forma de expiar sus pecados.

El mundo entero acusaba a los judíos de ser codiciosos y tacaños, cuando en realidad había sido el cristianismo quien había inventado la fórmula «paga y serás absuelto», como en los tiempos en los que se vendían indulgencias. Unas maldades aviesas que podían resultar interesantes si se leían desde el punto de vista de la psicología social. Una especialidad en la que habría profundizado con gusto de no haber sido por el psicoanálisis, su descubrimiento. No era una invención, como le tocaba leer de vez en cuando en artículos firmados por sus detractores o por periodistas tan ignorantes que no sabían la diferencia entre ambos términos.

Menudos animales, sin duda sabían que se puede inventar el automóvil, pero no el sarcófago de un faraón egipcio que, como el psicoanálisis, existía desde hacía miles de años en la mente de los hombres. A él solo le correspondía el mérito de descubrirlo, no de inventarlo; no es que lo uno fuera más importante que lo otro, pero saltaba a la vista que eran dos cosas bien diferentes, por Dios.

Estaba a punto de pasar página, pero el Don Pedro, tan grueso, le impedía coger el papel entre los dedos. Al mirar hacia abajo se encontró con un pequeño destacado al pie de la tercera columna del artículo principal, como si se tratara de la piedra angular que sostenía todas aquellas tonterías sin fundamento, titulado «Los méritos del secretario». Lentamente, cogió el periódico con los dedos de la mano izquierda y, con la derecha, le dio un golpe seco al puro con el anular; la ceniza cayó comprimida en un único bloque. Algunos preferían usar el meñique, un dedo más ágil, pero la fuerza del cuarto aportaba un corte más exacto, dejaba las brasas más limpias.

Según el reportero anónimo, su reverendísima eminencia el secretario de Estado Rampolla del Tindaro poseía todas las cualidades morales e intelectuales para ser el sucesor de Pedro, después de que el Señor acogiera en su seno a su mejor y más acreditado vicario, naturalmente, para que pudiera descansar merecidamente en paz como él mismo anhelaba después de vivir tantas vicisitudes pastorales como políticas a causa de su venerable edad. Freud sonrió: en la práctica se trataba de una oración fúnebre al papa *ante litteram*, como decían los romanos, y estaba convencido de que si León la hubiera leído se habría hecho de cruces. Ningún italiano, sin excepción, renunciaba a tal práctica.

141

Al mismo tiempo, las consideraciones a propósito de Rampolla podían significar dos cosas opuestas: la voluntad de convencer a los futuros miembros del sínodo de que no existía ningún candidato más idóneo que él para ocupar el solio de San Pedro o, por el contrario, arruinar su candidatura. Psicología básica aplicada a la política. Pero, para entender cuál era la interpretación más correcta, tendría que haber conocido la mente que había inspirado aquellas líneas de relleno. Dobló el periódico y rebuscó en el bolsillo de los pantalones para sacar el reloj.

El traje de lino que se había atrevido a comprar el día anterior en la renombrada sastrería de Eleuterio Tiberi, en Via degli Scipioni, parecía más acorde a la estación y quizá le quedaba un poco estrecho, pero sentía que lo hacía más esbelto. Había descubierto la sastrería por casualidad, cerca de Castel Sant'Angelo, y después de haber sabido por el propio sastre que más de un noble romano compraba allí, no enarcó la ceja al oír el precio desorbitado.

Miró la hora: hacía poco que habían dado las dos. En breve comenzaría el asalto a la fortaleza de Rampolla, y la proximidad de la caballería ligera de Maria le haría más agradable el asedio, aunque no por ello menos arduo.

Llegó la hora fatídica y, con algún que otro minuto de retraso —la puntualidad de los príncipes—, Rampolla entró en la consulta. Después de estrecharle la mano brevemente, se acercó con curiosidad al extraño aparato que había aparecido en la habitación, sin mirar siquiera a la mujer circunspecta que se sentaba en el borde de la silla.

—Usted no deja de sorprenderme, doctor. No me diga que este aparato eléctrico está destinado a mí.

Freud tosió un poco e invitó al cardenal a sentarse en el sillón, apartándolo del polígrafo y de Maria.

—Solo si usted me lo permite.

Rampolla se encendió un cigarrillo.

—Le diré que todos los inventos modernos me provocan curiosidad, siempre que no sean demasiado diabólicos, no comparto la idea de que para evitar al demonio haya que irse a cenar con él para conocer sus trampas.

—Se trata de un polígrafo modificado —explicó Freud—. Sirve para medir la presión y el latido cardíaco.

—Para esto ya tenemos a Giuseppe Lapponi, el gran arquiatra de su santidad, quien lo mantiene con vida.

El tono vagamente irónico no se le escapó a Freud, aunque imaginó que se refería más bien a la inutilidad del polígrafo que a la salud del papa.

—Tiene razón; sin embargo, uniendo las características habituales de la máquina y las preguntas que formularé, podremos obtener, cómo diría yo..., un retrato fiel de su persona.

—¿Fiel, dice? Sería una novedad interesante —replicó Rampolla.

Freud no añadió nada: poco más se podía decir, a menos que quisiera que el cardenal sospechara. En América ya llamaban a aquel aparato *lie detector* o detector de mentiras. Pero los italianos habían estropeado el término al llamarlo máquina de la verdad: ellos siempre tan exagerados. Una cosa era revelar una mentira y otra dar a conocer la verdad. Por si fuera poco, había oído decir que un circo había comprado aquel artefacto para hacer reír a los espectadores sometiendo a los voluntarios de entre el público a una especie de inquisición. Y también lo poseía alguna universidad sobrada de dinero.

Antes o después, la policía comprendería el enorme potencial del detector, sobre todo para investigar delitos de violencia sexual. Un par de años antes había escrito una carta a Scotland Yard ofreciéndose a someter a la prueba del polígrafo a los sospechosos de los delitos cometidos por el asesino conocido como Jack el Destripador. Pero los ingleses, siempre tan paletos y presuntuosos, no se habían dignado a responderle.

—¿Me escucha, doctor? Parece distraído. Le decía que, aunque exista la cámara fotográfica, yo sigo prefiriendo los retratos al óleo, me parecen más veraces que las fotografías.

—Mis disculpas, eminencia, estaba pensando en otra cosa.

—Usted ha nacido para despertar la curiosidad en las personas. —Tras cruzarse de piernas, Rampolla apoyó el mentón en el puño cerrado—. Y para dar sorpresas, y no solo una. —Señaló a Maria—. Sino dos.

—La señora Montanari es mi ayudante, necesito a alguien que manipule el polígrafo. Si usted no accede a someterse a la prueba, le pediré que se marche. En lo que a mí respecta es una persona de confianza y está sujeta, como yo, al secreto profesional.

Había mentido a sabiendas, pero contaba con que el cardenal no se fijara en sutilezas. Por lo poco que lo conocía, se negaría o aceptaría, sin dar más problemas.

—Me parece que he visto a la señora en algún otro sitio —dijo Rampolla distraído—. Pero no tengo nada que ocultar, salvo algunos secretos de conciencia que solo le revelo al Señor.

—Y a su confesor. Imagino que se trata de monseñor Joaquín de Molina y Ortega —dijo Freud mientras cogía su cuaderno de notas.

Si hubiese reflexionado, no le habría planteado aquella pregunta que le arriesgaba a comprometer su buena relación. Cuando era niño, su padre le hablaba a menudo de unas pequeñas criaturas que habitaban en las montañas austríacas capaces de volverse invisibles, los duendes del bosque. Ligeros como plumas, de ascendencia probablemente judía a juzgar por la nariz ganchuda, esos malditos gnomos a veces se encaramaban al hombro de las personas y les susurraban ideas depravadas. Como levantarle la falda a una chica, robar una fruta de una carretilla, cantar una canción soez durante una ceremonia religiosa, darle una patada en la espinilla a uno que estuviera descargando mercancías borracho o simplemente decir una frase inapropiada a la persona equivocada en el momento menos oportuno.

Sí, hacía unos instantes un duende se le debía haber posado en el hombro y lo había impulsado a plantearle esa pregunta a Rampolla. Él entrecerró los ojos para aguzar la vista, apretó el puño, después enarcó la ceja e inspiró profundamente para mostrar su infinita paciencia.

—Confirmo que es usted único, doctor Freud, y, en nombre de nuestra hermandad —se giró hacia Maria, que continuaba con la vista baja—, confirmo aquello que usted ha debido suponer, ya que imagino que el bueno de Joaquín no se lo ha revelado.

Freud bendijo para sí al duende, extraño y benigno. Sin su ayuda no habría encontrado nunca un pretexto para hacerle una pregunta similar al cardenal, ni siquiera de manera indirecta.

Así que estaba confirmado. Los tres se confesaban mutuamente: De Molina con Oreglia, ambos con Rampolla y este con el primero. Si uno de ellos estuviera implicado en algún asunto escabroso, lo sabrían al menos dos de ellos: el culpable y su confesor. Siempre y cuando creyeran en el poder de absolución del sacramento. Que, por otra parte, concedía al criminal la posibilidad de reincidir en el pecado y de mantener su alma intacta. Por lo que él sabía, según la teología católica bastaba con arrepentirse. Y todos se arrepentían de sus culpas, si las sentían como tales, y el hecho de cometerlas, para un creyente, solo representaba una simple recaída de la que podía levantarse únicamente con confesarse.

Una religión traicionera: si todo el mundo fuese católico practicante, su método terapéutico resultaría inútil. Con la confesión, el sentimiento de culpa se desvanecía, todo quedaba resuelto, y no tenía dudas de que, en los siglos anteriores, las histerias y las neurosis habían encontrado en este sacramento el antídoto y el bálsamo más eficaces.

—Sigo esperando que me diga en qué estaba pensando, doctor. Hoy me parece de lo más distraído. —Se le acercó con aire cómplice y bajó la voz—. ¿No será a causa de su hermosa asistente? Si quiere, podemos aplazarlo.

—No, no. Le ruego que me disculpe de nuevo. —Freud pasó por alto la primera observación de Rampolla—. Lo que pensaba hace un momento tiene que ver con mi conciencia. También los ateos tenemos de eso —bromeó—. De hecho, supone nuestra única metáfora religiosa. Otro día estaré encantado de hablar de ello con usted, pero hoy no, si no le importa.

—Conmigo puede hablar cuando le plazca, pero no se lo haga a Oreglia, ese santo varón. Se escandaliza solo de que sea judío. Aún piensa que ustedes mezclan la sangre de los niños con el pan ácimo de Pascua. No, no se sorprenda, doctor. Quizá haya exagerado, pero no mucho.

En la habitación del piso de arriba, el papa León despegó la trompetilla de la rejilla y se dejó caer en el sillón: este Freud comenzaba a preocuparlo. Mucho más que Rampolla, que parecía más cómodo con el médico que cuando expresaba sus opiniones, despacio y con prudencia, en el Consejo Pontificio. Sintió una necesidad imperante de tomarse otra copa de Mariani y se giró hacia Angelo Roncalli para señalarle la botella.

—Santidad, ya se ha tomado dos, temo que no le siente bien.

—Hijo mío, ¿qué me puede sentar mal a estas alturas? Mis preocupaciones son otras. Soy como el agricultor que teme dejar su viña en manos poco expertas. Ahora relléname ese cáliz, bastante amargos han sido los que me han tocado hasta ahora.

León agarró la copa que Angelo había rellenado hasta la mitad. Se dio cuenta de que le temblaba la mano más de lo habitual y la aferró con fuerza. Cuando se la llevó a los labios, algunas gotas le mancharon el hábito blanco.

—Sangre —murmuró.

Angelo cayó de rodillas ante él.

—No digáis eso, padre, os lo ruego. Son solo manchas. Ahora os limpiaré.

—Ah, Angelo, si tuvieses unos años más y ya fueras sacerdote, me podría confesar contigo, quizá mi problema es que yo tengo demasiados. Siéntate, quiero que me escuches igualmente. Solo tú conoces el motivo de que haya llamado al doctor Freud, por eso eres el único de quien me puedo fiar. Él es inteligente y ha emprendido la tarea con pasión, pero el tiempo apremia y los resultados parecen todavía lejanos. Quizá esperaba que obrara un milagro. —Esbozó una sonrisa—. Que Dios me perdone.

—Os escucho, padre.

—Qué bueno eres, por eso te aprecio tanto. Has hecho tuyo el principio de que la Divina Providencia nos ha dado dos orejas y una sola boca, esto significa que es mejor escuchar que hablar. Y además muestras respeto y no eres nada adulador, no me has dado la razón *a priori*, así que no acabarás en el infierno entre los Fraudulentos, rodeado de timadores y aduladores. Dentro de muchos años, desde allí arriba, donde espero llegar, usaré toda mi influencia para que ocupes mi lugar. Serías o, mejor dicho, serás, un buen papa, Angelo.

El joven se sonrojó y el rostro se le llenó de manchas rubicundas, pero le quitó importancia con un gesto de la cabeza. En lugar de ser papa, se conformaría con terminar los estudios en la Pontificia, siempre que mantuviera su beca, sin ella no podría conseguirlo. Y también era posible que, a la muerte de León, su protector, hubiera quien, movido por la envidia o los celos, hiciera lo posible para alejarlo de la universidad. Paciencia; lo que Dios te da, Dios te lo quita; ya le mostraría el camino a seguir para hacer el bien y para llegar, poco a poco, hasta Él.

León XIII le habló al oído como si se confesara y reveló a Angelo sus intenciones. Este lo escuchó con creciente ansiedad, pero si esta era la voluntad del papa, que ya lo había honrado con su confianza, esperaba que el Espíritu Santo lo hubiera iluminado.

—¿En presencia del mismísimo doctor Freud? —preguntó Roncalli, cuando el papa terminó de contarle su idea.

—Creo que sí.

—¿Estaría avisado?

—No, hijo mío, ¡cuántos remilgos! Me recuerdas a la buena de mi madre, cuando temía que me corrompieran el alma en el colegio de los jesuitas. Cuando el doctor se muestre genuinamente sorprendido, Rampolla, Oreglia y De Molina tendrán la impresión de que yo estoy de parte de ellos y que todo es fruto de la Prudencia, una virtud cardinal, y no de la Sospecha, que es la madre de la Ira, un pecado capital. Como se suele decir: si quieres atrapar pájaros no les tires piedras.

Roncalli sonrió.

—Precisamente en estos jardines he podido apreciar la habilidad de su santidad para cazar pajarillos al paso, para después acariciarlos y liberarlos.

—Sí, la verdad es que se me da bastante bien, y tu comparación es correcta, no como pajarillos ni cardenales.

Quizá fuera por el vino Mariani y por la fabulosa y bendita coca del Perú que contenía, quizá por la brillante idea que por fin Roncalli había aceptado, pero seguro que hacía un momento no se le habría ocurrido terminar su discurso con aquella gracia, a la que el novicio hizo poco caso. Quizá a Roncalli solo le hiciera falta un poco de sentido del humor para convertirse en el papa ideal.

18

Tras terminar de limpiar en las demás habitaciones, Maria subió a paso ligero las escaleras de servicio hasta llegar al tercer piso del edificio. Antes había pasado por el baño de las criadas, donde se había peinado y se había puesto la bata blanca de enfermera que el día anterior le había entregado el doctor Freud poco antes de su cita con Rampolla. Quizá gracias a ella se había investido de una profesionalidad que había hecho que todo fuera bien y que el cardenal aceptase su presencia. Las pocas veces que había levantado la cabeza, la mirada escrutadora bajo las cejas espesas le había causado hasta miedo, aunque el doctor aparentaba la misma serenidad y tranquilidad que si se hubiera dirigido a un curilla cualquiera.

Qué gran hombre, el doctor. Incluso había rechazado su agradecimiento diciéndole que el mérito de la bata era de otro criado, un tal Augusto, al que apodaba el Silencioso, había añadido con una sonrisa dulce, la misma con la que siempre recibía sus peticiones, de inmediato y sin hacer preguntas. Incluso había conseguido hacerla reír cuando se lo describió como un misterioso *golem*. Se acordaba bien de ese nombre, aunque era la primera vez que lo oía.

—El *golem* —le había explicado— es una criatura de la tradición judía. Después de un conjuro, obedece a su rabino como un perrito faldero, aunque sea una especie de monstruo gigantesco, capaz de oír pero no de hablar. Igual que Augusto.

Se habría quedado escuchando su relato durante horas, y se había esforzado por empaparse bien de todas sus explicaciones. El momento más bonito había sido cuando le entregó el uniforme inmaculado, perfumado de lavanda. Como el *golem*, se había quedado sin palabras, se había aferrado a la bata y la había aspirado como si fuera el manto perdido de la Virgen. Habría dormido con ella, de no haber tenido miedo de arrugarla.

Antes de entrar en la consulta, cuando estaba en las escaleras, había tomado la decisión de que, para agradecerle el regalo y el honor de haberlo servido, lo mínimo era invitarlo a cenar. No en la bodega, sino en su casa. Le prepararía la auténtica pasta *cacio e pepe*, con queso y pimienta, esa que se escaldaba un momento en agua hirviendo y luego se cocía en la sartén. De segundo descartó la idea del rabo de buey a la Vaccinara, un plato algo vulgar, aunque exquisito. Y, visto que no era época de cordero, lo sorprendería con *pajata* de lechón, cocinada al horno con algo de romero y dos lonchas de tocino. Le quitaría la piel y daría forma de salchichitas a los intestinos, con cuidado de no derramar el contenido, la parte más delicada, la leche a medio digerir.

Resultaba inútil aparentar ser más refinada de lo que era: a los señores de verdad les encantaba la sinceridad y no torcían el gesto haciéndose los melindrosos. Si le gustaba su cocina, bien, si no, peor para él. Y si no aceptaba su invitación, todavía peor; se habría perdido unos manjares que en esa Austria llena de vacas gordas nunca habría podido probar. Para terminar, le prepararía tarta de almendras, esa que llevaba pétalos de rosa triturados. A su marido, que era medio tonto, nunca le había gustado, apenas si la probaba, no se dignaba ni a darle las gracias. Solo salivaba cuando preparaba judías con costillas de cerdo, su pariente más cercano. En realidad, mientras estuvo con ella, solo había sido bueno en la cama, maldita fuera su estampa.

A propósito de aquello, no era capaz de imaginarse cómo sería el doctor Freud en la cama, quizá porque hablaba demasiado, quién sabe si esos que dan tantos rodeos entienden menos de sexo que los demás. Perro ladrador, poco mordedor, decía siempre su madre. Se imaginaba sus besos, pero a saber si esa barba pincharía. Delante de la consulta agitó la cabeza: la amabilidad del doctor le había metido todas esas figuraciones en la cabeza; debía dejarse de sandeces y prestar atención a cualquier cosa interesante durante las sesiones. En lugar de pensar en cómo podía ayudar a Crocifissa a salir de su mutismo, ahí estaba fantaseando como una novicia de clausura. El tiempo de los cuentos hacía tiempo que se había terminado para su hija, cuanto más para ella, y los príncipes azules son como los santos. Mucho hablar de ellos, pero luego nunca se ve ninguno.

Cuando un día empieza bien, todos los acontecimientos sucesivos, siempre que no sean portadores de desgracias, aparecen bajo una luz más positiva. Así, cuando el doctor Freud vio entrar en su despacho a Maria, engalanada con su mejor sonrisa, tuvo la sensación de que nada podría estropearle el día. Era una sonrisa de esas que conocía a través de sus pacientes, rebosantes de una alegría de vivir recién recobrada y de gratitud hacia él. Recordó que no había telefoneado aún a su mujer y se juró a sí mismo que lo haría antes de la noche. Típica asociación mental: ves a una mujer que te gusta, piensas en tu mujer y tratas de paliar el sentimiento de culpa.

Maria se dio cuenta de que la miraba de un modo extraño, como si la viera por primera vez.

—¿Va todo bien, doctor?

—Estupendamente —le respondió mientras se quitaba las gafas—. Ayer estuvo magnífica. Le he echado un vistazo a los registros y confirman mis impresiones. Ahora, si lo desea, los revisaremos uno a uno.

Ante el polígrafo, Maria detalló el latido cardíaco y la presión arterial de Rampolla, coincidente con las palabras clave que había pronunciado el médico durante la sesión en la que se había aplicado el método asociativo. No obstante, aunque se advertían algunas diferencias, ninguna era digna de interés. Freud arrojó el cuaderno de notas sobre el diván.

—Es una máquina, no tiene ningún tipo de reacción, ni siquiera a las palabras más turbias.

—¿Me permite, doctor?

Él la observó y se encogió de hombros. A veces, los uniformes surten efectos extraños en el comportamiento, y Maria, en aquel momento, le pareció una verdadera ayudante, una profesional, probablemente porque ella se sentía así.

—Mi abuela siempre me decía que el que no llora, no mama —prosiguió la mujer.

—Una tesis interesante —replicó, un tanto seco—, pero no creo que, de haber implorado al cardenal Rampolla, hubiera obtenido respuestas más interesantes desde el punto de vista clínico.

—No me refería a eso —respondió Maria con una media sonrisa—. Solo quería decir que usted me parecía un poco frío, un poco distante, mientras pronunciaba esas palabras. Puede que, si le hubiese puesto más pasión, el cardenal se hubiera soltado más, habría respondido con más naturalidad. Eso es todo, disculpe mi impertinencia.

La pasión. Siempre intentaba mantenerla lejos de la vida profesional, a costa de algún que otro sacrificio en la vida privada. Había perseguido aquello que llamaba la filosofía de la separación. Los sentimientos son mortíferos para todo diagnóstico o terapia, y ahora aquella mujer le sugería exactamente lo contrario, con un descaro solo comparable a su ignorancia. Un médico no puede ser empático en la consulta con el paciente, eso lo saben hasta las piedras; un principio que impregnaba toda la filosofía y la práctica sanitaria, desde Hipócrates en adelante. Lo que acababa de decir era completamente absurdo.

—Querida, el análisis se basa en datos científicos, no emocionales. Si un médico mostrase sus emociones, perjudicaría al enfermo.

—¿El cardenal Rampolla se encuentra mal?

—No —respondió Freud a vuelapluma—, no es ese el problema.

—Yo no sé nada, solo intento hacer lo que usted me dice y se lo agradezco, pero entonces, ¿cuál es el propósito de todo esto?

Se esperaba aquella pregunta, pero todavía no había preparado ninguna respuesta. Se rascó la barba y sintió una quemazón en el cuello y una mezcla de emociones. En menos de un segundo habían pasado ante sus ojos una serie de visiones, cosas tan claras como si las estuviera viviendo. Igual que sucede en sueños, cuando la velocidad de producir las imágenes hace aparecer posibles episodios, largos y complejos, que duran solo unos segundos. Trató de conectar las ideas y aquello que logró reconstruir lo confundió aún más. Notó que se sofocaba.

En este sueño con los ojos abiertos estaba a punto de proponerle a Maria que saliera con él a dar un paseo para contarle de la manera más reservada posible y sin entrar en detalles la clave de su investigación. Y, al rogarle que se quitara la bata para no parecer médico y enfermera, se lo quitó todo, como si hubiera malinterpretado su invitación, y se quedó desnuda ante él. Entonces la abrazó, la besó y comenzó a acariciarle todo el cuerpo, y sintió cómo ella gemía mientras lo estrechaba. Todo ello en una fracción de segundo.

—No se lo puedo contar.

La voz le salió al principio un tanto áspera, ronca y estridente, como la de alguien que ha pasado mucho tiempo en silencio. Entonces hizo una pausa y, tras tomar aliento, comenzó a hablar sin mirarla.

—Se trata de una investigación reservada, Maria. Créame que no es por desconfianza, pero se tendrá que contentar con esto.

Al pronunciar la palabra investigación, Freud se mordió los labios. El deseo de revelar los motivos de su presencia, en conflicto con la reserva, había obtenido una primera victoria, pero la mujer o no se dio cuenta o fingió que no había comprendido que los cardenales no eran simples pacientes.

—No diga nada más, sé estar en mi sitio. Y me basta con poder serle de ayuda. Para una persona como yo es un gran honor. Pero...

Freud se alarmó: nunca le habían gustado las conjunciones seguidas de silencio, porque normalmente anunciaban las objeciones que nacen débiles y luego se fortalecen.

—Pero —prosiguió Maria— no se negará a que le invite a cenar.

—¿A cenar? ¿Cuándo?

Habría podido responder «con mucho gusto», lo que habría equivalido a aceptar la invitación a medias, pero al usar ese adverbio temporal, era como si ya hubiera aceptado sin reservas.

—Cuando pueda, una noche de estas, en mi casa.

Esta vez fue ella la que se echó atrás al no proponer una fecha. Pero al especificar que era en su casa fue un paso más allá con la confianza. El tira y afloja concluyó en silencio, hasta que se miraron a los ojos.

—Mañana tengo el día libre, entonces podré cocinar. ¿A las nueve le viene bien?

A aquella hora, en Viena, su mujer estaría ya ocupada acostando a los hijos y pidiéndoles que dijeran sus oraciones, mientras él pugnaba por mantener los ojos abiertos sobre cualquier libro o sus notas, con la boca pastosa del tabaco y de los residuos de una cena ya lejana. Pero, cuanto más al sur iba uno, más tarde se comía: cosas del clima, sobre todo en verano, comer y sudar la gota gorda no encajaban.

—También estará Crocifissa —concluyó la mujer, para evitar cualquier malentendido—. Gracias a Dios hoy he conseguido convencerla de que se quedara en casa a descansar.

Freud no pronunció palabra y se limitó a observarse la punta de los zapatos. Maria interpretó el silencio como una aceptación, aunque hubiera deseado que fuera más entusiasta. Pero debía contentarse; quizá el doctor se había pensado alguna cosa rara y cuando se había enterado de la presencia de su hija se había desilusionado. Debería haberse sentido ofendida, quizá halagada, o quizá había aceptado la invitación por ser educado y lo consideraba una auténtica pesadez.

—Me alegra que esté también Crocifissa. Quizá podría hablar con ella, siempre que usted esté de acuerdo.

Sabía mentir, habría preferido estar a solas con ella, pero le pareció que decirle eso era lo más justo. Por otra parte, también podía ser que el afán de regresar al trabajo de aquella muchacha dependiese de algún secreto inconfesable, bien por pudor, bien por malicia. Quizá tuviera la oportunidad de conseguir que contara algo de aquella noche en la que Angelo y él la habían socorrido. Y si había un vínculo, directo o indirecto, con el suicidio de los dos amantes.

Sin saber adónde mirar, Maria se giró: advirtió en el suelo junto a la puerta un sobre blanco con las llaves de san Pedro en el remitente y lo recogió. Cuando Freud lo abrió y leyó la nota, se quedó perplejo. Era una invitación formal del papa para asistir a una cena que tendría lugar al día siguiente, a la que se sugería que asistiera con traje oscuro, que no tenía. Pero, aparte de que se vería obligado a posponer la cena en casa de Maria, fue una segunda nota, escrita a mano y firmada por Angelo Roncalli, la que más lo turbó. Se anunciaba que aquel día, la cita con De Molina y Ortega se anulaba, lo mismo que la siguiente con el cardenal Oreglia, por motivos que se revelarían durante la cena. Dobló las dos hojas y se las guardó en el bolsillo de la chaqueta.

—Me temo que no podré ir a su casa mañana: acabo de recibir ahora mismo una invitación de su santidad. Pero estoy libre desde ahora hasta mañana por la noche. Si no tiene nada mejor que hacer, podría ir a buscarla por la tarde. Me podría enseñar algún rincón de Roma que no conozca. Me sentiría feliz y honrado.

—¡Claro! —respondió ella con entusiasmo—. Yo conozco Roma como no la conoce ni el papa. Con todos mis respetos.

En cuanto se apagó el sonido de los pasos de Maria por el pasillo, le vinieron a la mente una serie de palabrotas, todas en alemán. La lengua materna le brotaba de las vísceras con el ímpetu de un cañonazo. Hurgó en el humidificador y sacó el primer cigarro que encontró, y sin usar la guillotina para cortarlo, lo mordió y lo descabezó para después tirar el resto al suelo. Pero sin reírse y sin jugar a ver quién lo mandaba más lejos, como había hecho en sus tiempos en la universidad con sus compañeros de vicio. Mientras echaba el humo, se tumbó en el diván donde tendría que haberse tendido de Molina al cabo de un rato para tratar de calmarse y analizar la situación.

Solo le venían a la cabeza dos palabras: resultados y pasaporte. La ausencia de los primeros traía como consecuencia que le dieran el segundo. Y encima era cierto que no había descubierto más que la cúspide de la pirámide que yacía enterrada bajo toneladas de arena: el carácter ambiguo de De Molina, la posposidad de Oreglia y la frialdad de Rampolla. Pero él no había tenido la culpa: la praxis analítica requería tiempo y colaboración, y él había tenido poco de ambas.

Tampoco Sherlock Holmes habría averiguado nada con su método deductivo, se habría conformado con fumar en pipa y tocar el violín plácidamente. Además, su relación ambigua con Watson, una mezcla de desprecio indisimulado y deseo de estar con él, enmascaraba una tendencia a la inversión. Y su forma de recurrir a la heroína representaba un intento de fuga de aquella tendencia obsesiva que tendría que haber invalidado su capacidad investigadora. Un día de estos tenía que escribirle al señor Conan Doyle para pedirle explicaciones.

Se las arregló para sonreír a pesar de la angustia que le oprimía el pecho, un dolor sordo, hasta tal punto que pensó que se trataba de un infarto y se le apareció delante el dedo acusador de su mujer, que desechó con un gesto de la mano. Pero no estaba enfermo, quizá solo un poco hipocondríaco.

Se levantó de golpe y la diferencia de presión lo hizo tambalearse hasta que logró apoyarse en el alféizar de la ventana. El Don Pedro que tenía en la mano, el más caro de los puros, le recordó que si el papa lo despedía le sería difícil permitirse otros en el futuro, cosa que lo angustió. Los tres cardenales se habían puesto de acuerdo para boicotearlo y le habían impuesto al papa su decisión. Lógico, posible y, además, probable.

Todavía no lograba comprender cómo había podido perder su confianza sin hablarlo con él siquiera. No sería raro que fuera cosa de la senilidad. Cuando tuviera su edad, si es que llegaba, debería permanecer atento a estas decisiones cambiantes. Aquello era hablar por hablar: de viejo resultaría difícil razonar de la misma manera en que lo hacía en ese momento, y aún no se había inventado un seguro contra la vejez.

¿Y si Maria tuviese razón? Donde no lograba llegar la frialdad científica del médico podría insinuarse la emotividad del hombre, su capacidad empática podría ser el fósforo que prendiera en el ánimo de los tres cardenales y pusiera al descubierto sus emociones.

Era improbable, pero no imposible. Al igual que el vínculo entre el doble suicidio y Crocifissa.

Se colocó en la cabeza el panamá blanco y salió del despacho sin saludar a Augusto, que estaba sentado en un banco del pasillo fresco, enfrascado en la lectura de una revista. Freud echó un vistazo al nombre: *Minerva*. Eso es lo que le hacía falta a él: una diosa que le surgiese del cráneo y que lo iluminara con su sabiduría, pero en la cabeza, en aquel momento, a pesar de todas las preocupaciones y de los pensamientos, solo había espacio para Maria.

19

Crocifissa no se sentía bien. Había llamado a la puerta de su protector varias veces, pero él, el de las mil promesas, no le había respondido. Y la puerta estaba cerrada con llave. Se había quedado allí delante como una tonta con el cesto de la colada en la mano, que por si fuera poco pesaba, y ahora le dolían los brazos. Había aprendido que el lino absorbe el agua como una esponja y aquellas camisas inmaculadas todavía tenían que secarse. Al final lo había visto pasar, con otros sacerdotes y monseñores, no sabía muy bien la diferencia, que lo rodeaban como si fuese un príncipe. Había estado a punto de acercarse, pero él le había hecho un gesto para que desapareciera. Después de meter el delantal de trabajo en el armarito, se dirigió de morros a la puerta de Santa Ana. Un guardia al que le había mostrado el salvoconducto la detuvo.

—Eres nueva, pero yo te conozco, Crocifissa.

—Yo no. ¿Qué es lo que quieres de mí?

Aunque le molestó, le picó la curiosidad, y más al tratarse de un muchacho que, a pesar del absurdo uniforme a rayas y del casco en forma de media luna, no estaba nada mal. Además, si la conocía, significaba que era importante.

—Te he visto salir en coche la otra noche, con el doctor austríaco.

Le temblaron las piernas y le entraron ganas de gritar que no era cierto, que se equivocaba, que la había tomado por otra, quizá por su madre. No recordaba nada de aquel día, aparte de las caricias del monseñor en las rodillas y los dedos que le rozaban la entrepierna. Pero también su reticencia inicial y la sensación de poder a continuación, cuando comprendió que, como mujer, tenía cierta autoridad sobre ese hombre tan importante. Se acordaba también del vino que había bebido, tan perfumado y distinto del que robaba en la bodega de los vasos que lavaba.

Después había despertado en su cama, bajo la mirada severa y preocupada de su madre, sin saber cómo había llegado allí. No había respondido a sus preguntas, porque en realidad no sabía bien qué le había sucedido. Puede que ya no fuera virgen, y se le ocurrió que ese podía ser el motivo por el que el cura vestido con el hábito rosa no se hubiera presentado hoy. Le entraron ganas de llorar ante esa idea tan horrible: había entregado su bien más preciado a cambio de nada.

—¿Qué te pasa? —le preguntó el guardia en un tono más dulce.

Había visto pasar a muchas otras, pero ella era muy joven, demasiado, y no parecía demasiado lista. Seguramente menos que la que había muerto.

—Nada, déjame en paz, quiero irme a casa.

Él la dejó pasar mientras observaba por detrás el vestido claro, aún de niña, que se le ajustaba tanto que revelaba formas de mujer. Había esperado que el trágico final de su compañero con una de las últimas chicas hubiera puesto punto y final a esas idas y venidas. Ese pajarraco que las embaucaba se había pasado de verdad, porque hasta el mes pasado, nadie había muerto nunca. Porque sus garras estaban detrás de todo, eso no se le iba de la cabeza. Había rumores acerca de su identidad, pero él se había hecho una idea. Quizá no estuviera solo, quizá pertenecía a un grupo de vampiros o de basiliscos, como el de la fuente de Basilea. No era más que un niño cuando un cura le contó que se trataba de un diablo aprisionado por las oraciones, y había olvidado decirle si se despertaría. Desde entonces no había dejado de colarse en sus pesadillas nocturnas. Pero había uno que debía de ser el jefe, y a ese le habría cortado la cabeza con gusto.

* * *

Esa misma tarde, después de pasar por el banco y sacar doscientas liras, Sigmund Freud encontró otra tienda, más modesta que la del Tíber en Borgo Sant'Angelo. El simple cartel, *Sastrería Ambrosini Romeo*, y un par de trajes expuestos en el escaparate lo impulsaron a entrar.

Cuando el sastre le preguntó si el traje de lana ligera oscura era para un funeral, respondió con la verdad, que tenía una cena con el papa. El sastre se echó a reír y en menos de una hora le entregó el traje confeccionado: le había alargado los pantalones y le había estrechado la cintura de la chaqueta. Añadió una corbata gris, con unos dibujos minúsculos de la misma tonalidad.

—Esta se la regalo —dijo Ambrosini mientras la envolvía en papel de seda—. Lo he pensado bien y creo que sí va a cenar con el papa de verdad.

Freud agitó la cabeza, le cogió la corbata de entre las manos, la observó, se la devolvió y le ofreció un puro a su vez.

—Los lazos de amor casi se pierden en el gris —observó.

—Sí, es una lástima —respondió el sastre—. Pero el hombre esconde lo más precioso para él.

—Y solo el iluminado puede apreciar la belleza y el significado —replicó Freud—. En la oscuridad no hay diferencia entre un cristal y un diamante.

El sastre inclinó la cabeza y asintió. Tomó el puro del mostrador, le cortó la cabeza con sus tijeras y se lo metió en la boca. Freud se lo encendió apresuradamente.

—El lazo es un nudo que se cierra por Oriente y se abre por Occidente —comentó Ambrosini—, para representar el abrazo universal.

—Por tanto —concluyó Freud—, todos estamos unidos bajo el gran arquitecto del universo.

Levantó la mano con el puro encendido.

—Nunca pensé que me encontraría con un hermano mientras compraba un traje. Ha sido muy astuto al regalarme una corbata con uno de nuestros símbolos menos conocidos. ¿Y si me la hubiera puesto de verdad para cenar con el papa?

—Se la he regalado cuando he comprendido que no estaba bromeando, que no bromeabas, si me permites que te tutee. Sentiría una satisfacción tremenda solo de pensar que atravesarás los muros del Vaticano con nuestro símbolo.

—La sentirás, hermano Ambrosini, esta noche me la pondré.

—Me encantaría que fueras mi invitado en la próxima sesión de mi logia, la Lira y Espada. Todos los martes por la noche. Yo te acompañaré, y me encantará presentarte a nuestro gran maestro y a todos los compañeros. Ahora no te quiero entretener, tienes que prepararte. Un triple abrazo fraterno, hermano.

Se besaron tres veces en la mejilla y el sastre no renunció a abrazarlo por última vez. Sorprendido, más que dichoso, Freud salió de la tienda para dirigirse al Vaticano. Si hubiera podido confesarle que también el secretario de Estado Rampolla pertenecía a la masonería, hubiera hecho feliz a Ambrosini. ¿Como se decía *Pfaffenhasser*, el que odia a los curas? Quizá comecuras, y Ambrosini debía serlo, su intención de que llevara, aun sin saberlo, la corbata con los lazos de amor, era la prueba.

En Viena, ninguno de sus hermanos del B'nai B'rith habría osado a tanto, pero en Roma sí, incluso en presencia del mismísimo papa, o precisamente a causa de la misma. Qué mundo tan distinto, qué calor tan distinto, qué participación tan distinta. Allí prevalecía la mente, aquí el corazón. Si fuese italiano, nunca habría descubierto el psicoanálisis. Y quizá sería más feliz.

Con el rabillo del ojo, antes de girar para dirigirse a la puerta de Santa Ana, intercambió una mirada con un hombre algo grueso que levantó el periódico delante de los ojos. Iba vestido de oscuro, con una boina negra, algo raro con ese calor. Incluso creyó reconocerlo, pero probablemente fuera efecto del calor, que a la sombra de las callejuelas parecía menos intenso. Estaba a punto de doblar la esquina cuando un grito sofocado lo hizo girarse. Aquel hombre estaba tirado en el suelo mientras un segundo se alejaba a la carrera. Y también el otro le resultaba familiar. Estuvo tentado de detenerse para ir a socorrer al primero, pero este se levantó a toda prisa y, con el rostro cubierto por el periódico, salió corriendo a trompicones en la misma dirección que su agresor. Sin gritar ni pedir ayuda, no era ni para seguirlo ni vengarse, sino como si temiese que, de quedarse allí, sería víctima de otra agresión.

Por supuesto, no había ni rastro de ningún policía: parecía que en Roma solo tenían la función de mostrarse a caballo por los jardines y lucirse con las señoras de paseo componiendo una bonita estampa. En Viena, la calle se habría llenado de los pitidos agudos de los silbatos y, en unos minutos, agresor y víctima habrían sido detenidos. Se detuvo con un presentimiento. Ya sabía dónde había visto la nuca redonda del asaltante cubierta por una cabellera rubia: en el automóvil. Pertenecía a Augusto, maldito fuera. Tendría que contárselo a Angelo Roncalli: ese palacio imponente de mármoles grises que ya se recortaba ante él era un nido de víboras.

—Usted es el doctor austríaco, ¿verdad?

El guardia suizo ya lo había dejado pasar y Freud se volvió, asombrado de que le dirigiese la palabra. Por lo visto, ese día no habían terminado las sorpresas. Se impuso la educación que había recibido de pequeño y se acercó, a pesar de que el instinto le aconsejaba alejarse. El Superyó le había ganado la mano al Ello una vez más.

—Soy yo —respondió—. Soy el doctor Freud.

—Necesito hablar con usted —le dijo el suizo, que de tanto tiempo como llevaba en Italia había adquirido un acento romano—. Pero no aquí ni ahora.

En casos similares, y le había sucedido más de una vez, en una cena, en una recepción o incluso en un congreso, solía sacar una tarjeta de visita. Se trataba de posibles pacientes y, por tanto, clientes, por lo general acomodados. Un día intentaría comprender si existía una correlación entre el dinero y la histeria, la paranoia u otras enfermedades de la psique. Quizá la ausencia de preocupaciones materiales aumentara el riesgo de problemas psicológicos. Quizá los pobres poseían unos anticuerpos especiales o sus tarifas eran demasiado altas, pero entre sus pacientes no contaba con ningún obrero ni ningún empleado.

Miró a los ojos al joven y decidió que era inútil entregarle su tarjeta con la dirección de Berggasse, 19, en Viena, él nunca sería paciente suyo.

—Venga a verme a mi despacho mañana, no más tarde, porque puede que me marche pronto —dijo con indiferencia, pero solo él sabía cuánto le molestaba—. En el tercer piso del palacio.

—Sé dónde está, doctor, pero es mejor que nos veamos fuera de aquí. Mañana por la tarde, en el nuevo puente de Cavour, a las seis. *D'accord?*

Así que un guardia suizo francés con acento romano. De primeras se quedó sorprendido. Pero, por otra parte, aquella extravagante nación se llamaba confederación helvética por las tres etnias que la componían: la italiana y la francesa, además de la alemana, la más prominente, como siempre. Un conjunto de pueblos que no se peleaban nunca, ni dentro ni fuera de sus confines. Eso sí que era digno de psicoanálisis.

—*D'accord.*

Le salió espontáneamente responder en su lengua, su francés no era tan malo. El único problema era que ya había aceptado. Y de posponer aún más la cena en casa de Maria, el que quizá fuera su último día de estancia en Italia, ni hablar. Llegó a su habitación, exhausto por todos los sucesos de aquel día: el indefinible guardia suizo-francés, Augusto el agresor y el sastre masón, en orden inverso.

Se aseó, se puso el traje nuevo, se anudó la corbata en cuestión y se encendió el último Monterrey, dulce y cremoso, de aroma afrutado. A la segunda calada le sorprendió una ligera nota de café, acompañada de un regusto sutil a regaliz. Al menos, aquella había sido una sorpresa placentera. Una de las últimas, porque iba a ser difícil volver a degustar un Monterrey, o un preciado Don Pedro, visto que en breve debería despedirse de las dos mil liras semanales.

Echó un vistazo al reloj, subió con paso tranquilo y resignado las escaleras hacia los aposentos privados del papa, tocando el frescor de los mármoles antiguos y observando atentamente, con un suspiro cansado, los cuadros y las esculturas. Tras asegurarse de que nadie lo veía, posó una mano en el trasero, libre de paños de pureza, de una ninfa que había junto a un joven desnudo. Quizá fuese una copia de Bernini, o quizá el original: lo mismo daba, ese roce no le iba a traer suerte.

—En realidad solo es una excelente imitación de *Amor y Psique*, la obra de Canova. La auténtica la sustrajo Napoleón gracias al infame tratado de Tolentino, hace más de un siglo. Ya conoce el dicho: no todos los franceses roban, pero Bonaparte sí.

La voz estentórea del cardenal Oreglia le asaltó por la espalda antes de que su larga sombra le alcanzara los pies. Freud se había equivocado de siglo y de escultor, y también al tocar las nalgas de Psique bajo la mirada de Oreglia.

—Si me lo permite, comprendo que haya querido tocarla —prosiguió el cardenal—. He visto que no lo hacía con malicia. Permita que yo también hurgue en las profundidades del alma, de la suya esta vez.

La sonrisa de Freud daba a entender una conformidad tácita y cómplice.

—Como inventor del análisis de la psique, usted ha querido rendir homenaje a la diosa más bella del Olimpo, que lo ha hecho famoso. Pero al mismo tiempo, ha pensado que de la unión de Psique y Eros ha nacido la Voluntad, que representa el placer sexual. Y precisamente es del sexo de donde proceden todas las motivaciones de las neurosis del hombre, si no me equivoco.

Freud no tuvo tiempo de reflexionar si pretendía dar un rodeo para burlarse de él, para evitarle la vergüenza, para arrojar dudas sobre su método o para lanzarle un mensaje a propósito de su investigación. La puerta del despacho del papa se abrió en ese momento y un criado con librea verde y amarilla se inclinó ante ellos y les hizo un gesto para que entrasen.

20

Como estaba previsto, el papa abrazó a Oreglia y le ofreció la mano enguantada a Freud, que la agarró con tres dedos, inclinándose apenas. Ni más ni menos, dadas las circunstancias. Por su parte, De Molina y Rampolla se levantaron del sofá donde estaban sentados y ambos lo saludaron con un vigoroso apretón de manos. A enemigo que huye, puente de plata.

Mientras tomaban la sopa, León, sentado a la cabecera de la mesa, recordó su propia incertidumbre al asumir el pontificado, y cómo rechazar un honor suponía falsa humildad. Pero al final citó una frase de la Regla Pastoral de san Gregorio Magno:

Pues uno ha de ponderar bien con qué disposiciones se ha de llegar a la altura del gobierno de las almas; y luego de haber llegado a él debidamente, cómo ha de arreglar su conducta.

Al pronunciarla, dejó que los ojos se posaran en cada uno de los tres cardenales y después le echó un vistazo a Freud. Con el pescado hervido, acompañado de salsa verde, Rampolla recordó que los anticlericales habían anunciado una manifestación para el mes siguiente con objeto de celebrar los siete siglos de la bofetada de Anagni a Bonifacio VIII. Se había corrido la noticia de que el alcalde de Roma, Prospero Colonna, pariente lejano de aquel infame antepasado, Giacomo Sciarra Colonna, no iba a impedir una manifestación tan indigna, a pesar de definirse como un buen católico. El papa parecía al borde de las lágrimas y se sorbió la nariz cuando Oreglia apoyó una mano sobre la suya.

—Espero que el Señor me llame antes y me evite tal vergüenza —dijo León, acallando con una mano el murmullo de protesta de todos los presentes, salvo Freud.

En las rodajas de melón aderezadas con azúcar y menta, y servidas con un licor helado de enebro, De Molina observó que en algunas carreras automovilísticas se alcanzaba la velocidad disparatada de sesenta millas por hora y que su peligrosidad debía aconsejar prudencia a los organizadores: los muertos por accidente estaban a la orden del día. Freud se fijó en que había comenzado a mover la pierna derecha rítmicamente sin darse cuenta. Cada vez que retomaba el control, a la primera distracción comenzaba el temblor nervioso.

La cena estaba en las últimas, los conversadores eran completamente inútiles y, más que un pez fuera del agua, Freud se sentía como si estuviese en un acuario, con las miradas agigantadas observándole distraídas detrás del cristal y con escaso interés. Las voces se superponían, él no decía ni palabra y comenzó a sentir un molesto zumbido en la cabeza, un síntoma físico de un malestar psíquico, según el diagnóstico que él mismo había realizado en algunos pacientes. La única terapia aconsejable en casos como el suyo era desfogarse sexualmente de una manera sana y satisfactoria.

Al observar las hopalandas de los comensales se divirtió imaginándose que estaba en la mesa con tres *cocottes* con sus trajes de noche que hablaban de sus problemas femeninos, mientras la *madame* vestida de blanco las observaba, complacida por su alegría. Él disfrutaba con aquella espera, pues sabía que, al final de la cena, quizá las tres se ocuparían de él. La fantasía se le reveló tan real en su imaginación que el rostro de un De Molina sonriente se superpuso al de Maria. Le devolvió la sonrisa, sin tener la menor idea de qué había dicho el joven cardenal. Al menos, la pierna derecha ya no le temblaba.

Mientras los tres prelados, relajados por el licor de enebro, intercambiaban información y comentarios sobre el nuevo invento americano, una estufa para el verano con el poder de refrescar las habitaciones de las casas donde el calor era insoportable, el papa golpeó suavemente con una cucharita de plata la copa, ahora vacía, de vino Mariani.

—Hijos míos, queridos —dijo cuando atrajo la atención de todos—. Sin duda os habréis preguntado por qué motivo os he reunido hoy en esta cena, que no tiene nada que ver con la última de nuestro Señor.

El silencio que siguió a la pausa fue interrumpido por una carcajada reprimida por Freud, que terminó con un ataque de tos. León se lo agradeció con un gesto de la cabeza: era triste que las gracias de trasfondo religioso solo las riera quien no lo era. Al contemplar los resultados de la creación, el papa estaba convencido de que Dios tenía un gran sentido del humor. Que además amase sobre todo a aquellos que lo apreciaban o hacían uso de él, lo comprobaría en poco tiempo.

El papa prosiguió.

—Y porque, aunque soy su vicario, tampoco yo soy digno de vestir los paños de Cristo, ni tampoco creo que entre vosotros haya un Judas Iscariote.

La referencia a la traición de Judas pasó como una sombra por el rostro de los tres cardenales, pero desapareció con rapidez.

—Antes —prosiguió el papa con dulzura, pero con firmeza— os habréis preguntado por qué motivo he querido que nos acompañe el doctor Freud. En breve os lo contaré. Mientras tanto, quiero daros las gracias por haber obedecido con humildad cristiana mi petición de someteros a su método psicoanalítico, que no entra en conflicto con la visión católica del mundo. ¿Estoy en lo cierto, doctor?

—El psicoanálisis es una ciencia —respondió Freud—. Como tal, investiga la verdad, y esta no puede entrar en conflicto con ninguna religión.

—¿Habéis oído? Si creemos en el Señor, si tenemos fe en él, no habrá nada que temer. Gracias, doctor, ha sido muy claro, como siempre.

Si aquel era un panegírico para llegar a una defenestración gentil, ningún jesuita podría haberlo argumentado mejor. Freud comenzó a relajarse, más valía seguirle el juego, como si aquellas escaramuzas verbales no fueran con él. Se apoyó en el respaldo de la silla, se cruzó de brazos y se dispuso a observar a los tres prelados, que no le quitaban ojo al papa: su ansia parecía aún mayor que la suya.

Qué lástima no poder encenderse el Reina Cubana que asomaba en el bolsillo de la chaqueta como un ratoncillo curioso. Pero quizá para aquella ocasión un Culebra Partagás habría sido el más idóneo: era un puro que parecía tres serpientes enroscadas entre sí, como los tres cardenales. No lo había probado nunca, simplemente le encajaba, lo mismo que le había pasado con la imagen de antes, que ya se había desvanecido, de los tres como damas elegantes y corruptas.

—Vamos al grano —continuó el papa—. Trataré de explicarme bien, aunque imploro vuestro perdón, porque los viejos tienen dificultad para sintetizar sus ideas. Unos acontecimientos recientes y tristes han perturbado mis últimos días, y no me refiero a los que tienen lugar fuera de estos muros, a las intrigas políticas y al ateísmo que avanza impulsado por las revueltas sociales. Mi pensamiento vuelve continuamente a los dos jóvenes que se quitaron la vida en el mismísimo interior de este santo lugar, arrojándose por una de nuestras ventanas. Todos somos culpables.

Los observó uno a uno y se detuvo en Freud, que exhaló una bocanada de humo imaginario y prestó atención. Algo se cocinaba en la olla, pero no se trataba de su pellejo.

—Culpables por omisión —prosiguió León sin levantar la voz apenas—, en el sentido de que no hemos sabido impedirlo. Pero si de alguna manera lo hubiéramos..., cómo diría yo, tolerado, o aún peor, inducido, sería aún más grave. Hijos míos, no quiero irme al otro mundo con este sentimiento de culpa.

—Santidad —lo interrumpió el decano—. ¿Qué culpa podríais tener vos?

En la rapidez con la que levantó el brazo para impedir que Oreglia continuara, León demostró toda su determinación.

—La de no haber hecho todo lo posible para impedir que el trono de Pedro no quedara tan limpio como lo encontré. Tú, Oreglia, fuiste papable antes que yo, y tú, Rampolla, lo eres actualmente. Nuestro De Molina gusta a muchos: es joven, fuerte e inteligente, pero durante el cónclave estas cualidades serán vistas como defectos, aunque los designios del Espíritu Santo sean inescrutables.

—Santo padre —intervino Rampolla—. Estoy atento a sus palabras, que apruebo completamente. No obstante, me permito señalar que no es del todo apropiada la presencia de un laico como el doctor Freud, sin duda no le interesará nada de esto. Son temas...

—Precisamente por estos temas le pedí que viniera —lo interrumpió el papa—. Y por ese mismo motivo hoy está presente. —Una vez más, León había acallado de raíz una objeción. En la mente de Freud comenzó a fraguarse una idea que rechazó de primeras pero que era imposible quitarse de la cabeza, como una cuña mojada y encastrada en el mármol.

—Como desee —respondió Rampolla—. Respeto su voluntad.

León se sirvió él solo otro poco de vino Mariani y se lo bebió de un trago. Comenzaba a tener la voz ronca por el cansancio y el vino.

—Le he rogado al doctor Freud, que es médico, no gendarme, que me informe sobre vuestro estado de salud, que no tenéis neurosis ni secretos, que no tenéis nada que ocultar y que, bendito sea Dios, no tenéis nada que ver con la muerte de esos dos pobres chicos.

Freud se maravilló más que si hubiera visto eclosionar un huevo de dinosaurio. Se le quedó la boca medio abierta, los ojos oteaban por encima de las gafas los movimientos de los ojos del papa, que se posaban en los tres cardenales. Él lo imitó: sin saber dónde iría a parar la confesión de León, no podía dejar pasar la oportunidad y aprovechar el golpe de efecto para extraer alguna suposición que pudiera ser útil para su investigación, aunque llegara tarde.

De Molina y Ortega había entrelazado los dedos y se pellizcaba la frente, la típica actitud de alguien que se pregunta el porqué. Rampolla sacaba brillo a una moneda imaginaria con el pulgar y el índice de la derecha, mientras Oreglia, después de un instante de duda, se puso de pie. Con los brazos a la espalda dio un par de vueltas a la mesa, hasta que fue a apoyar las manos en el alféizar de la ventana abierta.

Freud los veía como tres animales: De Molina era el rebeco de ojos tristes, Rampolla el jabalí cauteloso y Oreglia el lobo macho dominante. Muchas veces, para recordar mejor las características de los pacientes que veía con regularidad, hacía lo mismo. Con esa clasificación zoológica había descubierto que las patologías del universo femenino, más allá de las apariencias, eran más propias de los zorros, las comadrejas, las garduñas e incluso de las ratas, en lugar de las ocas, las gallinas o las gallinas de guinea. Él se consideraba a sí mismo un oso, mientras que el papa, con aquellos ojos vivaces, el hábito blanco y la delgadez huesuda, parecía una serpiente albina. Una yegua con las facciones de Maria galopó delante de él y le lanzó una mirada apenada, una alucinación placentera un instante antes de que el lobo Oreglia gruñera quedamente.

—Con todo mi respeto por el hábito que viste, santidad, creo que su decisión ha sido fruto del capricho, si me perdona la expresión, no de la voluntad de perseguir el bien de la Iglesia. De buena fe, naturalmente, porque comprendo la intención, pero no el método. Ahora le invito formalmente a que le pida al doctor Freud que nos abandone. Por lo que a mí respecta, que regrese a Viena cuanto antes, seguro que allí le esperan clientes y situaciones que lo necesitan más que nosotros.

Sin ser consciente del gesto, Freud se encontró con el Reina Cubana entre los dientes y, aunque apagado, el perfume vagamente avainillado de las hojas claras le sugirió que esperara y que no interviniera, a menos que la serpiente blanca no lo interrogara. Él permaneció extrañamente en silencio. El lobo avanzó a pasos lentos, decidido a imponer su dominio sobre el animal blanco.

—El cardenal decano ha expresado con vehemencia su opinión —intervino Rampolla—. Sin embargo, es fácil coincidir con él. Usted es el buen pastor y nosotros somos los custodios, somos los perros de su rebaño, y algo tan vil es difícil de concebir. Santidad, me surge la duda de si usted ha obrado de acuerdo con su cargo.

En la práctica, el jabalí lo acababa de llamar viejo chocho. Mientras tanto, con las patas delanteras, el lobo se había agarrado al respaldo de la silla y, con el cuerpo protegido de antemano, esperaba la reacción de la serpiente blanca, dispuesta a arrancarle la cabeza.

—Siéntate, Oreglia —dijo el papa serpiente—. Eres tan alto que parece que estás de pie incluso cuando estás sentado.

Permaneció en silencio hasta que el lobo no accedió a sentarse, pero la serpiente tenía razón: Oreglia era altísimo y sus brazos, aunque proporcionados para su altura, parecían los de un orangután. Como bien recordaba Freud, ese animal resultaba ser el culpable de un doble homicidio en un relato del norteamericano Edgar Allan Poe. El papa agitó varias veces las manos unidas.

—Pobres hijos míos, os sentís acusados injustamente. Nadie os ha acusado. Los perros pastores del rebaño es una imagen bellísima, cardenal. Sin embargo, quiero recordarle a su eminencia que un custodio aún más maravilloso, el ángel más brillante, se convirtió en el enemigo acérrimo de Dios y de la humanidad: Lucifer. Me habéis preguntado cómo puedo haber dudado de mis cardenales y mis más preciados colaboradores. Yo no he dudado jamás, al igual que no dudo de la inocencia de los niños. Los cuales, sin embargo, en su candor, arrancan la cola a las luciérnagas, queman hormigas con cerillas y usan las ranas como proyectiles para sus hondas. Inocentes y, sin embargo, son decididamente crueles con los seres inferiores. ¿No tengo razón, doctor Freud?

—Es completamente cierto —respondió de inmediato Freud, quitándose el puro de la boca—. Este comportamiento es muy común entre niños y hay estudios europeos y americanos que lo han investigado. Se presume que quizá derive de un sentimiento innato de poder que surge de los enfrentamientos con las criaturas más débiles.

—Eso era lo que quería decir, y sin saber de ciencia.

—Santidad, ¿pretende decir que somos como niños? —intervino el jabalí Rampolla.

—Claro. —La serpiente blanca sonrió y se humedeció los labios secos con la lengua, que a ojos de Freud parecía bífida—. Y yo, si me disculpáis, soy el más niño de todos, por haberme aprovechado de esta manera de mi autoridad. Sin embargo, ay, cuántas veces he pronunciado esta palabra. Os llamo a los tres a ser testigos de mi voluntad, y ordeno que, hasta que no sea elegido un nuevo papa, el doctor Freud no encontrará ningún obstáculo para llevar a cabo su investigación. He decretado que, mientras tanto, os sometáis con buena voluntad a las preguntas y a las pruebas de sus aparatos. Les dejaremos una jornada de reflexión, si usted está de acuerdo, doctor Freud, y pasado mañana podrá retomar sus sesiones con ellos. Creedme todos, mi esperanza es recibir solo buenas noticias.

El Reina Cubana fue decapitado al instante y Freud masticó la cabeza hasta reducirla a una papilla. De la que no podía deshacerse, ya que no había ninguna escupidera junto a la mesa, y que, por tanto, ingirió.

León había querido airearlo todo delante de él y de los cardenales sin avisarlo antes. Endiablado papa, su estupor sincero había hecho comprender a los tres sujetos, en aquel momento no sabía de qué otra manera llamarlos, que no había acordado nada con él y que, en cierto modo, él siempre había estado de su parte. Sin embargo —en su mente usó también ese adverbio tan ambiguo que en la práctica servía para negar todo lo que había sido dicho antes—, había impuesto nuevamente su voluntad, no solo *post mortem*.

Una organización extraña, la católica romana, no tanto porque la voluntad del monarca se extendía más allá de la vida, sino porque los ejecutores testamentarios eran, de hecho, sus propias víctimas. En su lugar, él nunca habría obedecido.

En todo caso, y a pesar de lo que había pensado, se quedaría un poco más en Roma y continuaría recibiendo las dos mil liras semanales. Martha estaría contenta, aunque su ausencia se prolongaba y hacía días que no la llamaba, maldita sea. Por otra parte, tendría tiempo de ir a cenar a casa de Maria sin prisas. De observar a su hija y ayudarla, quizá. Pero era inútil intentar convencerse de que la presencia de Crocifissa no le molestaba. A decir verdad, esa muchacha no le interesaba en absoluto.

Mientras tanto, el lobo Oreglia había observado al jabalí Rampolla, que había sacudido la cabezota, mientras el rebeco De Molina continuaba con la cabeza entre las manos. La serpiente ahora parecía en condiciones de ocuparse de los demás animales, que estaban con la cabeza gacha, como si soportasen un yugo invisible. Como si hubiese olfateado el perfume del ajo silvestre, el lobo agitó la cabeza y la levantó.

—Perdonadme, santidad, también por lo de antes. En el caso de que nuestro doctor Freud intuyera que uno de nosotros fuese culpable por omisión o por negligencia y os lo refiriese con la debida cautela, ¿qué efecto práctico podría tener en la sucesión al solio, donde nos gustaría que continuarais cien años más?

Mientras se dirigía al papa, Freud notó que intercambiaba una mirada con De Molina, quien primero lo miró atónito y después bajó la vista. Durante unos segundos existió una mirada de entendimiento, un diálogo mudo entre ambos, que ni el papa ni Rampolla advirtieron. Al final, le pareció que Oreglia le hacía a él otro gesto, como si quisiera indicarle que estuviera atento a la respuesta o a la expresión de De Molina.

El papa asintió varias veces antes de responder. Parecía que hablar lo cansaba, como si estuviera exhausto de repente.

—Querido hijo mío, qué poco me quieres si deseas que me quede tantísimo tiempo en este valle de lágrimas, ni que fuera más longevo que Melquisedec.

La broma desentonaba con el tono grave, acompañado de la sombra de la tristeza. A oídos de Freud sonó de la misma forma que cuando un paciente abandona la actitud defensiva y se aproxima a la confesión, dolorosa y liberadora. Pero este era el papa y, hasta ese momento, la serpiente blanca había mantenido a raya a las tres bestias. Ahora parecía herido, como si hubiese recibido un golpe inesperado.

—De todas formas, tienes razón —prosiguió un León cada vez más cansado—. Saber que el diablo existe no equivale a hacerlo desaparecer ni a impedir que lleve a cabo sus fechorías...

—El diablo, nada menos —lo interrumpió Rampolla—. Me pregunto...

—¡Cállate, aún no eres papa! —lo reprendió León, en un acceso de rabia reprimida. Freud lo vio apretar los puños y palidecer. Como médico, en una situación distinta habría intervenido, pero en esa no podía, no en ese momento. El papa lo miró y tuvo la impresión de que su mayor sufrimiento no dependía de la pregunta de Oreglia o de la interrupción de Rampolla, sino de alguna cosa que habría deseado revelarles, pero no podía. Le pareció ver que en aquel pecho frágil asomaba el macizo del Superyó: el del papa debía tener el tamaño de una montaña.

—Sí, Oreglia, es cierto. Si fuese así, no serviría de nada haber llegado hasta aquí. Estas paredes —León abrió los brazos— han visto de todo en el transcurso de los siglos. Homicidios, estupros, orgías, tratos despreciables en lo sagrado y en lo profano. Incluso yo, en esta misma habitación, cometí un pecado grave hace unos años. Sí, no os sorprendáis de esta confesión pública. Le encargué a una persona próxima a mí que le pagara a un hombre, Nikolai Notovich, para que no publicase un libro, *Los años perdidos de Jesús.* Así es, señores, traté de corromperlo, para evitar, eso sí, una corrupción más grande, contar al mundo lo que había hecho Jesucristo de los doce a los treinta años. Nadie sabe nada, nosotros tampoco, o quizá no lo queremos saber. Si me reúno con el hijo de Dios, y espero con todo mi corazón que sea pronto, se lo preguntaré.

De Molina abrió los ojos, que hasta ese momento había mantenido cerrados como si no quisiera escuchar, y mientras Oreglia mantenía la cabeza baja, Rampolla unió las manos, como si rezara. Tomó aliento para hablar, pero León fue más rápido que él.

—El conocimiento de la verdad no implica ningún cambio, Rampolla, de ser así todos seríamos santos, incluso el doctor Freud. O justos, según su religión. Pero yo aún creo en la Providencia, que salva todas las razones y me concede la última esperanza. Y ahora —León se sirvió una última gota de vino Mariani—, quien lo desee puede fumar. Aquí mismo, yo voy a descansar estos huesos. Y que Dios esté con nosotros.

Después de que el papa cerrase la puerta tras de sí, Oreglia se apresuró a marcharse, sin saludar a nadie, seguido de inmediato por De Molina. No se detuvo a fumar con él ni siquiera Rampolla, de modo que Freud se encontró a solas con el Reina Cubana por fin encendido.

El gran jefe blanco los había sorprendido a todos, a él el primero, y había sido un gusto, al contrario que para los demás. Si antes los tres cardenales se habían mostrado perplejos pero obedientes a la voluntad del papa, ahora que se había desvelado el motivo de su presencia se mostrarían hostiles.

Le pegó una calada profunda que casi lo atraviesa. Había desaparecido el perfume a vainilla, sustituido por un olor acre, casi a mosto, quizá debido a una regurgitación interna. Podía ser que, ante los hechos, para alejar cualquier sospecha, todos fueran más sinceros. O puede que hicieran frente común contra él si, por ejemplo, los tres se hubieran visto envueltos o, simplemente, por cerrar filas con los suyos. En resumen: la situación estaba tan embrollada como antes, pero ahora tenían la ventaja de jugar con las cartas descubiertas y, por mucho que odiara el juego, le tocaba repartir a él.

21

Aquella mañana, Maria se vio envuelta en una confusión insólita, un ir y venir de ropas de civil y hábitos negros que subían y bajaban por las escaleras, se encontraban, a veces se saludaban y proseguían en dirección opuesta. En uno de los pasillos del segundo piso prefirió pegarse a la pared para evitar chocar con alguien y que la cesta de la ropa limpia y planchada cayese al suelo. Como iba mirando hacia abajo, se concentró en los zapatos, casi todos de un negro brillante, que pasaban por delante. A juzgar por el ritmo apresurado, salpicado de desvíos imprevistos y de diálogos mudos entre sandalias escuetas, zapatos de cordones, chinelas de ceremonia y babuchas puntiagudas, le pareció que el pasillo había sido invadido por hormigas gigantes.

Se agazapó todavía más, refugiada contra una columna de mármol coronada por el busto de un emperador romano, un tal Marco Aurelio, que no recordaba quién había sido. Un hombre apuesto, a juzgar por los rizos rebeldes y la barba. Ahora que se fijaba bien, se parecía al doctor Freud, y se sintió segura bajo su protección. También se sintió estúpida, como le sucedía últimamente, demasiado a menudo quizá, y apenas la horda de hormigas apaciguó su furia, se dirigió al guardarropa.

Cuando vio a su madre, Crocifissa le pasó el cigarrillo al fámulo de chaqueta negra con el que estaba fumando. Maria fingió que no veía los dos cigarrillos en los dedos del chico y dejó que su hija se acercase, con cara de querer confesarle un secreto.

—¿Te has enterado de la noticia?

—Tengo demasiadas cosas que hacer para entretenerme —respondió, con sequedad—. Y tú tendrías que hacer lo mismo.

Entre aquellos muros, cualquier tontería o maledicencia, casi siempre falsa, nacía o llegaba primero a las habitaciones del servicio y revoloteaba como una polilla entorno a la luz, hasta que moría de indiferencia. Había logrado mantenerse al margen de los cotilleos con esfuerzo y ya nadie le contaba nada: no tenía gracia si no ibas con el chisme a un tercero. Le habría gustado que también Crocifissa hubiera aprendido rápidamente que los chismes no traen nada bueno, que aquel que no es capaz de estar callado antes o después hablará de ti.

—El papa se muere —cuchicheó su hija.

Abrió las manos y se le cayó al suelo la cesta, las sábanas y las fundas de almohada. Maria se agachó e intentó doblarlas de inmediato para evitar que se arrugaran. Del suelo emanó un perfume a lavanda rociado de polvo de pétalos.

—¿Cómo lo sabes? —le preguntó levantando la vista—. ¿Quién te lo ha dicho?

Complacida por haberla sorprendido, Crocifissa no le contestó al momento ni le ayudó a recoger la ropa.

—Aquí lo saben todos, su muerte es cuestión de horas. Me lo ha dicho un monseñor, uno de los importantes, uno que incluso podría ser el nuevo papa.

—¡Crocifissa! —gritó una voz de mujer.

Antes de girarse hacia la monja que la había llamado, la muchacha soltó un bufido y sacó la lengua.

—Toma esto —le dijo a su madre—. No quiero que sor Anna lo vea, es capaz de confiscármelo.

Se colocó el delantal y se marchó con una lentitud arrogante. Maria sostenía entre los dedos un rosario de oro, de cuentas tan grandes como huesos de cereza. Lo observó a conciencia, sorprendida y temerosa de que alguien la viera: era de oro auténtico. En un par de

177

horas, cuando terminara su turno, le pediría explicaciones por aquel regalo; ponía a Dios por testigo de que esta vez conseguiría que hablase. El doctor Freud la ayudaría, estaba segura, a menos que sucediera algo en el último momento que le impidiera ir a cenar a su casa. Quizá la muerte del papa, Dios no lo quisiera.

Crocifissa había aprendido que la falsedad se paga, y estaba con la cabeza inclinada mientras sor Anna la reprendía, con la mente puesta en cómo vengarse. Como tenía la cabeza gacha, podía tener los ojos abiertos en lugar de fingir que los había cerrado con contrición y observar los dedos de los pies de la superiora, que sobresalían de las sandalias de dominica. No había visto nunca nada tan horrible, ni siquiera los pies de su abuela, que parecían más muertos que vivos. En ambos, el pulgar desviado parecía querer esconderse bajo los otros dedos de lo deforme que lo tenía, y los otros dedos los tenía agarrotados y se asemejaban a cuatro piedrecitas pómez. Nadie le besaría nunca los pies ni se los chuparía, como le había hecho el monseñor a ella, haciéndole cosquillas. Si solo por eso le había regalado el rosario de oro, por lo demás habría esperado mucho más. Es verdad, si hubiera tenido veinte años habría sido mejor, pero la abuela buena le había dicho una vez que, de cintura para abajo, todos los hombres son iguales, y que convenía mantenerse alejada de ellos, incluso después del matrimonio.

En cuanto sor Anna terminó con la reprimenda, Crocifissa le hizo una reverencia y se apresuró hacia la zona de planchado, donde debía retirar las sábanas limpias. Cogió la cesta y enfiló apresuradamente las escaleras de servicio. Tiró en una esquina el contenido y solo dejó una funda de almohada bordada. Con ese peso liviano subió hasta el tercer piso. Por un pasillo estrecho y oscuro llegó a las puertas de servicio, las contó y tocó con suavidad a la última.

—Está abierto —respondió una voz desconocida.

La habitación estaba llena de armarios e impregnada de un olor a moho y a lavanda que le alcanzó la nariz, distrayéndola del miedo que le acariciaba la piel. Sin separarse de la puerta del despacho reconoció a su protector, sentado en un escritorio firmando cartas, ante un hombre con un gabán oscuro, ligero, pero largo casi hasta los pies.

Le recordó al perrero de su barrio, que a menudo se detenía en la bodega de la abuela. El jaleo que salía de su carro se oía desde adentro, una mezcla de ladridos furiosos y lamentos.

—Ven, muchacha —le dijo el cardenal sin levantar los ojos del papel—. Siéntate donde quieras.

Se arrellanó con las rodillas juntas en un sofá con el respaldo rígido, y se puso a observar el techo para evitar los ojos del otro, del desconocido. No le gustaba cómo la miraba, parecía que lo supiera, y tenía la misma expresión que los que frecuentaban la bodega que, cuando la abuela no miraba, trataban de tocarle el trasero. Además, con ese ojo morado daba hasta miedo; si se lo hubiera encontrado de noche se habría meado encima. Cuando pasó por delante de ella con un mazo de cartas bajo el brazo le puso morritos, pero más que un beso le pareció una mueca.

—¿Qué me has traído? —le preguntó el cardenal en cuanto el hombre cerró la puerta tras de sí.

—Nada —le respondió sorprendida—. Es solo una funda, es para que pareciera que estaba trabajando si alguien me veía.

Él se levantó de la silla y le pareció aún más alto de lo que recordaba.

—Eres muy astuta, quizá te tome a mi servicio, ¿te gustaría? Claro que sí —añadió sin esperar a su respuesta—. Porque sabes que puedo ser muy generoso.

—Oh, sí.

—Pero también soy terrible con aquellos que traicionan mi confianza —dijo en otro tono—. ¿Queda claro?

La chica palideció y le temblaron las piernas; pensó de inmediato en su madre, le hubiera gustado que estuviera allí.

—Ese doctor austríaco, el judío —el hombre se acercó a ella y le apoyó una mano en la rodilla—, no me gusta. No hables con él, ni le mires siquiera, mantente alejada de él. Yo soy tu ángel de la guarda, pero recuerda que el más hermoso de los ángeles se convirtió en Satanás. No te gustaría que me convirtiese en un diablo, ¿verdad?

Le apretó fuerte la rodilla, hasta hacerle daño, luego le tomó la cabeza y se la apoyó en la barriga. Crocifissa no reaccionó siquiera. La

179

tuvo así unos minutos; ella notaba a través del tejido que el cardenal se estaba excitando. Con la misma rapidez con la que se la había acercado, se alejó de ella. Del cajón del escritorio sacó un paquete y se lo entregó: había un billete de diez liras metido bajo el bramante.

—Tendrás mucho más si me entero de que has sido buena. Ahora márchate, estos son días tremendos para la Iglesia y para mí. Pero recuerda, si estás conmigo te tendré en un altar. Si estás contra mí, acabarás en un establo sacando estiércol el resto de tu vida.

Cuando llegó a casa, Crocifissa se tiró en la cama y se echó a llorar. Cuando su madre le preguntó qué le había pasado, le gritó y le dijo que la dejara en paz.

Poco después, en el cuarto piso, en la antesala del dormitorio del papa, Mariano Rampolla del Tindaro, secretario de Estado, se aproximó a Luigi Oreglia di Santo Stefano.

—¿Me debo dirigir a su eminencia como decano del colegio? —le susurró al oído tapándose la boca con la mano—. ¿O como camarlengo?

—Depende de la petición del secretario de Estado.

—Querría conocer el parecer de ambos sobre el próximo cónclave.

Oreglia se llevó la mano derecha a la frente, como si quisiera demostrar que la respuesta le causaba un dolor físico. Luego la bajó hasta la boca, como si no quisiera responder. Por fin, antes de hablar, el camarlengo suspiró.

—Todos deberíamos fiarnos del Espíritu Santo, pero si quieres saber el parecer de uno a quien ya le cuesta seguirle el ritmo a este mundo y su velocidad, creo que el primero sugeriría que recordásemos que el papa es un rey al que se le besan los pies y se le atan las manos. Pero el segundo te anuncia que hará de todo para que, una vez le quitemos a nuestro León el anillo del pescador, se respeten los días de luto con extrema diligencia.

Rampolla frunció el ceño: se diría que Oreglia ya se había puesto el hábito de mando que se esperaba de él mientras la sede estuviera vacante. Lo tomó con delicadeza del brazo y se dirigió con él hacia uno de los ventanales que daban al jardín.

—¿Qué pretendes, Luigi?

—No me parece que este sea el momento de hablar de estas cosas. León aún no ha muerto.

—Ya —respondió Rampolla pensativo—. Pero es extraño que se haya debilitado tan rápido.

—Y ahora ¿qué pretendes tú? —Oreglia se libró de la mano que lo sujetaba del codo—. ¿Por qué es extraño?

—Pues porque ha llegado en el momento oportuno, como si la Providencia le hubiera leído a alguien la mente.

—No sé de qué me hablas ni tampoco quiero saberlo. Mejor reza porque nuestro santo padre se recupere pronto. Además, no osarás pensar que alguien...

Oreglia cerró los ojos y arrugó el ceño mientras se hacía el signo de la cruz.

—Hace mucho que dejé de pensar. Me atengo a los hechos: ayer por la noche te tiraste a su yugular.

—Que Dios me perdone si eso fue lo que pareció. *Mea culpa, mea culpa, mea maxima culpa.*

Mientras se persignaba, el rostro pálido de Oreglia se llenó de manchas púrpuras. Más allá de la retórica, Rampolla se preguntaba de qué lado estaba y si tenía intención de continuar apoyándolo en el cónclave que se preveía próximo. Su forma de hablarle al papa la noche anterior lo ponía en una situación difícil y Rampolla lo sabía. Si una palabra sobre su comportamiento llegaba a oídos de sus enemigos o de los cardenales más débiles, podría hacerle perder todo su prestigio y su autoridad en el seno del colegio. Ser decano se habría considerado un agravante y sus culpas saldrían a la luz como peces muertos en un estanque. Era inútil defenderse: llegado el caso, De Molina podría ser llamado como testigo y él se habría visto obligado a dimitir por haber acelerado en cierta manera el final del papa. Si es que no sospechaban nada más.

—Si es lo que quieres, serás papa, Mariano, pero recuerda lo que suele suceder en el cónclave: quien entra papa sale cardenal.

—La sabiduría popular no te pega, Luigi. —Rampolla le hizo un gesto de despedida—. Eres noble de nacimiento, como yo, a diferencia de los demás, y por eso cuando se llega al *redde rationem* se enciende esa chispa que tienes en la sangre. Esa que impone su postura, porque la gente como nosotros estará siempre del mismo lado y los pobres de espíritu del contrario.

Rampolla se alejó a paso comedido, con la cabeza baja y tapándose la sonrisa con la mano, fingiendo estar desconsolado por la enfermedad del papa. Al verlo alejarse, Oreglia suspiró. El ilustre secretario de Estado en el fondo tenía razón. Pero esas cosas no se dicen, aunque se hagan. Esa era la auténtica diferencia entre ellos, que se remontaba a sus orígenes. Aunque ambos fueran nobles, el otro era siciliano, temperamental, prepotente y arrogante. En cambio, él era piamontés, circunspecto, reflexivo y cauto; no era casualidad que en el trono de Italia se sentara un Saboya, no un Borbón.

22

La campana de la iglesia de San Rocco anunciaba vísperas cuando Sigmund Freud apoyó la espalda contra el parapeto del puente de Cavour. Las campanadas lentas y cavernosas le recordaron a la fe católica: no era casualidad que su símbolo fuera un hombre crucificado. Y la fachada neoclásica de aquella iglesia, cargada de mármoles, tenía un aire de superioridad desdeñosa, como si se creyera en posesión de la verdad y no se dignara a dirigirle la palabra. Después de haber conocido al papa León, con su alegría, su vivacidad y unas ganas de vivir que la vejez no había mermado y que solo la muerte podría arrebatarle, aquella iglesia le pareció fuera de lugar: forma sin sustancia, riqueza sin nobleza.

Para desairarla, le lanzó una bocanada de humo, con el deseo infantil de verla arder. León debería haber sido protestante; se lo imaginó dirigiendo himnos y salmos gloriosos en alabanza a un Dios severo que, al menos, gozaba con su poder. No como su hijo, que siempre parecía triste, ni como los rostros melancólicos de los fieles: si la gloria de Dios no los hace felices, ¿qué estaban haciendo? No era casualidad que los ministros luteranos llevaran la cruz en el pecho sin el hombre crucificado, ¡una diferencia importante!

Miró la hora, las seis y dos minutos, y volvió la vista hacia el oeste, hacia la desembocadura del Tíber, donde giraba a la derecha y los plátanos triunfantes de verde ocultaban la vista de algunos edificios en construcción. La naturaleza no esconde su fuerza, a diferencia de los hombres, quienes carecían de ella unas veces y otras fingían tenerla, de ahí que se generasen esos conflictos que él estaba llamado a resolver. El catolicismo era extraordinario en este sentido, pues, si por una parte inculcaba el miedo absurdo al infierno, por otra prometía la salvación a cambio de obediencia. Si se comparaba la religión con la teoría psicoanalítica, sería como si él hubiera creado las neurosis en los pacientes y después se presentara como su protector. Un ciclo perfecto y completamente rentable.

Finalmente, las campanadas terminaron y Freud sacó el reloj: las seis y seis minutos. El guardia debía llegar en cualquier momento, de hecho, siendo suizo, debería estar ya allí para honrar su afamada puntualidad. Se quitó el panamá blanco y comenzó a abanicarse, pues la ausencia de viento se sumaba a la atmósfera húmeda y el sudor se le filtraba a través de la camisa. Después de la cita tendría que volver para cambiarse antes de ir a casa de Maria, aunque le fastidiaba la idea de repetir el trayecto a pie con aquel calor. Comprobó cómo olía con disimulo y concluyó, satisfecho, que solo olía a humo, al olor casi marino de un Liliputano holandés que le impregnaba el traje. Exquisitos, quizá demasiado pequeños, se acababan en seguida.

A las seis y once se volvió en dirección contraria a la corriente del Tíber y apoyó los codos en el parapeto. Un tamborileo mecánico de los dedos le reveló que comenzaba a ponerse nervioso y, cuatro minutos después, se planteó que el guardia hubiera cambiado de idea. Notó que le tocaban la chaqueta y se giró sonriente, pero mudó la expresión cuando vio que se trataba de un mendigo. Sacó una moneda del bolsillo del chaleco y se dio cuenta de que se trataba de una grande, de veinticinco céntimos, pero ya era demasiado tarde. Al ver el color plateado, el hombre se echó al suelo casi de rodillas e intentó besarle la mano.

Cinco minutos después, la irritación había alcanzado su apogeo y provocaba una mayor sudoración, que el vaivén del sombrero panamá no hacía nada por evitar. Los movimientos necesarios le daban demasiado calor comparados con el fresco que producían al mover el aire. Se volvió a poner el sombrero después de limpiarse la frente perlada de sudor, y sofocó una maldición cuando le cayó una gota en el grueso Don Pedro que había sustituido al Liliputano.

A las seis y veinticinco se llevó el reloj al oído para verificar que no se había detenido y decidió que el guardia era un fanfarrón de poco fiar. En ese momento se detuvieron ante la iglesia de San Rocco dos carritos de helados y Freud se aproximó a ellos; un sorbete de fruta lo refrescaría. Cuando se lo terminara, si el suizo maleducado no se había presentado, se marcharía a pasear, a reflexionar sobre los próximos encuentros con los cardenales, para hacer tiempo hasta la cena.

Mientras se acercaba, se dio cuenta de que los dos heladeros, situados a ambos lados de la puerta de la iglesia, se insultaban y aproximaban peligrosamente. Hasta tal punto que, cuando la pequeña multitud que había asistido a la misa salió engalanada, se vio obligada a hacer eslalon entre los dos carritos, mientras él aguardaba apartado, esperando que se disolviera. Algunos chicos con pantalones bombachos se apiñaron delante de los heladeros que, a fuerza de empujar, habían puesto los carros a la misma altura y continuaban poniéndose verdes para diversión de los presentes.

Al menos el espectáculo era gratis, mientras que el helado costaba cinco céntimos. Una voz a sus espaldas lo hizo sobresaltarse provocándole un escalofrío que hubiera preferido que se lo causara el helado.

—Le pido disculpas por el retraso. —Freud reconoció el acento francés—. Me han retenido para interrogarme.

Las dieciocho y treinta y siete minutos. En cualquier otra ocasión, no habría dejado pasar la oportunidad de reprenderlo por el retraso, y si se hubiera tratado de un paciente suyo lo habría obligado a pagar la hora entera, desde luego.

—Entremos —continuó el guardia suizo señalando la puerta—. Estaremos más frescos y a salvo de miradas indiscretas.

El suizo no se equivocaba. Una corriente de aire frío recorría la nave central y las dos laterales, como un fantasma amable, quizá el del mismo san Rocco. Se sentaron bajo una imagen suya en la que el santo se levantaba púdicamente el hábito a la altura de la rodilla para mostrar un absceso, mientras sujetaba con la mano una especie de bisturí con el que se disponía a incidirlo.

—Es *le protecteur* de la peste. —El suizo señaló el fresco—. Quien lo invoca se cura.

—Merecería el premio Nobel —comentó Freud.

—¿Disculpe?

—Nada, cosas mías. Le ruego que ahora me cuente por qué motivo ha querido citarme.

—Claro, doctor. Permítame. —Se puso de pie—. Se presenta el cabo de la guardia suiza pontificia Pierre Girard.

Un cura recién salido de un confesionario les echó un vistazo y se santiguó, mientras Freud lamentaba estar en una iglesia, ya que sabía que no podía fumar dentro, aunque el único cartel que había solo prohibía escupir en el suelo.

—Nosotros sabemos quién es usted —prosiguió el guardia—. Y corren muchos rumores sobre su presencia en el Vaticano.

—Interesante —repuso Freud, con la misma cara de indiferencia.

—Nosotros somos católicos verdaderos y creemos en los principios de la Iglesia, que hemos jurado defender de todos sus enemigos, aunque sea a costa de nuestra vida.

—¿Nosotros? ¿Quiénes?

El tono agresivo del suizo y las palabras igualmente fuertes no parecían ir dirigidos contra él. Sin embargo, Freud se separó un palmo, por prudencia.

—Al principio, pensamos que era un banquero extranjero o un diplomático austríaco, pero hemos investigado y hemos descubierto lo que ha venido a hacer. Le estamos muy agradecidos.

Si hubiese sido francés como él, Freud le habría respondido con un bufido y encogiéndose de hombros. Pero como era austríaco, médico y judío, prefirió recurrir a un mutismo enigmático. El tal Pierre Girard, si es que ese era su verdadero nombre, había eludido su pregunta y no merecía ninguna satisfacción. Con el análisis había experimentado que la mejor técnica para inducir a un paciente a responder era quedarse en silencio, de manera que la pregunta quedase en el aire y solo se dispersaba si se afrontaba; se parecía a hacer una incisión en un absceso, como el de san Rocco.

—Con nosotros —Pierre Girard se mordió el labio—, me refiero a un pequeño grupo de guardias fieles al papa y a la Iglesia de Dios, no al Vaticano. Existe una gran diferencia.

Al menos, el cabo había respondido, pero los minutos pasaban inútilmente y Freud estaba agitado. Tenía ganas de fumar, de marcharse y de ver a Maria. Estaba harto de todas aquellas intrigas.

—Bien, cabo Girard, entonces explíqueme, por favor, en qué puedo ayudarlo.

—Somos nosotros los que queremos y podemos ayudarlo. —Ese «nosotros» una vez más, notó Freud—. Usted está interrogando a los cardenales para descubrir si tienen algo que ver con el maldito crimen y con el tráfico de chicas, ¿no es así? Como ve, lo sabemos todo.

Faltaba que aquella noche cuando fuera a cenar con Maria estuviera sola en casa y lo recibiese con un camisón sensual, así las últimas veinticuatro horas habrían sido las más complicadas de su vida. Un gran final, sin duda, que apartó de la mente para concentrarse en las últimas palabras del guardia.

—Querido Girard —dijo en tono paternalista—. Usted me sorprende. Da por sentadas una serie de simples suposiciones y, aunque estuviera dispuesto a tenerlas en consideración, dado que sabe que soy médico, también sabrá que estoy sujeto al secreto profesional, se parece un poco al secreto de confesión de vuestros sacerdotes.

No se habría sorprendido si en ese momento el francés se hubiera marchado, pero era evidente que tenía antepasados prusianos, una cabeza dura, y no se movió del sitio. Es más, se apoyó en el respaldo del banco y se cruzó de piernas, signo inequívoco de que estaba relajado por dentro.

—*Mon Dieu*, no pretendo tanto. Solo tenga la paciencia de escucharme. Le diré lo que sabemos y luego usted extraiga las conclusiones que desee. Durante estos años, me ha tocado demasiadas veces poner buena cara ante este juego perverso, pero cuando lo vi en el coche con aquella muchacha le habría disparado con gusto —sonrió—.

Creí que se había pasado al bando enemigo. No, no diga nada, alguien me lo ha explicado todo. Desgraciadamente, las apariencias engañaban, y nunca había visto una tan joven, casi una niña, aunque ya la hubiera corrompido el brillo del oro.

Y pensar que la del guardia le había parecido una mirada lasciva, cómplice. En cambio, ambos se habían sentido mal, y si Martha lo hubiera visto, habría sido capaz hasta de pedirle el divorcio. En una ocasión le había dicho que era capaz de perdonar cualquier cosa, incluso las traiciones, y había usado el plural, pero no las aberraciones de las que oía hablar de vez en cuando a propósito de sus pacientes. Madres que iniciaban a los hijos en los secretos del sexo por celos, por temor a que alguna mujer los alejara de ellas; padres que se aprovechaban de su poder para someter a sus hijas a sus deseos más obscenos. Su mujer habría soportado incluso que fuera un invertido, algo de lo que había oído hablar sobre todo en los círculos literarios a los que acudían de vez en cuando, pero no esas desvergüenzas, como ella las llamaba, con chicos y chicas jóvenes. De aquellos y de otros le estuvo hablando Pierre Girard largo y tendido, hasta que el párroco se acercó a ellos agitando los brazos como el campesino hace con las gallinas y los invitó a salir.

El francés continuó hablando también fuera de la iglesia, con una sinceridad que a Freud le pareció auténtica.

—Eso no es todo, doctor Freud, tendría que darle la razón si me tomase por un loco, por uno dado a las conspiraciones. Hasta ahora le he hablado de algunos hechos, pero también podría habérmelos inventado y usted no tendría modo de verificarlo. Pero voy a unir los hechos con las personas, para completar la composición.

Un razonamiento muy suizo: primero separan los granos de uva y los racimos, se hacen dos montones y luego se arrojan los primeros en la cuba para pisarlos. En Italia se echa todo junto; total, al final el resultado es el mismo. En cambio, en Austria se habría reunido una comisión gubernamental para establecer, de manera definitiva, cuál era el método más correcto, aunque no fuera eficaz, que todos los agricultores tendrían que seguir.

—Si usted me estuviese mintiendo —respondió Freud—, miraría hacia la derecha a menudo, como si quisiera ver algo que no existe y trasladármelo a mí. Por el contrario, mira a la izquierda y hacia arriba, para tratar de visualizar un recuerdo verdadero.

No estaba completamente convencido de aquel análisis, a pesar de estar basado en la observación de centenares de pacientes. Ya se consideraba la estadística una ciencia, pero esta solo calculaba las probabilidades, por tanto, siempre dejaba un margen de duda. Y a él, en mitad de ese caos de informaciones, le hacía tanta falta la duda como el agua de mar a un sediento.

—El cardenal De Molina y Ortega es nuestro mayor sospechoso —dijo en un susurro Pierre Girard—. No tiene ningún cargo oficial y por eso goza de una libertad absoluta. Está acostumbrado a ejercer el poder desde joven y usted sabe bien lo peligroso que puede ser eso.

Freud asintió. Era verdad y estaba demostrado que las peores perversiones florecían entre las clases altas, listas para explotar en privado.

—Se dice que oculta muchos trapos sucios —continuó Girard—. No suyos, sino de otros cardenales, y que está listo para usarlos a la primera ocasión. Si no se convierte en papa por su juventud, es posible que asuma el cargo de secretario de Estado.

—Me parece que el cargo lo ocupa sólidamente Rampolla —objetó Freud.

—*Bien sûr!* —exclamó el suizo en francés—. Los dos están en guerra. Si Rampolla no se hace con el trono, De Molina lo echará de la secretaría de Estado solo con chasquear los dedos. Pero también Rampolla podría ser el culpable, el torturador de muchachas, el homicida que indujo a nuestro compañero a suicidarse, o que ordenase a alguien más fuerte y de confianza que lo empujara por la ventana con la chica.

La pierna izquierda de Freud comenzó a temblar: dos candidatos al solio de Pedro, dos sospechosos de tres eran demasiados. En el caso de Rampolla no comprendía el motivo. Como si le hubiera leído la pregunta en los ojos, Girard sonrió.

189

—Rampolla es masón —sentenció con una mueca—. Y esos malnacidos sacrifican vírgenes en sus ritos, ¿no lo sabía? En sus reuniones, los masones escupen en la cruz, invocan al diablo y asesinan a inocentes después de haber abusado de ellos.

—¿No se estará confundiendo con los judíos?

Podría haberse quedado callado, sobre todo porque vio la sombra de una sospecha atravesar el rostro del guardia. Le sostuvo la mirada hasta que vio que le asomaba una sonrisa a los ojos.

—¡Usted es judío, doctor Freud! —Se dio una palmada en la rodilla—. Qué estúpido soy, no me acordaba, aunque me lo habían dicho. De los suizos se dice que tenemos la cabeza muy dura, y puede que tengan razón, porque no había entendido su broma. Cada vez lo aprecio más, doctor Freud.

El tal Girard parecía un buen chico de verdad, quizá si hubiera elegido llevar a pastar a las vacas en lugar de trabajar para el Vaticano habría sido más feliz. Habría tenido las mejillas más sonrosadas y no hundidas antes de tiempo, un par de hijos rubios y una esposa embarazada del tercero, con los pechos grandes y rebosantes de leche.

Freud lo invitó a continuar con un gesto de la cabeza, entre otras cosas porque se aproximaba la hora de la cena con Maria, a propósito de pechos grandes.

—Entre aquellos que se encontraban en el palacio durante esa maldita noche —prosiguió el joven, de nuevo serio—, creemos poder excluir de la lista de sospechosos al cardenal decano, Oreglia di Santo Stefano. Es un hombre de convicciones demasiado rígidas para tener algo que ver con el tráfico de chicas. Y, además, las mujeres cuestan dinero, y él es más tacaño que un...

Pierre Girard se detuvo, vacilante, aunque ambos sabían que la palabra que iba a decir era «judío», pero se limitaron a pensarlo.

—Y ahora, dígame, doctor, ¿a qué conclusión ha llegado usted, entonces?

Sobre Oreglia podía estar de acuerdo. La rigidez moral está a menudo acompañada de desórdenes obsesivo-compulsivos que, en muchos casos, derivaban en una retención anal. El gusto por el orden y la parsimonia representaba la exigencia de explayarse, un síntoma de un potente Superyó, que había observado en varias ocasiones en el cardenal. Por tanto, era más probable que Oreglia fuera un estíptico con tendencias homosexuales que un pervertido sexual.

—No se lo tome a mal, querido Girard, pero me impide hablar el secreto profesional. No obstante le garantizo que la información que me ha proporcionado me ha sido muy útil. En cuanto pueda se lo haré saber.

Freud se levantó del banco, pero el otro permaneció sentado. Parecía más resignado que ofendido.

—Entonces, si puede, háblelo con Angelo Roncalli. Él es un verdadero hombre de fe. Y está al corriente de muchas causas, aunque, como usted, no puede confiárselas a nadie por estar sujeto al secreto de confesión. Ya ha pronunciado los votos, aunque aún no sea sacerdote.

Qué extraña era la religión católica: te impedía hacer una cosa incluso antes de estar en posición de hacerla. Todavía no podía confesar, pero no podía revelar lo que le habían contado durante una confesión.

—Gracias, Girard, lo haré, hablaré con Roncalli.

Las gotas de sudor en su frente, más que sus palabras, habían convencido a Freud de la sinceridad del joven guardia. La pasión era un signo de que sus intenciones eran honestas; los embusteros normalmente son capaces de permanecer impasibles mientras mienten, pues buscan parecer sinceros de esta manera.

Girard se alejó después de hacerle el saludo militar, al que Freud respondió llevándose la mano al sombrero. Después de encenderse un Monterrey que asomaba del bolsillo interior de la chaqueta, como si exigiera ser fumado antes que los demás puros, pensó en las últimas palabras de Girard y su consejo de confiarse a Roncalli. Significaba que existía un vínculo directo entre ellos, cosa que le molestó. ¿Y si ambos, quién sabe con cuántos cómplices más, habían montado toda la historia para hacerle creer al papa que los tres cardenales estaban implicados y alejar las sospechas de ellos mismos? Todo era posible, incluso que el papa fuese un personaje *en travesti*, como la papisa Juana, y que enmascarase su verdadero sexo tras una voz de barítono, sin poder esconder su gracilidad femenina. O que él mismo estuviera enamorado de Gustav Jung y este no le correspondiera, y que por esto se negase a dar por válidas sus teorías descabelladas.

Se echó a reír solo y se ganó una mirada de desaprobación de una señora de mediana edad que pensó que lo hacía de su sombrero, que se parecía a un gato posado en la cabeza.

Mientras recorría con lentitud el Lungotevere Marzio, el paseo junto al río, trató de recomponer los fragmentos de algunas de las supuestas perversiones descritas con demasiados detalles y mucho empeño por parte del guardia, en algunos casos confirmadas, como había precisado él, mediante el hallazgo de ropa interior de mujer en lugares insospechados.

Se detuvo bajo un plátano del Lungotevere Tor di Nona, unió los fragmentos de las confidencias que acababa de escuchar con los hechos criminales, los vinculó al episodio de Crocifissa, los asoció a los impulsos de la parafilia, pues la colección de bragas era un síntoma evidente de la misma, y los comparó con las ideas que se había hecho de los tres cardenales. Usó con ellos un sistema de análisis que ya había experimentado con sus pacientes. Para entender si sufrían neurosis y de qué tipo era, los consideraba completamente normales y buscaba en el análisis de su comportamiento la confirmación de su normalidad. Si no conseguía encontrarla, entonces debían estar afectados por alguna patología psíquica.

Era un método que había funcionado siempre y que podría aplicarse a las investigaciones de la policía: considerar inocente al sospechoso y tratar de demostrarlo. Si no se conseguía, entonces este podía ser considerado culpable razonablemente. Examinó todos los hechos que conocía, dónde y cómo se habían desarrollado, y se concentró para imaginar a los cardenales como seres completamente ajenos a las vicisitudes de los dos amantes y de Crocifissa.

Al terminar su razonamiento, estaba convencido de que al menos uno de ellos debía estar implicado, en última instancia puede que más de uno. Y que no era posible que no supieran nada.

Después de girar a la izquierda por Via di Maestro, golpeó una piedra con el bastón y esta rebotó contra una pared y cayó al suelo, donde levantó una pequeña polvareda. Aquella imagen le mostró el quid de la cuestión: la información que obraba en su poder había aumentado. Sabía por sus estudios de física que esto acarreaba un aumento del Caos, como la nube de polvo que había levantado la piedra. En la universidad se usaba el término entropía, es decir, el crecimiento del desorden, se parecía un poco a cuando se tenía mucho dinero y no se sabía cómo invertirlo. Era fácil echar una cucharada de sirope de menta en un vaso de agua y beber la mezcla, pero era mucho más difícil partir de ese mejunje y separar los dos elementos.

Para hacerlo era necesario energía, mucha energía, y entre tantas novedades y el calor sofocante, se sintió demasiado cansado para continuar con todos aquellos razonamientos y encontrar la madre del cordero. Incluso descubrió, contrariado, que se le había quitado el apetito cuando se encontró ante la casa de Maria. Levantó la vista al cielo y observó una nube enrojecida por los últimos rayos del sol poniente que le recordó su perfil. Se quedó observándola hasta que se deshizo en algunos jirones y una voz de mujer lo llamó desde una ventana.

23

A Crocifissa hacía tiempo que se le habían pasado los ataques de llanto. Desde hacía un rato se observaba a conciencia en el espejo: de primeras, aquel lazo rosa en la cintura le había parecido muy de niña. Después de estrechárselo con rabia se había dado cuenta de que la estilizaba y le resaltaba las partes del cuerpo que todavía no se habían formado del todo. Cuando su madre gritó el nombre del doctor Freud, se dio un último repaso al pelo y se preparó para recibirlo con una sonrisa forzada y, en parte, divertida. Porque ni él ni su madre se podrían haber imaginado nunca que debajo de aquel vestido casi infantil llevaba unas braguitas de encaje. Las había encontrado en el paquete que le había entregado el cardenal junto con las diez liras. En la nota, escrita en letras de molde, le rogaba que se las pusiera de inmediato, para que él se la pudiera imaginar.

De los hombros de Sigmund Freud asomaba un ramo de cúrcumas blancas y verdes. Había olvidado por completo que, cuando a uno lo invitaban a casa ajena, era necesario llevar un regalo para la señora, sobre todo si era la primera vez. Por suerte, poco antes se había cruzado con un carro que vendía aquellas flores y estampas de santos, y había optado por las primeras. Olían un poco a azafrán; Maria las cogió, inspiró el olor, sonrió y las metió rápidamente en un jarrón.

—Parece un ramo de novia —dijo con una sonrisa—. Quizá sea un buen presagio.

Freud farfulló algo ininteligible que le disuadió de responder. Se encontraba en la clase de situación embarazosa y divertida provocada cuando alguien a quien no tememos nos toma el pelo.

El olor de la buena comida se mezclaba con el de la limpieza, un olor a lavanda, o quizá limón, no era fácil distinguirlos. Maria había regresado a la cocina de inmediato y lo había dejado en compañía de Crocifissa, que no dejaba de mover las piernas nerviosamente ni de mirar en todas direcciones menos en la suya. Si fuera una de sus hijas, le habría preguntado distraídamente qué había estudiado durante el día, pero con aquella muchacha cualquier pregunta le parecía fuera de lugar.

—¿Te molesta que fume?

Crocifissa negó con la cabeza, sin mediar palabra y con la vista clavada en un punto imaginario de la pared. La modestia de la casa llevó a Freud a elegir un simple Trabucco y, para encenderlo, se acercó al balcón. Ella lo siguió con la mirada; el cardenal le había ordenado que no hablara con él, pero ni que fuera Dios, que lo veía todo. La tentación fue más fuerte que el miedo.

—Qué educado es usted —la voz aguda de la chica lo golpeó por la espalda—. Quizá por eso le gusta tanto a mamá. Mi padre, en cambio, recuerdo que era un bruto.

Bueno, ya se había quitado las ganas. A partir de ese momento no diría ni una palabra más, se prometió, pero un instante después cruzó los dedos, para deshacer el juramento.

Freud reaccionó con una mueca apenas disimulada. Si su padre había sido de verdad un animal, en lo que a la sensibilidad respecta no cabía duda de que, con aquella frase, la chica había heredado de él aquella exquisita delicadeza, además de una cierta dosis de arrogancia que había notado antes. De Maria, que esperaba que no hubiera oído las palabras de su hija, había heredado la belleza, a pesar de que los rasgos de la joven eran más duros.

Tras contener un ataque de tos para no darle esa satisfacción, la provocación de la chica, la punta del iceberg de un comportamiento que, con toda probabilidad, tenía también con su madre, le pareció más bien una llamada de auxilio. Mientras asentía distraído, observó cómo

Crocifissa enredaba un mechón de cabello entre los dedos, una señal de disponibilidad sexual que ya había notado en algunas pacientes, que en algunas ocasiones se había manifestado de manera muy patente. Si se sumaba a la tentativa de seducción la actitud desafiante y arrogante, Crocifissa parecía inmersa en una dinámica perseguidor-víctima, en la que la muchacha interpretaría ambos papeles. Como en el caso del doctor Jeckyll y *mister* Hyde, de ese genio que era Stevenson.

Una situación ya de por sí difícil para un adulto, era mucho más peligrosa para una muchacha. Y podía ser también que su perseguidor, a su vez, fuese víctima de alguien o de algo, que sus acciones fueran fruto de una reacción a un problema de naturaleza sexual. La noche anterior, el papa, al poner las cartas sobre la mesa, había actuado como un cazador de gansos que hubiera disparado sin ton ni son, y ahora le tocaba a él hacer de perro de presa y salir corriendo antes de que el ave herida se recuperase y saliera huyendo.

—Ni siquiera el perfume de esta pasta lo saca de sus pensamientos. Me siento casi ofendida.

Miró, sin ver, en dirección a la voz y necesitó unos segundos para enfocar la figura de Maria, que estaba de pie delante de la mesa con una sopera en la mano. Le resultaba una imagen familiar, de otra vida, de otro Sigmund Freud. Ya no era el austero profesor de Viena, sino un burgués tranquilo empleado en algún ministerio, satisfecho con su pequeña vida y enamorado de su esposa.

Con una diferencia: Maria no era su esposa y él no estaba enamorado, al menos no con ese amor que te hace sufrir y gozar a partes iguales. Sin embargo, ya no podía negar que la mujer lo atraía, y menos a sí mismo. Para ser completamente sinceros, no se trataba solo de una atracción sexual, que tampoco había que pasar por alto. Era inútil ocultarlo: la ausencia de una mujer, entendida exclusivamente como objeto para aplacar su deseo sexual, comenzaba a molestarle y no tenía ningunas ganas de sustituirla por la masturbación. El hecho de haberla exaltado en distintos artículos como una forma sana y saludable de desfogarse no significaba que tuviera que practicarla.

—Le pido disculpas, Maria. A menudo me pasa que los pensamientos llegan sin que yo los invite, en los momentos menos oportunos.

—Entonces, son pensamientos maleducados —respondió la mujer—. Pues tendré que castigarlo con un buen azote en el trasero.

Algo fácil de decir, pero difícil de llevar a cabo. De hecho, después de depositar la sopera humeante en la mesa, Maria se giró, y fue su trasero el que llenó la visión de Freud. En ese momento habría querido hacer cualquier cosa menos azotarlo.

No solo eran las formas de Maria las que despertaban en él pensamientos eróticos, sino también la proximidad de la comida. Era como si existiera un vínculo indisoluble entre la pulsión del hambre y del sexo. Amor y comida: era difícil imaginar un mayor goce.

—El aroma es muy atrayente —dijo señalando la sopera y pensando en otra cosa.

Aparte de la masturbación, habría podido aplacar ese deseo en algún burdel elegante, ya en sus escasos paseos los había visto a montones, con los carteles en francés y con unos precios muy asequibles gracias a sus nuevos ingresos. En cambio, en París los carteles estaban en italiano o en español. Era divertido ver cómo cada país usaba la lengua de otro para señalar un lugar de placer prohibido. Menos en Londres, donde todo estaba inglés: los anglosajones eran orgullosos hasta para las putas.

Mientras la mujer le servía, Freud comprendió que lo que sentía por ella era algo más profundo que una simple atracción. Se parecía a lo que había sentido en su momento por su cuñada Minna: el placer del diálogo y de la confianza que se creaba tras satisfacer la pasión. Sin que mediara demasiada ternura, ni instinto de posesión ni de protección. La habría definido casi como una relación de hombre a hombre, si no le hubiera preocupado ver en aquello el síndrome de la inversión.

—¡Qué bueno! —exclamó, después de haber probado el primer bocado.

—Es comida sencilla —se excusó Maria—. Es pasta casera, pero el secreto es el queso picante, la pimienta solo le da color.

Mientras que Crocifissa apenas si tocó la comida, Maria y Sigmund comieron con ganas. Cuando acabaron el primero, Freud se quitó la chaqueta después de pedir permiso y Maria se arregló el moño con una aguja. Tenía la frente perlada de sudor.

—Y esto, ¿qué es? —preguntó Freud con curiosidad, rozando con el tenedor aquello que parecía una salchicha.

Maria se echó a reír.

—Si se lo cuento me parece que no lo querrá probar. Son tripas de lechón muy poco hechas. Nosotros lo llamamos *pajata*, normalmente es de cordero, pero la de cerdo es más sabrosa.

Después de superar su asco inicial, Freud repitió y, al final, los dos se encontraron en silencio mirándose a los ojos y sonriendo sin ningún motivo, a pesar de los bufidos de aburrimiento de Crocifissa. Una idea le vino a la mente y, para no arrepentirse, la lanzó a quemarropa.

—¿Quieres que juguemos a una cosa?

Crocifissa, pillada por sorpresa, apretó los puños y abrió la boca, asombrada, y se quedó unos segundos con cara de estupefacción.

—¿A qué?

Con la servilleta entre las manos, Maria miraba a uno y a otro.

—¿Me permite, Maria?

Obtenido el consentimiento de su madre con una mirada, Freud continuó.

—¿Has soñado alguna vez con los ojos abiertos? Es divertido, pero hay que estar muy relajados. ¿Te apetece?

—Yo no le tengo miedo a nada —respondió la chica, levantando el mentón.

—Bien —repuso él, aceptando el desafío y subiendo la apuesta—. Entonces tiéndete en el sofá.

Al principio, Maria abrió los ojos como platos, asustada, pero su instinto le dijo que se fiara. Mientras tanto, sin hacer preguntas ni pedirle permiso a su madre, Crocifissa se tumbó.

Esa muchacha ya sabía moverse como una mujer. Freud se sacó el reloj del bolsillo y comenzó a hacerlo oscilar.

—Míralo fijamente, sigue sus movimientos con los ojos.

—Si lo dejara quieto sería más fácil.

—Haz lo que te digo y te llevarás un premio de diez liras.

No era una gran cifra, pero si le hubiera ofrecido más habría ofendido a su madre y con menos habría fastidiado a la chica. En unos segundos bajó los párpados y cerró los ojos por completo. Freud miró a Maria y se llevó el índice a la boca. Tal y como suponía: aquella chica que tan insolente se mostraba, en realidad no veía la hora de fiarse ciegamente de alguien que la ayudase. Y ese alguien era él, una figura de autoridad, quizá una especie de sustituto del padre, cuya ausencia la había marcado evidentemente.

—Duerme, Crocifissa, y piensa en un cielo azul sobre un prado verde. Tú estás allí, ¿te ves?

—Sí... —susurró ella.

—Es hermoso, ¿verdad? ¿Qué sientes?

—Amor...

—Bien, muy bien. —Del amor al sexo había solo un paso, mucho más pequeño que en sentido contrario. Quizá, mediante hipnosis, la chica revelara sus secretos, incluso aquellos más íntimos. Solo esperaba que la madre no se sintiera horrorizada por las revelaciones de la hija. En cualquier caso, siempre era mejor saber la verdad que negarse a indagar en ella.

—Ahora, dime —insistió—. ¿Qué ves?

—¡Un hombre barbudo que me debe diez liras!

Crocifissa se sentó de golpe y se echó a reír, bajo la mirada atónita, más que indignada, de Freud. Maria contuvo a duras penas las ganas de darle un sopapo.

—Lo he visto hacer en una barraca de feria el mes pasado. La chica comenzó a balbucear y dijo una palabrota. Todos se echaron a reír y se marcharon. Ese tipo era un farsante, ni que la hubiera hipnotizado de verdad.

Freud sacó dos billetes de cinco liras y se los entregó. Crocifissa le hizo una reverencia y, antes de que Maria tuviera la oportunidad de detenerla, salió de casa.

24

María intentó disculparse varias veces, y él insistió en que había sido culpa suya, que era de esperar. La hipnosis puede funcionar cuando el sujeto, así se expresó, está predispuesto. Se deshizo en halagos con la tarta de almendras, cada vez que se metía un trozo en la boca dejaba escapar un sonido de satisfacción. Maria disimuló su decepción cuando él le pidió la receta escrita en un papel. Omitió adrede incluir el agua de rosas, que acentuaba el sabor y aligeraba la masa. Ninguna otra mujer le prepararía una exquisitez semejante.

Después del café, Freud le propuso dar un paseo, una forma de bajar la cena, y se prometió no volver a sacar el tema Crocifissa durante el resto de la velada. Debía ser algo entre los dos y ya está. Se dirigieron hacia el paseo por la ribera del Tíber y le ofreció un granizado de limón mientras él se encendía un Don Pedro. Se estaba aficionando a aquellos puros, porque además del placer que generaba ese humo con cuerpo y delicado, el enrollado de las hojas nunca cedía y se mantenía compacto hasta el final.

—Usted fuma muchísimo —le dijo Maria sonriente—. Me acuerdo del primer día en que lo vi, todavía estaba en la cama y tenía un puro en la boca.

El ritmo cardíaco de Freud se aceleró al momento: cama, puro, boca. En tres palabras, Maria había evocado los principales símbolos del sexo. El puro, el atributo masculino por excelencia, a nivel formal y conceptual. Lo mismo podía decirse de la boca en términos femeninos, esa hendidura profunda, esa abertura en la que los labios son la llave. Y la cama, el lugar más clásico donde las pulsiones se encontraban, donde, en efecto, puro y boca, pene y vagina, se satisfacían recíprocamente.

No, no siempre era de manera recíproca, debía admitir. Fuera como fuese, tenía que dejar de analizar cada frase: el hombre que había dentro de él odió al médico que representaba la fachada. Dejó caer la ceniza y se detuvo. No le gustaba hablar y caminar al mismo tiempo, tampoco fumar y caminar. Por otra parte, la actividad física contrastaba con las actividades, más placenteras, de la mente y del tabaco.

—Tiene razón, Maria, fumo demasiado. Algunos lo llaman vicio, otros, placer. Pero yo creo que sobre todo es un consuelo.

Observó a la mujer, que tenía la cabeza ladeada, y evitó pensar que esa postura en el lenguaje animal equivalía a ofrecer la garganta, un gesto de confianza extraordinario.

—Debe saber, de hecho, que después de crear a la mujer, Dios miró al hombre y le dio pena, por eso le dio tabaco.

La carcajada de Maria lo enorgulleció: en casa nadie se reía de sus chistes, o quizá fuera que hacía pocos. Lo tomó de nuevo del brazo y continuaron caminando.

—Usted es muy gracioso, doctor. Quizá no se lo había dicho, pero confieso que lo he pensado. Serio y severo, pero como si escondiese su verdadero espíritu bajo la barba.

Le hubiera gustado saber a qué espíritu se refería. Seguro que no era el de un investigador, pues era necesario ser extremadamente discreto, como enseñaba Sherlock Holmes, pero él por lo menos tenía al doctor Watson para desahogarse. De primeras había pensado que el bueno de Angelo Roncalli podría ser una especie de confidente, pero con la muerte del papa, su protector, cada vez más cerca, el joven pronto pasaría a un segundo plano o acabaría defenestrado, y no le habría servido de ninguna ayuda ni a él ni a la investigación.

Se detuvo una vez más y se rascó la barba. La mente, en reposo, razona con mayor agudeza y, de repente, superpuso lo que le había contado Pierre Girard de Roncalli. Agitó la cabeza y sonrió: seguro

201

que había sido el joven sacerdote quien le había hablado al guardia acerca de él y de su investigación. Maldición, todos tenía alguien en quien confiar, menos él.

—¿Lo ve? —Maria interrumpió su razonamiento mudo—. Hace un instante estaba conmigo, sonriente y simpático, ahora vuelve a tener el rostro ensombrecido. Si lo aburro, dígamelo, doctor, imagino que tendrá cosas más importantes que hacer que pasear conmigo.

—¡No! —respondió él instintivamente—. En realidad, soy yo quien te necesito. Que la necesito, discúlpeme.

No habría podido encontrarse en una situación más escabrosa ni queriendo, ni siquiera un sendero cuesta abajo en una noche lluviosa era tan resbaladizo. El tú, que evitaba cuidadosamente con las pacientes incluso cuando la juventud o una confianza sólida lo permitían, le salió en un momento en que había bajado la guardia. El regreso rápido al usted, unido a la disculpa, no habían servido para cancelarlo.

Tanto era así que Maria no fingió que no lo había oído y volvió a tomarlo del brazo, se lo estrechó e inclinó la cabeza hacia su hombro.

Si ella no le había echado los brazos al cuello no había sido ni por las convenciones sociales ni por los pocos transeúntes, ni por nada por el estilo, solo por miedo a estropear el momento. La afirmación del hombre le bastó, y si alguna vez había otros avances, dejaría que las circunstancias decidieran por ella. Sin embargo, no iba a dejar pasar el momento sin indagar en el significado de las palabras del doctor Freud. Pero con pericia, con tacto, con delicadeza. El hombre, como sabía por experiencia propia, es una criatura delicada: el niño que lleva dentro necesita cuidados y atenciones.

—¿A qué se refiere cuando dice que me necesita? ¿Haremos otras sesiones con los cardenales?

Encontraron un banco libre, todavía cálido tras haber albergado a una pareja de enamorados. Freud estiró las piernas y se quitó el sombrero. El Tíber discurría lentamente detrás del parapeto, se oía el chapoteo de las barcas que pescaban anguilas de noche, aunque no pudieran verlas. De vez en cuando se oía un grito seguido de otros, más débiles, a lo lejos, quizá una maldición por una anguila que había escapado o una llamada para compartir una poza fértil.

Como un río kárstico que viaja soterrado durante kilómetros y sale a la superficie de improviso, así fue como a Freud le sobrevino la idea. Aparentemente no tenía nada que ver con el discurso anterior, pero para él era la conclusión lógica de un razonamiento prolongado.

—Le contaré una historia y quizá consiga explicarle lo que pretendía decir antes. Hace mucho tiempo, en la antigua Persia, el emperador envió a sus tres hijos a recorrer el mundo bajo un pretexto, para que no crecieran como unos privilegiados. Durante su viaje, se toparon con un camellero desesperado porque había perdido a su animal, y ellos, para burlarse, le dijeron que lo habían encontrado. No solo eso: para resultar más creíbles, añadieron que el camello era ciego de un ojo, que le faltaba un diente, que era cojo, que llevaba un cargamento de miel y de mantequilla, y que lo montaba una joven embarazada. La descripción era meticulosa y acertada, así que el hombre se lo agradeció y partió en busca del animal. Al no encontrar ni rastro de él, pensó que habían sido ellos quienes se lo habían robado y que además habían matado a la mujer. Por eso los denunció al rey de aquel país, que los encarceló y los condenó a muerte, a pesar de que los tres príncipes se declararon inocentes y juraron que en realidad nunca habían visto al animal. Poco antes de ser ajusticiados, el camello fue hallado y los tres fueron liberados. Pero el rey quiso saber cómo habían logrado describir tan bien al animal sin haberlo visto nunca. Así, los príncipes le contaron que simplemente lo habían deducido. Que era ciego de un ojo, porque solo se había comido la hierba de un lado del camino y que le faltaba un diente, porque estaba mal arrancada. Que era cojo, por una huella menos marcada, que llevaba aquella carga, porque un lado del camino estaba lleno de abejas atraídas por la miel y el otro de moscas, que adoran la grasa. Uno de ellos había probado la orina junto a las huellas de unos piececitos y se había excitado al reconocer el sabor de una mujer. Finalmente, la marca de las manos en el suelo demostraba que a esta le había costado levantarse y que, por tanto, estaba embarazada.

Freud volvió a encenderse el Don Pedro, que durante el relato se había apagado. Cuando notó la mirada de Maria y le entrevió el pecho, que subía y bajaba por la emoción, volvió a hablar.

—Es la historia de los príncipes de Serendipo, y hace más de cien años un escritor inglés inventó a propósito de la misma el término «serendipia». Es decir que cuando todo sucede por casualidad, en realidad lo que sucede está condicionado por nuestra capacidad para observar las cosas.

—Es precioso, parece una fábula —dijo Maria, con los ojos muy abiertos—. Entonces, que estemos aquí y ahora es fruto de la casualidad. ¿Es eso lo que quiere decir?

—Sí, y por este motivo —Freud se aclaró la voz— no querría que pensase que le estoy haciendo la corte. Porque, como hombre casado y padre de seis hijos, nunca me permitiría ofenderla.

«Ya me estás haciendo la corte», pensó Maria, «desde el primer momento en que me miraste. Pero has hecho bien hoy en volver a marcar las distancias entre nosotros. No hacía falta que me contaras esa historia de la *serenpitá* o comoquiera que se llame para darme cuenta de que estabas casado. Lo sabía, soy una mujer, lo había entendido por tu manera de comportarte, por cómo esperas a ser servido, por cómo observas, sentado, lo que sucede a tu alrededor. Además, tienes seis hijos, entonces no solo estás casado, estás ligado a tu mujer por toda la eternidad. Pero te estoy agradecida, porque me has hecho sentir importante, deseada, comprendida y, quizá por esto, te habría dado todo lo que me hubieras pedido».

Maria se alisó el vestido.

—Claro que no, doctor, qué cosas tiene. Pero le doy las gracias, de verdad, por todo, también por honrarme esta noche viniendo a cenar a mi casa.

Freud inclinó la cabeza. La honestidad y la verdad son pesadas como el plomo y es falso que esas virtudes engañosas, cuando se revelan, conduzcan el alma a la paz interior. Como si la paz estuviera en un lugar elevado, como una cualidad divina, cuando en realidad yace en lo más hondo, en lo más profundo de las vísceras. Aunque su método psicoanalítico se basara en gran medida en esta forma de liberación, ¿qué le sucedería dentro de diez o veinte años a aquel que hurgara en el Yo hasta no dejar ningún secreto? Él no era puro ni fiel, había traicionado a su mujer varias veces, e incluso con determinación y desprecio por las convenciones burguesas, a pesar de su posición de médico y científico. Como si esos títulos sirviesen para situarse más allá del bien y del mal. Con Maria no, había puesto freno, a sí mismo antes que a la situación, y todavía no tenía el motivo del todo claro. Las circunstancias no eran propicias al abandono: estaba su encargo, sí, pero sobre todo los riesgos que Crocifissa estaba corriendo. Y había veces en las que sentía una pasión tan intensa por aquella mujer que le preocupaba. Interrumpió sus pensamientos un hombre con una chaqueta blanca y pantalones oscuros que se detuvo delante de ellos.

—Muy buenas, señores, aunque sería más oportuno darles las buenas noches. Son más de las dos de la madrugada y desearía ver sus documentos.

Freud enarcó una ceja y le devolvió cortésmente el saludo, y después sacó el pasaporte del bolsillo de la chaqueta.

—Soy el doctor Sigmund Freud —le dijo al guardia urbano—. Súbdito de su majestad el emperador de Austria y rey de Hungría Francisco José, y huésped de su santidad el pontífice. Me alojo en el Vaticano, y esta señora es una buena amiga mía.

El guardia se cuadró, pero siguió observando con atención el documento de identidad, la hoja con el visado de entrada a Italia y la invitación sellada y firmada por el secretario de Estado del Vaticano, Rampolla del Tindaro.

—La señora —el guardia se aclaró la voz—, ¿a qué actividad se dedica?

Al oír esa pregunta, aunque formulada con respeto, Freud le arrancó los documentos de la mano y se puso de pie.

—¿Le parece que pueda dedicarse a alguna actividad ilícita?

—Yo solo cumplo con mi deber, doctor Freud —respondió el guardia, pronunciando mal el nombre del médico.

—Se pronuncia «froid», mi querido señor, y ahora, si nos lo permite, nos marcharemos.

Y así, le tendió el brazo a Maria, que no sabía si disgustarse porque la hubieran tomado por una prostituta o alegrarse porque el doctor la había protegido.

—Buenas noches, señora —replicó el guardia—. Y buenas noches, caballero. Tengan cuidado, a estas horas pueden tener un mal encuentro.

Cuando estuvieron lo bastante lejos para que no los oyeran, Freud aproximó la cabeza a la de Maria.

—Ya nos hemos dado cuenta —le dijo, sonriente, y ella le correspondió con otra sonrisa.

Los amantes suicidas, la confesión del guardia, la omisión de los cardenales, el extraño papel de Roncalli: en Crocifissa podía estar la clave de todo, pero para persuadirla de que hablara con ellos quizá no bastara con dinero. A pesar de su edad, se había cerrado como un molusco y debía encontrar una hoja adecuada para abrir las valvas. No le gustó advertir que la hoja y las valvas representaban de una forma más que evidente el pene y la vagina y que cualquier análisis habría sugerido que deseaba mantener relaciones sexuales con Crocifissa inconscientemente.

En la nueva edición de *La interpretación de los sueños* debería pulir los capítulos referentes a la simbología sexual. A menos que su instinto sexual y primordial, en lugar de desfogarse, se sirviera del cuerpo de aquella muchacha. Se despidió con deferencia de Maria, con la esperanza de que no poseyera el don de la bruja Lorelei de los cuentos de su infancia: leer el pensamiento.

Mientras regresaba al palacio, cuando ya clareaba, paso a paso se convenció de que, con toda seguridad, sus teorías eran acertadas ya que, tras unas semanas de abstinencia, había llegado a pensar en poseer carnalmente a Crocifissa. Parecía lógico pensar que aquel que estuviera falto de sexo durante muchos años porque el deber así se lo exigiera, hubiera desarrollado las peores perversiones. Y, de los tres, los que más tiempo llevaban abstinentes eran Oreglia y Rampolla a causa de su edad. De Molina llegaría con el tiempo a notar esa falta, a menos que, se le ocurrió de golpe, nunca hubiera dejado de fornicar.

25

Un pensamiento angustiaba más que ningún otro a Giuseppe Lapponi, arquiatra personal de León XIII: el futuro y ahora próximo embalsamamiento del cuerpo del pontífice pronto representaría un problema, en cuanto el camarlengo le golpease tres veces en la cabeza con el martillito llamándolo por su nombre y preguntándole si de verdad estaba muerto.

Como científico, siempre se imaginaba qué pasaría si el papa respondía a aquella fatídica pregunta afirmativamente. En la facultad de medicina había aprendido otros métodos para constatar la muerte, pero en el Palacio Apostólico se estilaba aquello y debía atenerse a sus reglas. El verdadero problema venía después, cuando le tocara extraer las entrañas, las vísceras y los demás órganos internos, introducirlos en urnas bendecidas y después momificar el resto del cadáver. Lo había hecho cien veces por lo menos; con ratones y ardillas la mezcla de formaldehído, anilina, silicio y arsénico funcionaba estupendamente. Pero jamás había embalsamado un cuerpo humano, aunque no se lo había dicho nunca a nadie. Su primer experimento sería con el papa. Tampoco es que pudiera conseguir un cadáver para practicar: el honor del embalsamamiento estaba reservado solo a los pontífices, y si lo hubieran descubierto haciéndolo de tapadillo, lo habrían echado del Vaticano de una forma deshonrosa.

Se estremeció al pensar que, antes que nada, tendría que cortar los tendones para evitar el *rigor mortis* y sustituir rápidamente los ojos por un par de globos de cristal y cera, mejor que unos metálicos seguramente, que con el tiempo se oxidaban y le otorgaban al cadáver una expresión monstruosa. También era cierto que, una vez enterrado, nadie, durante siglos, volvería a verlo, así que mejor dejarse de escrúpulos: la muerte le llega a todo el mundo, a él también, aunque de la mayoría también se pierde el recuerdo.

—Me complace comunicarles a sus eminencias y a los demás príncipes que su santidad ha pasado otro día de paz y serenidad. Con esto no quiero que se hagan ilusiones impropias, la hepatización pulmonar está muy avanzada. Su salud es muy precaria y... buenas tardes, eminencias.

Giuseppe Lapponi siempre sabía cómo comenzar los discursos, pero en general tenía dificultades para terminarlos. Era un hombre que de primeras causaba buena impresión y, aunque luego los resultados fueran malos, siempre encontraba la manera de echar la culpa a otro. A la gente le parecía más indecoroso cambiar de idea sobre alguien que negarse a juzgar los hechos.

Y, al sentir clavadas sobre él decenas de miradas penetrantes, furiosas, acuosas, entrecerradas, quejumbrosas y sospechosas, pertenecientes a las familias italianas más nobles y a los purpurados más influyentes de la Iglesia, el único deseo de Lapponi era regresar a casa para comerse un trozo de *migliaccio*. Su mujer añadía a la sangre de cerdo en la sartén una gota de aceite de oliva, que ablandaba la masa de piñones, uvas pasas y azúcar.

En los conciliábulos que siguieron al tercer y último boletín sobre la salud del papa, el de la tarde, a Lapponi le costó trabajo distanciarse de las expectativas de quienes deseaban ver muerto al papa cuanto antes y de la inquietud de quienes temían que falleciera sin haber dado una indicación clara sobre su sucesión. Estaba por ver cuántos pavos reales, con el solideo como crestas mustias, rondarían a Mariano Rampolla del Tindaro. Como sus favores eran de los más anhelados, parecía claro que estos lo consideraban el favorito en la lotería que era la sucesión de León. La diplomacia no iba con él y le costó bastante menos explicar que la hepatización pulmonar senil significaba que el viejo papa tenía los pulmones duros como el hígado, en lugar de explicar qué significaba en términos prácticos. Se alisó el bigote y le pidió al *valet* sus guantes y su bastón. Iba a marcharse por el pasillo cuando vio de lejos a ese doctor Freud que hacía varias semanas que se paseaba por los vericuetos del palacio como un viejo fisgón, con el puro siempre en la boca, esta vez incluso encendido. Si no hubiera sido tan tímido y a su mujer no le angustiara tanto la modestia de su casa, ya habría invitado a cenar a su colega alemán, mejor dicho, austríaco. Una casa modesta, decía. Diez habitaciones, una criada interna, una cocinera eventual y un mozo para los recados. Pero esa bendita mujer no le dejaba tener secretaria. Para ahorrar, decía.

Qué suerte tenía el doctor Freud, que viajaba por Europa solo sin tener que rendir cuentas a nadie. Tenía que estar libre de compromisos matrimoniales, se le notaba en ese aire curioso y nada resignado. En el Vaticano, para llegar a ser el arquiatra, el médico personal del papa, o estabas casado o eras invertido: de hecho, era más fácil hacer carrera si uno era de la otra acera. Como se decía, *tertium non datur*, no había una tercera posibilidad. Y a él le gustaban las mujeres, por eso se había casado. Es decir, que le gustaba su mujer, y ya está, se corrigió; en ese sitio, no solo las paredes tenían oídos, había ojos que podían leerte la mente.

Ahí estaba el bueno del doctor, el investigador de las mentes del prójimo que escrutaba los rostros de los buitres que revoloteaban alrededor del cuerpo del león para asegurarse de que estaba muerto. León, la bestia y el papa; era un paralelismo perfecto. Quién sabe qué habría dicho si le hubiera revelado algunas de sus sospechas sobre el súbito deterioro de la salud del pontífice. Pero él solo debía intentar curarlo, no indagar en las causas que lo habían hecho enfermar.

Lapponi le dio tiempo a Freud a detenerse delante de la habitación del papa, luego fue a su encuentro con una sonrisa tan amplia que a muchos de los presentes les pareció inapropiada teniendo en cuenta las funestas circunstancias. Un segundo antes de cruzar la mirada con su colega, Freud giró la cabeza: alguien lo había llamado a voz en grito. Y, a lo lejos, Lapponi vio que la llamada procedía de dos de los purpurados más importantes del palacio, que avanzaban en ángulo recto con los hombros juntos, como si fueran un solo hombre. Mejor dar media vuelta y fingir que había saludado a otro que no fuera el doctor.

—Buenas noches, doctor Freud —lo saludó Oreglia—. No esperaba verlo aquí.

—Buenas noches —respondió Freud—. Había venido a interesarme por la salud del papa.

—Un gesto noble —intervino Rampolla—, pero en este momento todos estamos en manos de Dios. Y nosotros ya nada podemos hacer. Ni siquiera usted.

—Por este motivo —prosiguió Oreglia—, creo que suspender nuestras sesiones sería lo más oportuno.

Si hubiera tenido a mano una fusta y menos autocontrol, Freud no se habría limitado a enarcar una ceja.

—Creo recordar que las instrucciones del papa fueron distintas, y creo...

Oreglia lo tomó del brazo, alejándose hasta un rincón de la antesala menos concurrido, mientras Rampolla los seguía. Parecía una acción de la policía política, cuando arrestaban, sin hacer ruido, a los húngaros en Viena. Sin que hubiesen llegado a cometer ningún acto hostil, de manera preventiva porque, como húngaros, podrían convertirse en peligrosos instigadores del imperio.

—Querido amigo —dijo Oreglia—. Precisamente esta es la cuestión. Cuando el pontífice ya no está en posición de ejercer su mandato, el cardenal camarlengo que, indignamente, soy yo, carga con el honor de tomar las decisiones en su lugar, como cuando la silla está vacante.

—¿Incluso cuando estas decisiones son contrarias a la voluntad del papa? Por lo que yo sé, aún no ha muerto.

—Pronto lo estará —replicó Rampolla—. Pero este no es momento para que tres caballeros discutan. Venga, doctor, vayamos a fumar a la terraza. Tú también, Luigi, invito yo.

Bajaron dos pisos, Rampolla y Freud en paralelo, Oreglia detrás. Parecía que, por algún motivo, quizá a causa de la enfermedad del papa, se hubiera creado una especie de toque de queda en el interior del propio palacio apostólico. Las escaleras estaban desiertas, no había nadie de guardia, ni siquiera una monja o un criado, y no se oía ningún ruido de pasos invisibles. Cuando el cardenal decano, después de haberlos adelantado, abrió la puerta de cristal, los asaltó el intenso zumbido de las cigarras y la flama de poniente, acompañados de un ligero perfume de los limoneros del jardín de abajo. El mismo que la noche anterior Freud había percibido en el rostro de Maria.

Tras rechazar el cigarrillo que le ofrecía Rampolla, el médico se encendió un Liliputano y, por primera vez, comprendió que el nombre del puro holandés, pequeño pero robusto, nacía de Liliput, el país imaginario descrito por ese genio de Swift. Como en el libro, probablemente él también formara parte del pueblo liliputiense, mientras que los dos cardenales eran gigantes. Pero no todo estaba dicho. Incluso el sol, que ahora parecía una bola de fuego invencible, se pondría en unos minutos, después de un último destello, ese rayo verde que solo algunos afortunados logran ver.

—Un espectáculo magnífico, ¿verdad? —dijo Rampolla mientras miraba hacia poniente—. La mayor fortuna del hombre sabio es disfrutar cada día de las mismas cosas y no acostumbrarse a ellas, aunque las tenga más que vistas.

—Como el amor de Dios —intervino Oreglia—. Lo tenemos delante todos los días, pero no por ello debe darse por sentado, debemos merecerlo.

—Tuve un paciente —dijo Freud mientras observaba el humo que se perdía en la atmósfera— que para resolver sus conflictos con un padre autoritario prendía fuego a cualquier cosa y luego se quedaba extasiado contemplando las llamas.

—No comprendo —respondió Oreglia—. Siempre tratamos de apagar las llamas...

—Yo sí —Rampolla les sonrió a los dos—. Nuestro buen doctor pretende decir que aquello que nos causa admiración debe ser también justo y bueno. Luigi, ¿no nos sorprende acaso el diablo cada santo día con sus maquinaciones y sus prodigios? Y, sin embargo, tratamos de mantenernos alejados de él, no de admirarlo.

Sentado en un banco de mármol, Oreglia se encogió de hombros. Rampolla tenía el pésimo vicio de exagerar cualquier cosa, incluso las más simples. Simplemente debían comunicarle a Freud que tenían que suspender sus sesiones, no cancelarlas definitivamente. Y sacaba a colación hasta a Satanás y sus ilusiones. Esperaba que hubiera concluido, pero cuando vio que abría los brazos como si tuviera ante él una multitud de fieles, que quizá lo aclamaban como nuevo pontífice, cruzó los brazos con fuerza y bajó la cabeza.

—En tal caso, si es la voluntad de Dios —respondió Freud, con una pizca de ironía—. No puedo hacer más que aceptarla.

—Gracias —respondió Rampolla—. Usted es un hombre inteligente, un hombre que comprende, aunque no entienda. Como ve, doctor, nosotros somos hombres de Dios, pero también de la Iglesia, y en esta ocasión no coinciden las dos funciones.

Freud se estaba alejando cuando Oreglia se levantó y lo llamó.

—*Quod differtur non aufertur* —apuntó al cielo con el índice—. Lo que se posterga no se pierde. Hasta pronto, doctor Freud.

Qué hermosa lengua, el latín; no podía darse por muerta si con ella se comunicaban los prelados de todo el mundo; solo los cultos, evidentemente. Le habría gustado aprenderlo bien, pero no conocía más que algunas frases, y todas ligadas a la profesión médica. Con un gesto de la cabeza le dio las gracias por la traducción y se dirigió hacia el comedor, pues era la hora de cenar. Había ido a visitar al león herido y se había encontrado a dos hienas *ridens*. ¿O debería decir *ridentes*, en plural? No iba a regresar con Oreglia para que lo ilustrase.

Durante la comida, el filete de carne roja le pareció insípido, una desventaja que sufrían todos los fumadores que se preciasen como tales. Pero esa misma falta de sabor le sugirió la idea de que la ligereza quizá fuera la llave más idónea para superar los obstáculos.

Aquel breve coloquio había añadido otra pieza a lo que ya consideraba un rompecabezas, o puede que una especie de búsqueda del tesoro, en la que el premio era la verdad.

26

Esa tarde había llovido a cántaros, una lluvia ligera pero insisten-
te que había dejado en el ambiente un intenso olor a resina sin refres-
carlo. Hacía poco que habían dado las nueve, cuando Angelo Roncalli
tocó en la puerta de la consulta y entró sin esperar a ser invitado.
Tumbado en el diván, Freud releía los apuntes sobre los tres cardenales, pero cuando vio el rostro encendido de Roncalli dejó el puro
y se levantó para ir a su encuentro. El otro se apartó y se desplomó
en un sillón.

—Ya está al corriente de la noticia, ¿verdad?

Freud asintió y Roncalli sacó del bolsillo interior de la sotana un
sobre blanco con las llaves doradas de san Pedro impresas.

—Me temo que nuestro papa no logrará salir de esta —prosiguió—.
Estaba con él y me acababa de dar esta carta dirigida a usted. Lo vi
palidecer, después contrajo la boca y puso los ojos en blanco, como
aquejado de un dolor imprevisto. Lo tendí en la cama y llamé al arquiatra de inmediato. Con él llegaron todos, del decano al camarlengo, y me echaron.

—Se diría que son los síntomas de un ictus —observó Freud—.
Pero es raro. Normalmente, uno se apaga lentamente con esa edad,
como una lámpara sin petróleo.

Roncalli le entregó la carta sin hacer ningún comentario. Antes
de abrirla, Freud quiso saber si Roncalli conocía el contenido.

—¿Es relativa a la cena de anoche? —preguntó.

—No lo sé. Yo estaba al corriente de lo que iba a hacer y, después de mi sorpresa inicial, estuve de acuerdo. Pensaba que podía acelerar su investigación —suspiró Roncalli.

Freud abrió el sobre y leyó velozmente el contenido. León había puesto por escrito todo cuando había dicho ante él y los tres cardenales. Era una forma de que lo dejasen continuar con sus análisis. Y eso sería lo que haría.

—¿Y usted? ¿Qué hará ahora?

—Haré las maletas —sonrió Roncalli—. No creo que me sea posible continuar estudiando en la Pontificia. Lo haré en otro seminario, hay muchos, con la ayuda de Dios.

Hubiera preferido hablarle en otro momento, pero si lo mandaban a otro sitio, aquella podía ser su última oportunidad. Decidió ir al grano de inmediato.

—¿Qué me sabría decir de Pierre Girard?

Roncalli volvió la cabeza en dirección a la ventana y se pasó la mano por el cuello. Un comportamiento que Freud había advertido en sus pacientes cuando se encontraban en estado de ansiedad.

—Lo ha conocido, ¿verdad?

La última defensa: responder a una pregunta con otra pregunta. Aunque el otro no lo podía ver, Freud asintió y continuó en silencio.

—Es un buen muchacho, tiene mucha fe.

—Y mucha información —lo apremió Freud.

—También es fiel. —Roncalli ignoró las prisas del otro—. Y por este motivo goza de nuestra confianza. Y puede contar con Augusto para cualquier cosa, aunque no lo conozca bien.

Augusto, el silencioso, el enigmático: él también estaba implicado. Freud se sentía manipulado. Aquello era demasiado hasta para un hombre reflexivo como él. Intentó calmarse, pero no lo logró.

—*Scheisse!* —maldijo—. Discúlpeme, Roncalli, pero estoy cansado de verme envuelto en una especie de conflicto donde no se entiende quién está en tu contra y quién está de tu parte. Ha dicho «nuestra confianza», pero ¿de quién? ¿La suya y la del papa? ¿Acaso no ha sido usted el que ha hablado con Girard? ¿Por qué motivo iba a informar a un guardia sobre mi tarea? Esta era supuestamente una investigación reservada y parece que todo el mundo está al corriente de todo.

Angelo Roncalli se levantó para cerrar una rejilla de fundición bajo la mirada atónita de Freud. Volvió a dejarse caer en el sillón y se tapó los ojos.

—Desde arriba se oye todo lo que se dice aquí.

Freud se encendió.

—¿Quiere decir que han oído todas mis conversaciones? —En ese momento se acordaba más de las que había mantenido con Maria que de sus sesiones con los cardenales.

—Creo que sí —respondió Roncalli—. Pero no he sido yo, solo el papa, por eso no lo puedo saber con certeza.

Freud suspiró y levantó los brazos al cielo. El mismo gesto que de joven le veía hacer al rabino en la sinagoga, cuando el cesto de la limosna regresaba vacío después del rezo.

—La cuestión es esta —continuó Roncalli—. El papa está convencido de que uno de los tres cardenales está implicado. No me lo ha dicho nunca explícitamente, pero me lo ha dado a entender.

—Usted me dice que el papa está convencido y, sin embargo, no lo ha dicho nunca de manera explícita, pero sí se lo ha dado a entender. *Ach...* Los católicos son más complicados que un reloj suizo, aunque al menos el reloj da la hora exacta. Continúe, aunque necesitaría una buena dosis de protóxido de nitrógeno.

—¿De qué?

—De gas de la risa, uno pierde contacto con la realidad y le invade una sensación de paz y alegría.

Roncalli se mordió el labio para no reír y bendijo para sus adentros a aquel hombre, que si no era un enviado de la Divina Providencia, lo enviaba alguien muy próximo a ella.

—Si he tomado la iniciativa de correr la voz entre las personas de confianza ha sido solo porque el papa, en su posición, no podía hacerlo, ¿comprende? Imagine que lo haya sabido bajo secreto de confesión, aunque sea solo una suposición, pero en ese caso, ¿qué más podía hacer? Los guardias tienen mil ojos y mil oídos y estoy seguro de que

Girard le ha sido útil. No nos abandone ahora. Usted es el único que puede impedir que la Iglesia de Dios caiga en las garras del Maligno.

—Un judío ateo, el salvador de la Iglesia —ironizó Freud—. Si fuera católico estaría muy preocupado. Pero continuemos. Entonces, por lo que me ha dado a entender, usted también piensa que hay un culpable o varios entre los tres. El mismo que podría haber corrompido a Crocifissa.

—No lo creo —respondió Roncalli con seriedad—. Lo sé, en mi interior siento un dolor inmenso al pensar que nuestro papa vaya a morir sin el consuelo de saber que sus esfuerzos no han sido en vano. Pero si usted consiguiera impedir el desastre que él temía, estoy seguro de que sería muy beneficioso para su alma.

—¿Para la mía?

—No —sonrió Roncalli—. Para la del papa.

—No me marcharé, aunque están intentando echarme —respondió Freud. Mientras se encendía un sutil Trabucco hizo un gesto de ofrecerle otro a Roncalli, pero este declinó con amabilidad—. No importa si no se lo fuma, aunque el único pecado del tabaco es no probarlo. Quédeselo como recuerdo mío, por si no nos vemos más. ¿Sabe qué, Angelo? En cierta manera lo envidio. Usted tiene esta fe maravillosa que lo sostiene, pero también lo hace ser irónico cuando debería estar angustiado.

—¿Alguna vez ha estado enamorado, doctor Freud?

Esa pregunta lo pilló completamente desprevenido. Le molestó solo porque lo obligó a hacer un rápido examen de conciencia. Sí, había estado enamorado de Martha, pero solo en los primeros tiempos. Esperaba que hubiera sido su compañera en las elucubraciones filosóficas y en las eróticas. Le habría gustado que fuera dueña de sus deseos, para vivir junto a ella una eterna juventud. Luego llegaron los hijos, uno detrás de otro, y ella se fue haciendo más madre y menos esposa. Y cuando se encontró en la cama de su hermana Minna —en realidad fue ella la que se coló en la suya—, después de un momento de azoramiento, fue un delirio de pasión, compartían las mismas ideas y pensamientos. Pero no se había enamorado.

De Maria no sabía qué pensar, quizá lo único que la unía a ella era la inclinación natural de un hombre solo en un país extranjero, pero había algo que lo empujaba a querer conocerla. Como si hubiese descubierto una de esas tumbas egipcias y quisiera averiguar a toda costa si en su interior había solo cadáveres momificados o también máscaras de oro y piedras preciosas. Cierto, compararla con una tumba no le hacía justicia, con esa vitalidad y ese aspecto de mujer sana y lozana, pero hay imágenes de la mente que aparecen y desaparecen a la velocidad del rayo y no hay manera de controlarlas.

—Perdone mi pregunta —prosiguió Roncalli—. No quería inmiscuirme en sus asuntos personales.

—Reflexionaba sobre la respuesta que debía darle; creo que es sí, estuve enamorado en una ocasión. Pero ahora, continúe, me interesa su punto de vista.

—Entonces me entenderá y no tendrá nada que envidiarme. Yo me enamoré, cuando era niño, de Jesús y de su mensaje al mundo, la salvación eterna de todos los hombres. Y me he entregado a la Iglesia, feliz de poder hacerlo, sin arrepentirme nunca. Es un amor inmenso, que se renueva todos los días, incluso en medio de tantas dificultades como las que estamos viviendo en estos días.

Freud no se sorprendió del abrazo, que le devolvió, a pesar de sentir aversión por el contacto físico con las personas de su mismo sexo. Y, cuando Roncalli salió, trató de alejar de su mente la visión de Martha, Minna y Maria.

Cogió el cuaderno de nuevo y se concentró en el cambio de estrategia que la jugada del papa había iniciado. Se acabaron los jueguecitos diplomáticos, se acabaron las frases inconclusas y las tácticas en el tiempo de descanso. El tiempo se había agotado, y más ahora que León podía fallecer de un momento a otro. Se juró a sí mismo que lo conseguiría, no solo por las últimas dos mil liras, se lo debía a ese hombre frágil y poderoso que tanto había creído en él.

Le habría gustado que este fuese su último pensamiento antes de dormirse, pero las piezas de un rompecabezas con las caras de los cardenales, el papa, Roncalli, Maria y Crocifissa continuaban zumbándole en la cabeza como unos mosquitos de lo más molestos. Se levantó de la cama y se encendió un Santa Clara que encontró en el fondo del humidificador, escondido entre los Trabucco. Se había olvidado de aquellos puros mexicanos, como de otras cosas. No solo no había llamado todavía a Martha, sino que llevaba unos días que le costaba recordar su rostro y confundía los de sus hijos. Además, llevaba varias noches soñando en italiano, mezclando a los cardenales con Maria y a Crocifissa con Roncalli, y una vez el taciturno Augusto había interrumpido su silencio para mostrarle las virtudes de un burdel de hermafroditas. Y le sorprendía que hubiera optado por ignorar los significados ocultos en aquellos sueños, un síntoma inequívoco de una gran confusión.

Después de fumarse casi la mitad, el puro le pareció tan duro y tan ahumado como el *Speck*, se había acostumbrado a aromas más intensos y dulces, y lo apagó en el alféizar de la ventana.

Regresó a la cama y se tendió en posición supina, pero cada vez que cerraba los ojos, los volvía a abrir como platos, mientras sus pensamientos vagaban caóticos impidiéndole conciliar el sueño. Para relajarse, probó a concentrarse en un único pensamiento, una técnica que le había resultado eficaz otras veces, pero no hubo nada que hacer.

Como impulsada por una fuerza ajena a su voluntad, la mano izquierda se coló bajo la sábana y desabrochó los tres botones de los pantalones del pijama. Al ser diestro, siempre había preferido la izquierda, la sentía menos suya y así alimentaba la ilusión de que fuera la mano de una desconocida. Y si de joven esta pertenecía a una mujer de la edad de su madre, algo típico en el complejo de Edipo, como después había teorizado, con el paso de los años la edad de la propietaria de la mano disminuía al mismo ritmo.

Cuando se agarró el pene, partió de un movimiento mecánico, nada placentero. En ese momento recordó que Roncalli le había confiado que el papa, al contrario de lo que había declarado en la cena, estaba convencido de que uno de los tres cardenales estaba envuelto en el caso de los amantes, ya fueran suicidas o asesinados, eso cada vez tenía menos importancia. En uno de los dos casos, el papa había mentido, y no tenía sentido que lo hubiera hecho con Roncalli.

Giró el pene a la derecha mientras se lo sacudía rítmicamente contra la barriga.

Sin embargo, por muy convencido que estuviera el papa, no podía hacer nada. Por eso lo había traído a Roma, no para desmentir o confirmar una hipótesis, como le había dicho al principio, sino para que llegara a una certeza que él ya tenía. Porque, por alguna razón, ni él ni otros en el seno de la Iglesia podían intervenir. Endiablado papa. Llegados a este punto, la perspectiva cambiaba: no se trataba de valorar si alguien era culpable, sino de detectar quién lo era.

Inclinó el pene a derecha e izquierda, como si fuera un dedo que señalara en dos direcciones distintas.

Por otra parte, no podía haber organizado esa cena a cinco bandas solo para engañarlo, sino para ofrecerle indicios, sin traicionar su impedimento. Debía de tratarse de algo grave, de lo contrario no habría habido necesidad de toda aquella pantomima.

Repasó lo sucedido durante esa tarde: la rebelión de Oreglia, el silencio consternado de De Molina y la consideración serena de Rampolla, no exenta de esa ironía tan suya. A la luz de su experiencia como investigador de mentes, el comportamiento más sospechoso sin duda era el de De Molina quien, mira por dónde, era el presunto culpable según Pierre Girard. Y Roncalli se había confiado a ese mismo guardia. Incluso aquel guiño que le había hecho Oreglia, poco después de haber mirado a De Molina, podría ser otra señal, como si el primero estuviera al tanto de la culpabilidad del segundo.

Empuñó el pene como un abrecartas, aunque estaba fláccido y no respondía a sus movimientos.

Las confesiones. Se levantó de la cama con el miembro colgando fuera de la bragueta del pantalón del pijama y cogió el cuaderno de notas. Rampolla confesaba a Oreglia, este confesaba a De Molina y este último a Rampolla. Todos, a su vez, se confesaban con el papa.

Maldición. Se volvió a tumbar en la cama y cogió un Reina Cubana. Aspiró la primera bocanada como un novato en fumar puros y una corriente aterciopelada y dulzona le abrió el estómago y lo tranquilizó. Todo el mérito era de ese leve regusto a vainilla que tomaba el nombre precisamente de la vagina, por la forma y el olor de la vaina de la flor.

Al pene, tal pensamiento le resultó indiferente.

Qelalàh, qelalàh, qelalàh! ¡Maldición, maldición, maldición! La palabra le salió en la antigua lengua de su padre como regurgitada. Cada vez que parecía aproximarse a la solución, esta se alejaba, como le sucedía a Tántalo con el agua, que se secaba cuando él acercaba la boca para saciar su sed, o con las ramas cargadas de fruta, que crecían cada vez que intentaba agarrar una para aplacar su hambre eterna.

Y después, cuando descubriera quién era el culpable, ¿qué podía hacer él —austríaco, ateo y judío— con el papa en coma? «León, eres un viejo loco, o quizá eres tan astuto que has previsto que después de muerto pueda hacer algo por ti». Quizá fuera mejor pensar que el papa había trazado un plan donde él aparecía. Consistía en entender cuál era.

Volvió a meterse en el pijama el pene fláccido, parecía sorprendido de tenerlo todavía fuera, y dejó la masturbación para otra ocasión más propicia.

Exhausto por esa cadena de pensamientos, sintió la necesidad de aclararse y decidió que, de momento, eliminaría a Oreglia de la tríada de presuntos culpables y se concentraría en los otros dos. De esta manera, si fuesen inocentes, la culpa recaería sobre el cardenal decano.

Por fin se había adormecido, gracias al zumbido rítmico de las cigarras, cuando, en el último momento, se preguntó si este razonamiento no estaría viciado de alguna manera, antes de quedarse dormido. La duda le provocó una serie de sueños desagradables: todos cuantos había conocido en Roma, incluido el profesor Lombroso, lo señalaban y se reían de él, que no entendía el motivo, hasta que se dio cuenta de que llevaba el pene fuera de los pantalones.

27

Lo llamaba el principio de consolación, aunque no había teorizado nunca sobre él. Cualquier cosa a medio camino entre el placer, primordial e instintivo, y la realidad, que sustituía a este último en la vida adulta. En esencia era algo muy banal: se trataba de encontrar un placer somero para aliviar un sufrimiento mayor.

Esa mañana, Freud decidió regalarse una consolación y, después de haber visitado más de un estanco, se detuvo ante una caja de puros Romeo e Giulietta. Al lado de los amantes veroneses, inmortalizados en la famosa escena del balcón, había varias medallas de oro pintadas, por los numerosos premios recibidos. No se avergonzó de preguntar el precio, incluso recordando que quien lo hace, por lo general, no puede permitirse tal adquisición, y, en efecto, treinta y siete liras le parecieron una locura. Solo compró un par, con gran satisfacción.

Todo por culpa de Crocifissa, que había venido a limpiar su habitación en lugar de su madre. Había intentado dirigirle la palabra con amabilidad, sin obtener respuesta. Estaba por enfadarse, aunque solo fuera por la mala educación, cuando la muchacha levantó la cabeza.

—No me hablo con usted porque es malo —le había dicho.

Ante sus protestas, unidas a cierto asombro, la chica había sido más explícita.

—Me lo ha dicho un monseñor —había continuado—, uno que no quiere que hable con usted. Uno que podría ser el próximo papa.

Había intentado ganársela, demostrarle que unas palabras como esas no casaban en boca de un papa, luego había buscado su complicidad, abriendo la cartera y mostrándole un billete de cien liras, para alentarla a decir quién era ese monseñor. Había estado a un paso de la verdad, le habría gustado atarla a una silla y abofetearla con tal de hacerse con ese maldito nombre. Habría sido una buena idea, puede que hubiera resultado eficaz incluso, pero en su posición no era factible. Crocifissa se había cerrado en banda y no había vuelto a abrir la boca. Finalmente, le pidió que le dijera a su protector desconocido, así lo había llamado con deferencia, que le habría gustado conocerlo, y cuando ya estaba cerca de la puerta, le lanzó una amenaza no demasiado velada.

—Da lo mismo, Crocifissa, sé quién es, y dado que te comportas así, iré a decirle que me has hablado de él.

En la mirada que le lanzó Crocifissa no leyó miedo, sino resentimiento más bien, reprimido y profundo, el más difícil de eliminar. Se había creído el farol, no había sido una jugada acertada, con aquella frase había construido un muro infranqueable entre ambos. De haber sido más diplomático, si hubiera estado menos irritado y ansioso por conocer la verdad, quizá habría logrado hacer mella en el muro de silencio de la chica. Prácticamente había tenido la llave de todo en la mano y la había dejado escapar: la rabia lo había llevado a cometer la idiotez más grande, una venganza contraproducente.

Peor para ella, pero también para él. El mundo se reiría de haber sabido que una muchacha malcriada y estúpida le había ganado la partida al famoso profesor Freud. Y, ahora que lo pensaba, también había quedado como un idiota con Maria: lo más probable era que ella hubiera enviado a Crocifissa a limpiar la habitación, con la esperanza de que él la hiciese hablar. Lo mejor sería avisar a la mujer del grave peligro que corría su hija.

Sentado en un banco entre el lento discurrir del Tíber y las murallas de Castel Sant'Angelo, observó con ternura el puro Romeo e

Giulietta que tenía entre los dedos de la mano derecha, tan tierno como un pecho inmaduro. Admiró las hojas color dorado oscuro, pequeñas y con cuerpo, semejantes a tiras de cuero suave, y se lo llevó a la boca mientras saboreaba el aroma ligeramente meloso. Diez minutos después, se levantó a desgana y se dirigió hacia el Vaticano.

En el patio situado al este del palacio, detrás de un cedro libanés que casi ocultaba la puerta de servicio por donde había decidido entrar, reconoció el paso firme y rápido de De Molina y Ortega, que se dirigía a su encuentro.

—¡Doctor Freud! —lo llamó—. Llevo toda la mañana buscándolo. Debo hablar con usted, es importante.

El cardenal no dejaba de mirar a su alrededor, como si buscara un lugar seguro, aunque no parecía que existiera otro mejor, al resguardo de los muros del Palacio Apostólico en un jardín casi desierto. De Molina lo tomó del brazo, un gesto amistoso que a Freud le pareció completamente inapropiado. El cardenal lo condujo a un banco, a la vista pero alejado de los demás, y al sentarse su mirada se perdió en la lejanía, en dirección a los muros que protegían el jardín del resto del mundo. O que impedían la huida a quien vivía en su interior. El canto de las cigarras sonaba sin interrupción y una se posó en la mano izquierda de Freud. Con ese cuerpo negro y las alas rojizas parecía un pequeño demonio que hubiera venido a escuchar para luego contárselo a su amo.

—Le escucho —dijo Freud—. A eso me dedico —añadió con un suspiro.

De Molina continuó mirando ante sí, después bajó la cabeza, sonrió y la sacudió con incredulidad.

—¿Se acuerda de cuando lo invité a venir a la Capilla Sixtina?

—¿Cómo iba a olvidarlo? —Freud se alertó—. Me puso a mirar con unos binoculares la mirada ausente de Dios durante la Creación. Pero no me había llamado para eso.

—No, es cierto. Y usted me pidió explicaciones unos días después.

—También lo recuerdo, y cómo usted se negó.

—Dígame, doctor Freud, ¿sigue interesado en descubrir si alguno de nosotros está implicado en el asunto que ahora todos conocemos?

—Si se refiere al homicidio o suicidio de dos jóvenes —Freud recalcó las palabras, no le apetecía esa forma meliflua de andarse con rodeos—, mi respuesta es sí. Sobre todo porque no creo que haya sido un episodio aislado.

Freud escrutó atentamente la expresión de De Molina y Ortega: enarcó las cejas y le aparecieron unas arrugas alargadas en la frente al tiempo que abría mucho los ojos. Por la expresión de estos, Freud tuvo la impresión de que De Molina demostraba con su gesto que este hecho censurable le resultaba del todo desconocido. Si hubiera sido él el misterioso monseñor de Crocifissa, su expresión habría sido distinta. A menos que fuera el primer actor de la Comédie Française. Entre aquellos muros todo era posible.

—¿Qué está diciendo? —respondió De Molina inseguro—. ¿A qué se refiere?

—Lo siento, pero no estoy autorizado a contarle nada, más allá de la promesa de guardar el secreto que le hice al papa.

De Molina encajó la cara entre las manos y se acarició una barba que no tenía. Al oír aquello le asomó al rostro un leve rubor que le daba un aspecto aún más femenino. Cuestiones secundarias, pensó Freud, que no aportaban nada a su investigación.

—De acuerdo —concluyó de Molina—. No sé de qué está hablando ni si su referencia ha sido intencionada, pero esto no cambia lo que le quería contar.

—De nuevo, lo escucho.

Se miraron a los ojos y en los del otro, Freud notó una determinación que no había advertido antes.

—Yo soy inocente —De Molina eligió bien las palabras—. No sé si querrá creerme, pero no puedo decirle más. Ya es más de lo que le dije en su momento.

El Romeo e Giulietta se le había apagado y Freud volvió a encenderlo con una lentitud estudiada: dejó que el fósforo lo quemara hasta la mitad, a la misma altura que la boca de De Molina, y lo apagó agitándolo sobre el humo, un segundo antes de chamuscarse los dedos.

—Se lo agradezco, De Molina, pero no veo, le ruego que me perdone, qué valor pueda tener su declaración de inocencia. A menos que quiera dar a entender que sabe quién es el culpable, pero no pueda o quiera hablarme de él.

De Molina permaneció en silencio. Freud intentó hundir más su estocada, con la esperanza de franquear ese muro de silencio que apenas había rayado.

—Si fuese así —continuó—, ¿estaría equivocado si pensara que el culpable es la persona que lo asustó en la Capilla Sixtina y lo indujo a despedirse a toda prisa, cuando estaba a punto de revelarme algo?

Los párpados de De Molina se movieron velozmente: si hubiera tenido el polígrafo a mano, Freud habría visto que las pulsaciones se redoblaban, también porque al cardenal se le había formado una gota de sudor en la sien y habría jurado que no era fruto del calor. No obtuvo respuesta.

—Si no tiene nada más que decirme —concluyó Freud con un tono completamente formal, al borde de la ironía—, no puedo hacer más que agradecerle su tiempo y poner fin a esta agradable conversación.

La única reacción de De Molina fue una ligera inclinación de cabeza, y Freud supo que ya no le sacaría nada más. Lo intentó con la última carta, a la desesperada, cuando se giró después de dar unos pasos y se inclinó hacia el cardenal.

—Yo vi quién lo alteró, eminencia —mintió Freud—. Así que, gracias a usted, hoy lo sé todo.

El cardenal lo miró de abajo arriba, con los labios fruncidos en una sonrisa condescendiente que le recordó a Freud la de la tata de su infancia, cuando lo descubría jugando a los médicos con sus hermanitas. A diferencia de aquella, él no lo despeinó, sino que le apuntó con el dedo.

—¡Es posible! —respondió—. Si de verdad fuera así, todo se resolverá con la ayuda de la Divina Providencia.

El apretón de manos del cardenal fue más fuerte de lo habitual, como si quisiera sellar un pacto con él.

De vuelta en su consulta, Freud pidió que le llevaran un caldo frío de capón y un trozo de tarta de arándanos que le recordaron a Viena y a sus hijos. La siguiente imagen que le pasó por la cabeza fue el pastel al agua de rosas de Maria y ahuyentó la idea de tenerla cerca, de hablar con ella y, algo increíble para él, de escucharla. Tomó sus notas y se tumbó en la cama. Después de reflexionar largo y tendido, tachó con una raya, pero a lápiz, el nombre de De Molina y reescribió, un tanto decepcionado, el de Oreglia.

Poco después, en el piso de arriba, fue el propio cardenal camarlengo Luigi Oreglia di Santo Stefano, rodeado de los médicos de la corte papal, del secretario de Estado Mariano Rampolla del Tindaro y de una plétora de casquetes rojos y de fámulos de librea negra, quien se tumbó en el lecho donde yacía, inmóvil, León XIII. Después de levantar el velo que cubría el rostro del papa, alzó el martillito de plata que empuñaba con la derecha y lo golpeó en la frente mientras lo llamaba por su nombre de bautismo.

—¡Gioacchino!

Repitió otras dos veces ese antiguo rito y por fin proclamó su veredicto.

—*Vere papa mortuus est!*

Así, a las cuatro de la tarde del 20 de julio, las campanas de San Pedro, seguidas al poco tiempo por todas las demás de la ciudad de Roma, repicaron a muerto por Vincenzo Gioacchino Pecci, el duocentésimo quincuagésimo sexto papa de la Iglesia de Roma.

28

Después de haber retirado el anillo del pescador de la mano derecha del papa, el cardenal Oreglia lo introdujo en un estuche. Lo depositó en una mesa y, con el mismo martillo que había usado para golpear la frente del papa, destruyó el último símbolo de la realeza pontificia. Solo al tercer golpe se oyó el crujido del oro y, desde ese momento, Oreglia, como camarlengo, asumió el poder de la Iglesia.

—Que entren los penitenciarios —sentenció.

Como en procesión, por la puerta del dormitorio desfilaron uno a uno los canónigos dispuestos a lavar los restos mortales. Con un gesto seco de la mano, Oreglia les ordenó a todos que se alejaran, incluido el secretario de Estado Rampolla, a quien no le hizo gracia la orden, pero no tuvo más remedio que obedecer.

—Lavadlo y ungidlo —dijo.

El primero de los penitenciarios abrió la boca para tomar aliento y decir algo, pero la mirada de Oreglia lo convenció para quedarse callado. Desvistieron al cadáver en completo silencio y lo lavaron con agua de azahar. Su perfume se mezcló con el del incienso quemado. Oreglia se tapó la nariz con un pañuelo: odiaba aquel olor desde que era novicio, pero no tenía muchas ocasiones para demostrarlo en público. Los camareros del papa no contaban, no eran más que siervos. Dejó que ungieran el cuerpo con un bálsamo de cardamomo para contrarrestar la rigidez del cadáver y para endurecer los tejidos, con el calor que hacía pronto comenzarían a pudrirse.

Oreglia oyó que llamaban a la puerta y se irritó: nadie podía permitirse entrar en la cámara mortuoria hasta que el papa no estuviese vestido del todo, con la sotana blanca, el camauro y el amito ribeteados de armiño. Fue en persona hasta la puerta y la abrió una rendija. Sin embargo, cuando se vio frente al arquiatra Lapponi con los otros dos médicos, Mozzoni y Rossoni, que llevaban unas parihuelas, sintió que le ardían las orejas. Con las prisas por enterrar a León, había tenido un olvido imperdonable.

—Eminencia —Lapponi pronunció la frase ritual—. Estamos aquí para llevar a cabo nuestro triste y honorable oficio.

—Naturalmente —respondió Oreglia—. Os esperaba. ¿Y dónde deseáis proceder?

—En la enfermería, ya hemos preparado la mesa de operaciones y hemos elegido las urnas para guardar las vísceras.

Un aroma sospechoso llegó hasta las narices de los tres médicos y Mozzoni le dio un codazo a Rossoni. Sin hablar, coincidían en que aquel olor debía notarse después de embalsamar los restos mortales, no antes.

—El calor —dijo Oreglia, con un tono que parecía presagiar el relato del mismísimo Apocalipsis—. Puede estropear el cuerpo antes de tiempo. Por eso he ordenado que lo laven y lo unjan.

—Claro, claro, ha hecho muy bien —se apresuró a decir Lapponi, que ya había visto al primer camarero agitar la cabeza y hundirla entre las manos—. Gracias, reverendísima eminencia, ahora puede confiárnoslo.

En el silencio de la enfermería, entre un intenso olor a desinfectante, ante el cuerpo desnudo del papa, Lapponi le ofreció el bisturí primero a Mozzoni y luego a Rossoni, en estricto orden alfabético. Al rechazarlo ambos, algo que esperaba, suspiró y se encomendó a Dios, ya que tenía entre sus manos a su vicario. La delgadez de León le facilitó la tarea y, después de extraer los órganos, cortó los tendones e inyectó agua y formaldehído en el sistema circulatorio. Con una jeringa gruesa de metal extrajo la mayor cantidad posible de la médula ósea de las piernas, los brazos y la columna, y la sustituyó por una fuerte concentración de formalina.

Se quedó en mangas de camisa, empapado en sudor, mientras sus colegas se limitaban a pasarle el instrumental. Entonces, Lapponi se dio cuenta de que lo invadía una fuerza desconocida y, por primera vez, en uno de esos momentos que tanto había temido, sintió un agradable deseo sexual. Aún más fuerte que el que había sentido por la camarera del prostíbulo Margherita que se le había sentado en las rodillas dos años atrás y que todavía recordaba. Lleno de satisfacción, hacia el final del proceso de embalsamamiento llenó una perilla con mirra y perfumó la garganta, la boca, la nariz, las orejas e incluso el ano del papa, bajo la mirada desencajada de sus colegas.

—Es un procedimiento antiguo —exclamó satisfecho—. Dentro de cientos de años la momia seguirá íntegra y perfumada. Queridos colegas, ¿queréis tener el último honor de coserle los párpados?

Ante su silencio, procedió él personalmente, con la misma gracia y la misma pericia que su mujer cuando bordaba en trapos de lino: ay de ella si se veían las costuras.

Vestido con una sotana blanca sobre la cual brillaba una casulla roja con bordados de oro, un doble amito de lana blanca recamada con cruces negras y tocado con una mitra altísima de blanco impoluto, el cadáver de León XIII fue depositado en un catafalco negro en la capilla del Sacramento. Según la tradición, durante los nueve días sucesivos estaría expuesto al público, que tendría el privilegio de besarle los pies. Pero el primer día, ese honor recaería solo en aquellos que vivían o trabajaban en el Vaticano, ya fueran cardenales o siervos, antes incluso que en los monarcas de toda Europa.

Sigmund Freud fue uno de los privilegiados. No es que ver los restos mortales de León le resultara placentero. Una cosa era la idea de la muerte, un tema habitual en sus estudios y en sus reflexiones, y otra distinta encontrarse delante de un cadáver. Un día se detendría a pensar si el origen de esta repulsión estaba en alguna neurosis. Porque, en efecto, si lo razonaba, sentía todo lo contrario ante un muslo de pollo o un jarrete de cerdo, a pesar de ser trozos de criaturas muertas, de modo que también él se veía influido por ese pensamiento absurdo e idiota de que la muerte es algo contagioso y es mejor alejarse de ella.

Se sentó en un banco, sin perder la compostura, esperando a que pasaran los minutos preceptivos en un velatorio. Estaba a punto de levantarse cuando una sotana oscura se arrodilló a su lado. Reconoció la nuca plana de Angelo Roncalli y decidió quedarse a esperar que terminara sus plegarias.

—Buenos días, doctor —le susurró Roncalli.

A pesar de la frescura del rostro, resultaba evidente que había pasado la noche en vela.

—Buenos días, Angelo. —Freud se aclaró la voz, no acostumbraba a hablar en susurros, pero las circunstancias lo obligaban—. Me alegro de verle, temía que no tuviéramos ninguna otra ocasión.

Roncalli sacó un envoltorio blanco del bolsillo interior de la sotana.

—Es para usted —dijo en voz baja—. De parte del papa.

Instintivamente, Freud volvió la vista al catafalco y se imaginó que el papa levantaba una mano para saludarlo. Un segundo después, tenía entre los dedos un pequeño envoltorio. Bajo los dedos percibió una forma reconocible.

—¿Una llave? —preguntó asombrado—. ¿Qué es? ¿Un regalo?

—En cierto modo, sí. Escúcheme bien, doctor, porque temo que esta sea la última vez que nos veamos. El cónclave se reunirá dentro de unos días en la Capilla Sixtina para elegir al nuevo papa. Esta llave es única, abre una habitación minúscula justo encima de esta; le diré cómo se llega. Hay una rejilla que da directamente sobre la capilla: desde allí usted podrá oír todo lo que suceda durante el cónclave.

El poco aire que los pulmones de Freud todavía lograban retener le salió silbando de la boca. De entre todos los pensamientos confusos que lo asaltaron se aferró a uno en concreto, pero, antes de poder perfilarlo, la voz tranquila de Roncalli resonó como un canon antiguo.

—Tenemos una fe tan grande que ni dos milenios de intrigas han logrado derribarla. Todo el palacio, las capillas, los pasillos y las habitaciones han sido creadas para que los secretos no sean tales, incluidos aquellos que ni siquiera Dios logra escuchar durante las confesiones. Debe ser por esto por lo que el padrenuestro dice: «Perdónanos nuestras deudas, así como nosotros perdonamos a nuestros deudores». Creo que el papa, con esta llave, quería saldar cuentas con usted por haberlo espiado. Ya no se le ha encomendado una investigación, doctor Freud, es una misión. En ese tabuco secreto usted verá y oirá sin ser visto ni oído si los votos del cónclave recaen en los tres cardenales.

—Ni lo piense, Angelo —siseó Freud mirando a su alrededor—. ¿De verdad se ha creído que voy a esconderme en un cuarto a pegar la oreja mientras se desarrolla una de las ceremonias más secretas del mundo?

—Creo que estará bien acompañado.

—¿Qué quiere decir? —preguntó Freud, aún más alarmado. A modo de respuesta, Angelo Roncalli le ofreció una sonrisa tan franca que a Freud le vino a la mente una patología que había detectado en algunos de sus pacientes, varones en su mayoría, que se parecía a una especie de paranoia alegre. A menudo no comprendían por qué motivo sus parientes insistían en que lo visitara, aunque se sometían a sus métodos sin poner ninguna traba. Es más, lo hacían con ese estupor divertido con el que vivían la vida cada día, un lugar lleno de belleza, de flores, de bondad y de generosidad.

Freud se había preguntado en más de una ocasión si era justo que la introspección psicoanalítica privase a estas personas de la ilusión de vivir en un mundo perfecto, obligándolos no solo a ver una realidad imperfecta y con frecuencia cruel, sino también a aceptarla.

—Quería decir que por ese cuarto han pasado papas y cardenales, hombres santos y príncipes. Había quien escuchaba y observaba para sacar algún tipo de provecho, pero también quien ayudaba al Espíritu Santo a discernir sobre las almas de los miembros del cónclave. Si ayudas al cielo, el cielo te ayudará.

Sí, Angelo estaba tan loco como sus alegres pacientes, y él también lo estaría si aceptaba su proposición. Sin embargo, aunque no era un santo ni un aprovechado, la idea de investigar esa especie de consciencia colectiva que era el cónclave, a pesar de todas sus objeciones, lo intrigaba.

—Lo comprendo todo. —Freud se quitó las gafas y las limpió con un pañuelo—. Y me siento halagado. Pero ¿qué sentido tiene todo esto? Si uno de los tres saliera elegido papa, ¿qué podría hacer yo? ¿Gritar desde la rejilla como si hablara la voz de Dios?

Angelo Roncalli suspiró, era el momento de desenterrar su último secreto, ese que no habría sido necesario revelar si León continuara vivo. Un secreto que el doctor Freud no agradecería y que quizá lo impulsaría a renunciar.

—Usted ha sido elegido por el papa no solo por sus indudables cualidades, sino también por otro motivo: su nacionalidad y sus conexiones con la corte austríaca.

Freud lo miró perplejo y en la frente se le formaron unas arrugas profundas. Se volvió a poner las gafas y se cruzó de brazos, con la cabeza gacha, como si quisiera apoyarla en un cepo imaginario.

—Hay una norma que existe desde hace siglos —prosiguió Roncalli—. Permite a los soberanos católicos del sacro imperio romano bloquear la elección de un papa. Se llama *ius exclusivae*. El último que ejerció este veto contra un cardenal italiano, en 1848, fue un emperador austríaco, Fernando, tío de su Francisco José. Solo él, de entre los monarcas actuales, puede ejercer tal privilegio. A cambio de algunas concesiones que ignoro, el papa ha obtenido del emperador la promesa de ejercer este antiguo derecho.

Roncalli esperó a que Freud asimilara la noticia, que había escuchado con una mueca, a medio camino entre la incredulidad y el fastidio.

—Espero que me haya comprendido, doctor, y que no se lo tome a mal. Cuando lo escogió, el papa León lo tenía todo previsto, y a través de usted ha puesto en manos de Dios la última esperanza para evitar que un hombre indigno y peligroso llegue a ser el primer papa del siglo xx.

La revelación de Roncalli lo hizo sentirse como un héroe mito-lógico que los dioses hubieran condenado a un castigo eterno. Un héroe porque le confiaban una misión, pero encadenado como Prometeo a una Iglesia que cada vez se parecía más a un Olimpo, donde las batallas entre dioses siempre terminaban en perjuicios para los hombres.

—Entonces —Freud escogió cada palabra con cuidado—, si me enterase de que uno de los tres cardenales estuviera a punto de obtener los votos necesarios para convertirse en papa...

—Tendría que intervenir el embajador austríaco en Roma, que ya está al corriente.

Freud agitó la cabeza con incredulidad varias veces, para que quedara claro que la propuesta de Roncalli era absurda. Pero este continuaba sonriendo.

—Créame —añadió con calma—. Es mucho más sencillo de lo que se piensa. El conde Szécsen, el embajador, ya tiene en su poder una carta firmada de puño y letra por su majestad imperial. Solo falta el nombre del cardenal que será vetado y completarlo, llegado el caso, será su tarea, doctor Freud.

—No, sigo sin entenderlo. ¿No sería más sencillo encomendarle esta tarea a un miembro del cónclave de la confianza del papa?

—En teoría tiene razón —respondió Roncalli con seriedad—. Pero si un cardenal o cualquier otro sacerdote revelase un solo particular sobre el cónclave, sería automáticamente excomulgado. Y eso nunca lo permitiría el papa. Usted es judío y ateo, doctor, y estas dinámicas que para nosotros son esenciales a usted no le afectan.

A cualquier observador distraído, la postura del doctor Freud le habría parecido la de un católico sinceramente devoto y angustiado por la muerte del papa: los dedos enlazados como si rezara, la frente inclinada ante sí y un ligero temblor de hombros, consecuencia de un llanto apagado. En realidad, Freud se reía. Una risa completamente inoportuna y por eso mismo irresistible.

Una risa nerviosa, sin duda, provocada por la cadena de pensamientos que la revelación de Roncalli había desencadenado. Hacía poco que había tenido entre manos un libro de un explorador italiano, un tal Beccari, en el que narraba sus terribles experiencias en Borneo entre cortadores de cabezas, orangutanes asesinos y flores carnívoras gigantescas. Este viajero podía haber estado en los lugares más peligrosos del mundo, pero nunca había estado en el Vaticano.

—¿Entonces, doctor? —lo apremió Angelo Roncalli—. El papa León ha pensado en todo, ¿no cree? Un hombre apacible, pero con la mente despierta y el corazón puro como el de un ángel.

—También Lucifer lo era. —Freud había logrado recomponerse y había vuelto a sentarse con la espalda pegada al banco.

—El portador de la luz —asintió Roncalli—. Como la luz de la masonería que usted practica. No era malo, solo un poco soberbio, y se equivocó —apuntó hacia arriba con el dedo— al oponerse al de arriba.

—¿Es una amenaza?

—No —respondió el otro con seriedad—. Nunca, jamás lo haríamos. Usted tiene libertad de decisión. Pero ahora debe decidir. Si acepta, lo que espero, le desvelaré cómo se llega a la habitación. Créame, es imposible que lo vean, la rejilla resulta completamente invisible en el fresco. Un truco de Miguel Ángel, encargado por el papa Clemente. No era casualidad que fuera un Medici.

El 31 del mes de julio, mientras la puerta de la Capilla Sixtina se cerraba tras los sesenta y cuatro cardenales llamados a elegir a un nuevo pontífice, Sigmund Freud, que ya había tomado su decisión, cerró con llave la puerta de su habitación y tomó de la mano a Maria, la criada.

29

Cuando Freud la acompañó a sentarse en el diván, sin soltarle la mano, lo primero que pensó Maria fue en qué ropa interior llevaba puesta. Un segundo después se avergonzó, pero los pensamientos, una vez que te vienen a la mente, son como los mosquitos. Los puedes aplastar, pero cuando quieres darte cuenta el daño está hecho. Él estaba quieto, en silencio, sin saber dónde mirar por no mirarla a ella. A veces, o a menudo, en realidad, los hombres no saben qué hacer, les entra el miedo de quedarse paralizados o de pasarse de atrevidos. Entonces le toca a la mujer dar el primer paso, y ella lo hizo, quitándose la cofia del cabello y poniendo la mano sobre la del doctor, apoyada en la suya. Freud inclinó la cabeza y ella esperó a que la levantase. No sabía si era lo que se estilaba entre los señores, pero su marido, a estas alturas le habría metido las manos entre los muslos. Del doctor se esperaba algo más y algo mejor.

Fuera se estaba nublando y Maria pensó en la ropa tendida. Así son los temporales veraniegos, llegan cuando menos te los esperas, descargan con violencia una lluvia reprimida y por lo general deseada, y luego se marchan con la misma rapidez que han venido. Un poco como los hombres, a veces. El reloj tocó dieciocho veces y con la última Freud suspiró.

—Maria...

—Sí, doctor.

—Maria...

—Aquí estoy.

236

—Sí, precisamente esta es la cuestión. —Freud se levantó, se sacó del bolsillo de la chaqueta un Trabucco, pero en lugar de encenderlo lo dejó en la mesa junto al diván. Después se cruzó de brazos y miró a la mujer a los ojos.

—Maria... —Se mordió los labios.

—Dígame, doctor, pero no me llame más por el nombre, parece que esté invocando a la Virgen.

La sonrisa que logró arrancarle a Freud le dio seguridad: al menos no se trataba de malas noticias. Él volvió a sentarse a su lado y la tomó de la mano.

—Creo que en cuanto el nuevo papa sea elegido, regresaré a Viena.

Ella ya lo sabía, pero al oírselo decir le entró cierta amargura.

—Quería decirle que lo lamento... Me hubiera gustado conocerla mejor. Saber más cosas de usted, de su vida, de a qué se dedica.

—Soy una criada, doctor Freud, nada más.

—No es cierto —protestó él—. Usted tiene una sabiduría extraña, hace sencillas las cosas más complejas, a mí me ha hecho reflexionar sobre algunas de mis teorías. Como si yo tratase de llegar a una solución a través de calles sinuosas y complicadas mientras usted traza una línea recta y da en la clave.

—Quizá porque soy una mujer y no sé hablar como usted, no conozco palabras difíciles. La vida ha sido mi única maestra.

—Sí, pero las mujeres que he conocido, aparte de mis pacientes, siempre se han limitado a escucharme. Pero usted rebate lo que digo, se atreve a objetar, propone.

—Será por culpa de mi desvergüenza —se rio Maria, pero luego se puso seria—. ¿Era esto lo que me quería decir? ¿Para esto ha cerrado la habitación con llave?

Freud retiró la mano y se quitó las gafas, luego las limpió con un pañuelo. Maria hizo ademán de levantarse.

—No, espere —le dijo—. Hay otra cosa que debo decirle. Temo que Crocifissa esté en peligro. Si el hombre que la ha acosado se convirtiera en papa alguna vez, su mera presencia, quizá por miedo al chantaje, podría representar un problema.

—Lo sé —respondió la mujer—. No soy estúpida, ya lo he pensado. Le he explicado a la superiora que mi hija no vendrá más a trabajar aquí. Le he contado que le han pedido la mano en matrimonio y que al novio no le gusta que trabaje. Así, si este alejamiento llega a oídos del acosador, sabrá que la chica ha elegido a otro. Crocifissa se ha enfurecido cuando se lo he dicho y esto me ha convencido más aún de haber hecho lo correcto.

—Sí. —Freud se mordió el labio—. Diría que es una decisión excelente. Pero el dinero le venía bien. Si me permite, querría contribuir...

Maria se levantó con decisión del diván con las manos cruzadas sobre el delantal. Le entraron ganas de llorar, pero se tragó las lágrimas y se llamó estúpida mentalmente.

—Ahora me ofende, y no es la primera vez. No ponga esa expresión, por favor, también es un insulto a su inteligencia y a su sensibilidad, o eso creo. Porque pienso que usted la tiene, doctor, que bajo esa fachada severa usted tiene alma, aunque no crea que exista. Regrese a Viena, doctor, lo antes posible. Espero que haya entendido lo que ha sucedido entre estas paredes viejas y sucias, no dudo que encontrará la solución. Y no me refiero únicamente a la historia de esos dos jóvenes muertos.

Lo miró por última vez y se dirigió a la puerta.

—Maria...

La mujer se detuvo a unos pasos de la salida.

—¿Otra vez?

—Vuelva, se lo ruego.

Parecía la voz de un hijo más que la de un médico importante, de un hombre capaz de hablar con cardenales y papas, que tendría que haber sabido cómo funcionaba el mundo y, quizá sin querer, le había dado una esperanza absurda. El instinto maternal, ese que tantas veces la había engañado, la impulsó a acercarse al hombre.

—Soy un imbécil —dijo Freud con la cabeza gacha—. Porque con todo lo que considero que sé sobre el alma humana, sobre la psique, continúo tropezando con mis errores. Me haría falta un doctor

Freud que me tratase. De verdad, no bromeo. Es lo que decía hace un momento, yo le doy vueltas a las cosas y usted va derecha al punto. Sea como sea, me gusta haberla hecho reír, como antes usted ha hecho conmigo.

Un relámpago de luz fría y un trueno coincidieron con una ráfaga de viento que abrió de golpe las hojas de la ventana y rompió los cristales. Un instante después, cayó del cielo una tromba de agua y comenzaron a entrar en la habitación goterones de lluvia. Salieron volando algunos papeles del escritorio y la lámpara comenzó a balancearse. Maria ya se había levantado y corrió a cerrar las persianas, mientras los cristales chirriaban bajo sus zapatos.

—Espere que la ayude, tenga cuidado de no cortarse las manos.

Se pusieron a recoger los fragmentos desperdigados por el suelo uno junto al otro mientras, en el exterior, el temporal descargaba su breve cólera. Estaban agachados en el suelo, cada vez más cerca, hasta que sus hombros se tocaron. Ninguno de los dos hizo gesto de alejarse, tampoco de ir más allá. Cuando Maria se giró para mirar a Freud, él ya la miraba. A gatas, se sonrieron y se aproximaron, impulsados por esa fuerza dulce que nace del abandono. Así, con los ojos cerrados, los labios apenas se rozaron. Un golpe de tos obligó a Freud a apartarse y ella, apoyándose en los brazos se puso de pie, con algunos fragmentos de cristal en la mano. Freud se sentó en el suelo, apoyó la espalda contra la pared, se llevó el Trabucco a la boca y se dio cuenta de que le temblaba la mano al encendérselo. Miró a Maria, que había terminado de recoger los trozos y tirarlos a la papelera.

—Más tarde la vaciaré —dijo la mujer con un hilo de voz, sin mirarlo.

—Maria...

Ya no sabía qué quería decirle, tampoco le importaba. Se acercó a él, se acomodó a su lado y dejó que la abrazara. Mientras el puro rodaba por el suelo, Freud le apartó el cabello de la frente. Los besos que siguieron a continuación vinieron acompañados de sonrisas y de miradas, y a medida que se hacían más intensos llegaron los leves gemidos de ella y la respiración entrecortada de él.

Ninguno de los dos se atrevió a hablar ni a cambiar de postura, habría bastado una palabra para romper un hechizo tan frágil. Cuando Maria se acurrucó como una niña, él comenzó a acariciarle el pelo y los pensamientos vagaron libres, tan ligeros que se maravilló. Como si el abrazo que los unía fuera tan compasivo que liberase la mente, aunque habría podido decir alma, de todos los pesos, de todos los juicios, de cualquier superestructura.

Sin necesidad de elaborar mucho, Freud tuvo una especie de iluminación sobre la simplicidad de la naturaleza, la voz del Yo más oculto, del Ello, como lo había llamado. Si era cierto que todo nacía de las pulsiones sexuales, del instinto de procreación o de creación, que era lo mismo, había algo más en la profundidad de la psique, algo más que también sentía. Quizá tendría que revisar todo aquello que había escrito sobre la estrecha relación entre Eros y Tánatos, ¡Sí, la Muerte! En ese momento Eros estaba acompañado de una dulcísima y desconocida tranquilidad.

—Me he equivocado completamente —dijo a media voz.

Maria se puso seria e intentó levantarse, pero él la retuvo. Esta vez había pillado al vuelo la reacción de la mujer. Era increíble cómo la serenidad agudiza la percepción.

—No contigo —añadió, tuteándola por primera vez de manera consciente—. Sino con algunas cosas que he escrito recurriendo a mi consciencia y a mi raciocinio, esas dos estafadoras.

Al oír estas palabras Maria se relajó de nuevo y Freud continuó hablando.

—También me he equivocado al juzgar a mi padre. En una ocasión me contó que, cuando era joven, se encontraba leyendo el Talmud cuando un gentil, es decir, un cristiano, al verlo con el libro en la mano, le quitó el sombrero y lo arrojó al suelo, al barro. Yo le pregunté horrorizado cómo había reaccionado, y él me respondió que se inclinó y recogió el sombrero, sin decir nada. Lo odié por no haber reaccionado, lo consideré una debilidad imperdonable, y no entendí ni siquiera por qué motivo me había contado una historia tan ruin. Durante toda la vida he pensado que se había comportado como un cobarde, pero ahora lo he entendido. El otro estaba lleno de rabia, mientras que él estaba en paz, de modo que el otro era el débil y él era el fuerte. En la actitud de mi padre no había debilidad ni superioridad, solo la tranquilidad de haber hecho lo más justo, de saber lo que hacía, seguir leyendo el Talmud sin que nada pudiera distraerlo de aquella condición de felicidad. Se parece un poco a hacer lo más justo en el momento adecuado: este es el significado profundo de la existencia para nosotros los judíos, y yo la estoy alcanzando.

—¿Conmigo?

—Sí, contigo. Y no solo contigo. Ahora sé lo que tengo que hacer, lo sé en mi interior. Y me gustaría que lo hicieras conmigo. Es un secreto —sonrió—. Pero me gustaría compartirlo.

—¿Qué quieres hacer?

Así, Freud le contó, con la sencillez de un niño que habla de castillos, caballeros y dragones, aquello que le esperaba en las próximas horas y, quizá, en los próximos días. Le habló del cuarto escondido detrás de la pared central de la Capilla Sixtina, de la rejilla negra que se confundía con la única mancha negra del fresco, la túnica del hombre que reza, con un improbable cabello azul como el cielo. Una broma que escondía un secreto. De la posibilidad de escuchar los secretos del cónclave y los juegos de poder que los poderosos de la tierra entablaban desde hacía siglos. Ella, al comienzo, se tapaba los oídos y sonreía, asombrada como una niña. Pero cuando le reveló la posibilidad de intervenir para impedir el nombramiento de un papa, Maria negó con la cabeza con decisión.

—Estás loco... No, quizá tú no, pero sí los que hayan organizado todo esto... Dios mío, me da vueltas la cabeza. Te lo ruego, no puedo, solo de pensarlo me lo hago encima... Qué miedo, imagina que nos descubren.

—Nadie podría; de haber alguien con el poder de entrar en aquella habitación, si es que alguien conoce su existencia, estará prisionero en el cónclave. Y en cuanto a la guardia, parece que tenemos buenos amigos dentro.

—Pero ¿por qué quieres que te acompañe?

—Es una buena pregunta. —Maria no le había visto nunca esa luz en los ojos—. Pero no sabría responderla. Quizá solo por el placer de tenerte cerca, ese sería ya de por sí motivo suficiente, y también pensar que algún día nos reiremos de todo este gigantesco... embrollo, que no podremos contarle nunca nadie.

La sonrisa de la mujer estaba completamente desprovista de alegría, el entusiasmo de Freud parecía el de un niño que pregunta y espera que le dejen montar en uno de los caballos del circo, aunque quizá se emberrinche si no lo escuchan.

—Algún día... —repitió ella, serena—. No creo que ese día llegue a existir. Todo esto es una locura, doctor Freud. Si algo se torciera, tú te librarías, eres un profesor, un ciudadano austríaco. Yo solo soy una mujer romana, una sierva, con una madre y una hija, y ningún hombre.

Cada vez que creía que Maria se acercaba, volvía a alejarse. El típico y maldito síndrome de Tántalo. Cuanto más se necesita algo, más se aleja. Era inútil echarles la culpa a los antiguos dioses del Olimpo. Los actuales habitan en nuestra consciencia.

¿Qué le había dicho Roncalli? Que había llegado la hora de las decisiones, aunque no esperaba tener que tomarlas todas a la vez. Por otra parte, es precisamente esto lo que nos exige la vida, elegir, de lo contrario el libre albedrío humano sería una bufonada. Ya había pensado en lo que estaba a punto de decir, pero después había descartado la hipótesis. Por miedo, por falta de valor para mirar al sol de frente. Y cuando le había dicho que regresaría a Viena y ella lo había mirado así y todo lo demás... «Sé un hombre, Sigmund, no un profesor».

—Cuando todo acabe, me gustaría que vinieras a Viena conmigo.

Por fin lo había dicho, con todas las consecuencias que implicaba. Miró a Maria, imaginándose ya su rostro radiante.

No lo entendió cuando la vio llevarse la mano a la boca. Y tampoco cuando le lanzó una mirada furibunda.

—A Viena, contigo —repitió ella casi con hastío—. ¿En calidad de qué? ¿Criada? ¿Amante? ¿Secretaria para todo? Y Crocifissa, ¿trabajaría para algún colega tuyo, o habías pensado en que estudiara?

A duras penas habla italiano. En Austria... —Levantó los ojos al cielo—. No tengo claro ni dónde está.

Cuando vio la boca entreabierta y la frente arrugada de Freud, medio dolido, medio asombrado, Maria suspiró. Una ráfaga de aire fresco entró en la habitación, parecía que el viento había disipado el temporal, y llegaba acompañado de un intenso olor a resina.

—Lo pensaré —continuó la mujer—. Pero ahora creo que debes prepararte. Irás solo a esa habitación, de eso no me has convencido. Yo iré en busca de Crocifissa, a ver cómo está ese terremoto y si me necesita. Ella es lo más importante para mí.

Cuando Maria quitó el pestillo y se marchó, Freud sacó un Reina Cubana y lo encendió. Aunque aspiró un aroma avainillado y dulce, le dejó un sabor de boca amargo.

30

Esa tarde, al conde Nikolaus Szécsen von Temerin, embajador de Austria y Hungría para la Santa Sede, lo despertó su asistente de la siesta. Era el último día de julio y el canto continuado de las cigarras, con sus graves y sus agudos, le había interrumpido el descanso otras veces.

—Excelencia, acaban de cerrar la puerta de la Sixtina. El cónclave para elegir al nuevo papa ha dado comienzo. La primera votación será mañana por la mañana.

El caballero se llevó la mano al pecho y se aseguró: en el interior de la chaqueta conservaba un telegrama cifrado del emperador que se sabía de memoria, lo había leído diez veces por lo menos. *Rigurosamente secreto. Se ruega descifrar personalmente...* En caso de que el eminente profesor Freud les trasmitiese la posibilidad de que uno de los tres nombres indicados saliera elegido, lo incluiría en la carta que le entregaría de inmediato al cardenal Puzyna.

Nada más fácil; por los agujeros del cónclave podía colarse hasta un húsar a caballo. Llegados a ese punto, le habría rezado a la Virgen Odigitria de Màriapòcs que le iluminase el camino al cardenal. No se fiaba de aquel pusilánime, y si no cumplía con su deber, la culpa recaería en la embajada, es decir, en él. Francisco José no perdonaba los errores a nadie.

Entretanto, en la basílica de San Pedro acababa de terminar la *Missa pro eligendo Romano Pontefice* y los cardenales electores, vestidos con hábito coral, muceta cárdena y birrete escarlata, caminaban lentamente en procesión mientras entonaban el *Veni Creator Spiritus*. Con ese antiguo himno litúrgico invocaban al Espíritu Santo para que descendiera sobre ellos, pero sin hacer demasiado ruido, con delicadeza. Había bastante trasiego, entre miradas, conciliábulos, acuerdos seguidos de desacuerdos y esas bendiciones recíprocas con la mano que parecían más bien gestos de advertencia o de amenaza.

Los nobles prelados pasaron ante la Capilla Paulina, donde más de uno levantó los ojos a la majestuosa *Crucifixión de Pedro* que había pintado Miguel Ángel; podía tomarse como un recordatorio de que la misma suerte del primer papa podía aguardarle al próximo, quizá no de aquella manera tan cruenta. Por otra parte, casi todo el mundo, ya en aquellos tiempos, tenía ganas de crucificar al nuevo pontífice, desde el rey de Italia hasta los socialistas, de los austríacos a los franceses, por no hablar de los masones; y muchos habrían preferido continuar cómodamente paladeando un licor en la tranquilidad de su sede antes que pensar en quién debía ocupar el trono del pobre san Pedro mártir.

Tras abandonar el frescor de la Capilla Paulina, la larga fila de purpurados, que oscilaba como un cañaveral al viento, enfiló la Sixtina, más caliente que un horno. El camino al paraíso parecía pasar por el infierno.

También Sigmund Freud estaba experimentando una especie de ascensión al Gólgota. Subía por una escalera estrecha y empinada entre dos gruesos muros de piedra desconchados. Levantó la vista y, por un segundo, la perspectiva lo engañó: en lo alto de las escaleras parecía erguirse un gigante multicolor plantado con las piernas abiertas en actitud amenazadora. Lo habría tomado por un *golem* de haber estado en Praga. Redujo el paso y, en la sonrisa que el titán le devolvió, reconoció el rostro rubicundo de Pierre Girard, el guardia suizo-francés.

—*Bonjour*, doctor Freud, bienvenido a la cima del mundo.

—Buenos días, Pierre —respondió medio jadeando. Ya no estaba acostumbrado a subir tantas escaleras, pero la falta de aliento tenía más que ver con el ansia de fumar o con la edad.

—¿Tiene la llave, doctor?

Freud la sacó del bolsillo del chaleco, en el que se transparentaban las manchas de sudor que no le pasaron desapercibidas al guardia.

—Me permito sugerirle que se quede en mangas de camisa; el calor podría hacerle perder el sentido, no creo que el agujero esté muy ventilado.

Justo lo que necesitaba, y a eso habría que sumarle la ligera claustrofobia a la que tanto le costaba sobreponerse y el calor de Roma, por no hablar de las mariposas que parecía que se habían reunido en su estómago en la estación del amor. ¿Y si tenía que ir al baño?

—Gracias, Pierre, usted siempre dándome ánimos.

El guardia se apartó y, sin mirarle a la cara para entender si había pillado la ligera ironía de sus palabras, Freud giró la llave en la cerradura. Un olor rancio y a barniz le golpeó el estómago y le costó trabajo acostumbrar la vista a la penumbra. Solo faltaba que no hubiera luz, esa todavía no se le había ocurrido.

—Yo me quedaré fuera, de guardia —dijo Pierre Girard echando un vistazo al habitáculo para sacar la cabeza de inmediato—. Si necesita cualquier cosa, cuente conmigo.

Como cerró la puerta a sus espaldas, Freud descubrió la única comodidad que aquel agujero, como lo había llamado Pierre Girard acertadamente, podía ofrecer. Un escabel de madera pegado a la pared opuesta a la rejilla. Encendió un fósforo para echar un vistazo y, al advertir una pequeña palanca, lo apagó de inmediato. Ya notaba la falta de aire, y el azufre, además de evocar visiones infernales, consumiría el poco que podía respirar. Freud tiró de la palanca, la rejilla se abrió y un chorro de luz entró en el cuartillo junto con una ráfaga de aire. Al menos no moriría asfixiado.

En ese momento notó un zumbido apagado, como una colmena a punto de escupir a su ejército de exploradoras a libar el néctar de las flores. Los miembros del cónclave eran como las abejas, una especie de superorganismo, un enjambre en el que los individuos no estaban capacitados para vivir solos, pero todos juntos formaban una potente estructura. Como si una reina invisible las hubiera mandado callar, el zumbido cesó en cuando el camarlengo cerró tras de sí las puertas de la capilla. Freud se quitó las gafas; no veía más que manchas rojas, pero reconoció de inmediato el tono áulico de Luigi Oreglia di Santo Stefano.

—Queridísimos hermanos, la difícil tarea que nos espera solo es inferior a la pasión de Nuestro Señor. Sé que a alguno de vosotros os guiará la mano de Dios, como sé también que a veces el demonio se presenta bajo las formas más peregrinas. —La última frase del camarlengo fue recibida con un murmullo que más de un cardenal comentó con desaprobación, volviéndose hacia su vecino. Como si osara confundir la voz de Dios con la de su adversario, o peor, que alguien fuera tan idiota como para confundir una cosa con otra.

—Comprendo vuestro desconcierto —prosiguió Oreglia—. Pero con estas palabras pretendo recordaros, hermanos, que en estos tiempos peligrosos nos hace falta un papa que ejerza la política, patrimonio del demonio, que es un medio, pero no un fin. Recemos, pues, para invocar al Espíritu Santo.

Cuando el coro de cardenales llegó a la tercera estrofa, en la que el dedo de Dios irradiaba los siete dones, que se correspondían con los siete brazos del candelabro judío, a Freud le entraron unas ganas imperiosas de fumar. Parecían tan enemigos, los judíos y los cristianos, cuando en realidad poseían los mismos símbolos y, presumiblemente, compartían al mismo Dios. Dos estrofas más tarde, invocaron la mano invisible que protegía de todo mal.

Si de verdad el cabrón que había provocado la muerte de los dos jóvenes creía en Dios, Freud se preguntó bajo qué sotana roja se escondía. Uno de los hombres que ahora cantaba alegremente el *Veni Creator* había acosado a Crocifissa. De haber existido de verdad un Dios omnipotente, seguramente lo habría fulminado con un rayo, quizá disfrazado de ataque de apoplejía. Esperaba que no fuera algo demasiado espectacular, más que nada por preservar la maravillosa

Capilla Sixtina y de paso su persona, prisionera de aquel incomodísimo doble fondo.

Cuando cesó el canto, llegó a oídos de Freud un ruido de ropajes que crujían, pisadas y murmullos. Al aproximarse a la rejilla, notó que los cardenales se marchaban. Esa tarde no habría ninguna votación.

—Por hoy, nada, Pierre —dijo.

—Hasta mañana, doctor Freud —respondió el guardia con una sonrisa.

Pasó ante él con rapidez, con un oscuro Bolívar enganchado entre el índice y el corazón de la mano izquierda. Su perfume a frutos secos lo había atormentado durante la hora más larga de su vida, en ese agujero, escuchando sin poder intervenir.

Bajó las escaleras con unas ganas locas de darse un baño: era necesario, después de haber sudado tanto, antes de presentarse en casa de Maria. Todavía no sabía qué le diría, pero algo tenía que hacer para quitarse de encima esa especie de remordimiento que sentía cuando discutía con su mujer, no tanto con Minna. Traicionar a Martha con su hermana le había inquietado mucho, pero solo por las posibles consecuencias del escándalo que se habría montado si se descubriera una relación así. Todo nacía del principio de consolación que, de una manera u otra, requería del secretismo, porque el mal que se derivaría de hacerse pública la aventura habría sido superior al placer obtenido por la consolación. Por otra parte, entre sus colegas cirujanos era casi obligatorio fornicar con la enfermera que los asistía durante la operación. Era una forma de descargar tensión, algo que nunca habría podido comprometer su estatus matrimonial.

Pero ahora era diferente, lo que sentía por Maria era distinto, tanto como para llevarlo a creer que quizá fuera posible una nueva vida con esa mujer italiana. Pero ella tenía razón: jamás habría podido llevarla a casa como su criada. Y menos aún como ayudante, un papel que ocupaba Minna. Quizá como segunda mujer, sonrió, pero Francisco José, católico a ultranza, no habría consentido nunca introducir esa bendita costumbre islámica en su reino.

La decisión estaba tomada, no se arrepentía de lo que estaba a punto de hacer y, sobre todo, no tendría ningún remordimiento por no haberlo intentado. Golpeó con el bastón de Malaca un adoquín de pórfido negro con el que había estado a punto de tropezar. El mero hecho de presentarse en la bodega sin haber sido invitado le daba la ventaja del factor sorpresa. Le propondría a Maria viajar juntos al sur, quizá a Pompeya, donde podría mostrarle los antiguos vestigios de aquella ciudad muerta y así vencer sus últimas resistencias. En esa especie de luna de miel *ante litteram* habría entendido si se podían redefinir los papeles para adecuarse a una vida en común. Y el aspecto sexual, que no dudaba que sería más que satisfactorio, constituiría la guinda de todos sus razonamientos. Si alguna cosa se torcía, habrían sido unas hermosísimas vacaciones para los dos. Sobre todo, se alegraba de poder ser sincero consigo mismo.

31

Roma, 1 de agosto de 1903

Sus pasos eran lentos y mesurados, uno detrás de otro, por el borde exterior de las baldosas, aunque era importante no pisar las juntas. Caminando inclinado y con las manos a la espalda, el cardenal parecía atormentado. Los demás, con los que compartía el camino hacia la Capilla Sixtina, lo interpretaron como la angustia del hombre llamado a realizar una sagrada tarea que parece superior a sus fuerzas. Algunos le ponían la mano en el hombro, otros le tocaban el codo. Solo uno lo saludó por su nombre, pero él ni siquiera se giró. Su mente estaba concentrada en los movimientos del tablero que tenía delante, cada movimiento podía ser el decisivo, aquel que lo condujera al poder. Y con él habría conquistado la libertad. Se vería libre de sospechas de ese engorroso episodio por el que el loco de León había traído al doctor Sigmund Freud. Pero también tendría libertad para vivir, quizá con mayor prudencia, sus deseos o sus obsesiones, como las habría llamado el médico vienés.

Se había equivocado al fiarse de esos dos jóvenes idiotas, sobre todo de él, que no había sido capaz de respetar el trato y había preferido encontrarse con la muerte antes que con la chica. Y había infravalorado la influencia de Freud sobre la madre de la muchacha, que estaba embobada con el doctor. Él también era una buena pieza: quién sabe si con la excusa de ver a la madre no pretendía beneficiarse a la hija.

* * *

Sigmund Freud llevaba toda la noche mascando tabaco, porque le molestaban hasta los puros. No lograba comprender por qué la bodega estaba cerrada y nadie había respondido a sus timbrazos insistentes a la puerta de la casa, rayando la mala educación. En realidad, había superado ese límite y se había puesto a gritar el nombre de Maria en mitad de la calle como un borracho cualquiera. La posterior visita al prostíbulo Madama Margherita lo había decepcionado, y en ese caso sí que había sentido remordimientos, ya fuera por las cinco liras tiradas a la basura o por la consolación fallida.

Por la mañana, después de haber logrado conciliar el sueño cuando ya alboreaba, compró en la farmacia vaticana unas píldoras Pink de las que tanto se anunciaban. Quería librarse de la jaqueca que lo había asaltado apenas abrió los ojos. Después, lleno de preocupación por saber qué le había sucedido a Maria, y sin ningún interés por la tarea que le esperaba, subió las angostas escaleras que lo conducían al receptáculo. Se quitó la corbata, deshizo un Reina Cubana y continuó masticando tabaco hasta que le entraron náuseas.

—¡Rampolla!

Freud se espabiló al oír ese nombre y reconoció la voz aguda del cardenal Oreglia, que había comenzado el escrutinio. Cada vez más atento, comenzó a anotar los votos que se sucedieron con una lentitud exasperante. Al final, mientras el humo negro salía por la chimenea de la Capilla Sixtina, Freud contó los votos. Ningún papable había conseguido el *quorum* de cuarenta y dos votos necesario para la elección, pero el nombre de Rampolla había sonado veinticuatro veces y el segundo, el del cardenal Gotti, solo la mitad.

Le entró un sudor frío, estaba sucediendo lo que se temía. Sin embargo, como había dicho Roncalli, la primera votación podía ser un movimiento táctico, para después desviar las preferencias hacia otro candidato. Después de un consomé caliente en el comedor, casi desierto, regresó al abrigo del reverso de las pinturas de Miguel Ángel.

El segundo escrutinio, por la tarde, le pareció mucho más rápido que el primero, de tal manera que le costó trabajo apuntar los nombres. Gotti había recuperado cuatro votos y alcanzó los dieciséis y Rampolla ganó otros cinco. Y en ese momento, teniendo en cuenta su poder como secretario de Estado, no habría tenido dificultad para convertirse en papa.

Era uno de los tres: Oreglia había tenido pocas preferencias y De Molina y Ortega no había sacado ni uno. Era uno de los tres: uno de ellos era el culpable, quizá el propio Rampolla, el más laico, el más potente, el que más experiencia del mundo tenía. A él le tocaba detenerlo.

Pierre Girard lo miró de hito en hito al verlo salir con la cara desencajada. Freud limpió sus gafas con un extremo del pañuelo.

—Ya está —le dijo—. Mañana elegirán a Rampolla.

—Adelante, doctor, ahora le toca a usted. Augusto lo espera junto a la puerta de Santa Ana.

El gendarme le pareció salido de las ilustraciones de una de esas novelas por entregas que narran el ciclo de los Nibelungos y que el genio Richard Wagner había hecho famoso. Girard sería Wotan, el padre de los dioses que habitaban el Valhala, que podría representar el Vaticano, y él interpretaría a Sigfrido, el héroe involuntario.

Cuando bajó a la explanada por detrás de los jardines, el motor del Darracq ya estaba arrancado. Augusto metió la marcha y las ruedas derraparon sobre la grava. La barrera de la puerta de Santa Ana se alzó al oír el rugido furibundo de los cuatro cilindros, antes incluso de que el automóvil apareciese. Con los ojos pegados a la hoja donde había recogido las votaciones, Freud se dio cuenta cuando llevaba ya diez minutos en el coche de que no le había dado a Augusto ninguna indicación de dónde tenía que ir. Pero el silencioso Augusto parecía saber el camino y también que el tiempo apremiaba. Adelantaba a carros y bicicletas con virajes repentinos mientras el coche levantaba nubes de polvo que despertaban imprecaciones y maldiciones por parte de cocheros y caballeros.

Menos de una hora después, el asistente del conde Nikolaus Szécsen von Temerin, embajador de Austria y de Hungría, se puso las gafas de motorista, se caló un gorro de cuero y se montó en la potente Slavia, que solo él sabía pilotar. Dentro del chaquetón militar custodiaba una misiva firmada nada más y nada menos que por el emperador Francisco José. Gracias al salvoconducto diplomático, la potente motocicleta de dos cilindros superó la aduana del reino de Italia sin problemas y llegó tronando a los jardines del Vaticano. Tras recibir el santo y seña entregó el documento precintado al camarero de su eminencia el cardenal Ian Puzyna, obispo de Cracovia. Unos minutos después, el mensaje llegaba a las manos temblorosas del alto prelado. Este se encerró rápidamente en su celda.

—¡San Casimiro bendito! —exclamó en voz alta después de leerlo—. Ahora sí que estoy en apuros.

Ya sospechaba cuál sería el contenido, pero solo de ver escritas aquellas palabras, en negro sobre blanco, con tantos sellos imperiales, se sintió desfallecer y se postró en el reclinatorio.

—No estoy excomulgado —dijo en voz baja mirando el crucifijo que tenía ante él—. Yo no he dicho nada, Señor, solo obedezco a una autoridad superior. Pero tú eres la máxima autoridad, dime qué he de hacer.

A falta de instrucciones de las alturas, Puzyna entendió que debía ponerse en manos de quien estaba un peldaño por debajo en la jerarquía, es decir, del emperador de Austria. Por qué le habían elegido a él le resultaba un misterio, pero la Iglesia estaba plagada de ellos; de hecho, se basaba en que Dios es un misterio para todas las criaturas salvo para sí mismo. En cualquier caso, no era el momento de disquisiciones filosóficas ni teologales: le había tocado llevar esa cruz. El veto de su majestad el emperador del Sacro Imperio Romano frente al eminentísimo secretario de Estado Mariano Rampolla, con grandes posibilidades de ocupar el solio pontificio. Él era solo un mensajero, aunque ignoraba el motivo: ahí estaba otra vez, el misterio.

Sentado en su despacho, que sería suyo por poco tiempo, Sigmund Freud sentía que le había abandonado la energía. Conocía ese síndrome, la llamada depresión post parto, típica de las recién paridas. Ahora que todo había terminado, quizá había salvado al niño, pero no a sí mismo. Las cigarras cantaban, el hibisco blanco bajo la ventana estaba en plena floración y una lagartija en el alféizar disfrutaba de los últimos rayos de un sol todavía cálido. Sintió una punzada de hambre, pero al mismo tiempo no tenía ganas de comer, como si debiera castigarse.

Llevaba sin tener noticias de Maria casi dos días, era probable que no volviera a ver a Roncalli y un día de estos recibiría una visita de algún funcionario que lo invitaría cortésmente a marcharse. Después de seis semanas de estancia en Roma intentó hacer balance, pero se sacó ese pensamiento de la cabeza. El único resultado positivo, nada desdeñoso, había sido el económico. Sus estudios, por el contrario, habían retrocedido un poco, afectados por los resultados infructuosos de las sesiones con los tres cardenales, y a veces habían sido puestos en duda por las simples observaciones de una mujer; una criada, a fin de cuentas.

Hurgó con los dedos en el humidificador, buscando entre los puros uno que lo pudiera sacar de su tristeza, y optó por un Monterrey. Casi podía mascar el humo, y la dulzura apenas cremosa, unida a la fuerza noble del sabor, lo llevó al borde de las lágrimas. Podría anticipar su partida, que Rampolla saliera elegido o no le interesaba poco, en cualquier caso. Un papa era igual que otro y él ni siquiera era católico. Si al menos hubiera sido creyente, habría podido rezar, pero no habría sabido a quién dirigirse ni qué oración entonar.

—*Adonai, Adonai* —declamó, sin mucho convencimiento.

Entre todas aquellas oraciones que había aprendido de pequeño debería venirle alguna a la cabeza. Estaba el Amidá, que iba bien en cualquier ocasión, pero se debía entonar de pie mirando hacia Jerusalén. Él estaba sentado en el sillón, no tenía ni idea de por dónde quedaba Jerusalén y apenas recordaba alguna palabra suelta. Del Mitzvá solo sabía que los seiscientos trece mandamientos procedían de los días del año más el número de las partes del cuerpo humano: una patraña colosal, desmentida por la anatomía, pero a nadie le importaba. También el sexo le parecía inútil, al margen de la triste experiencia en el prostíbulo italiano, y ni siquiera le apetecía masturbarse. Y pensar que ese ejercicio de consolación lo había ayudado tantas veces a superar los momentos oscuros.

Cuando ni siquiera la más potente de las pulsiones humanas lograba abrir brecha en el espíritu, solo podía significar dos cosas: o estaba muy próximo a un estado depresivo patológico o su teoría era errónea. Así, bajó a la farmacia y compró una botella de vino Mariani, el que llevaba coca de Perú y la cara sonriente de León XIII en la etiqueta. Se puso el pijama y se la terminó en dos horas, mezclándola con un frío Bolívar y un Liliputano que sabía a agua de mar. Antes de que las campanas llamaran a completas, la excitación, la fuerza física, la agudeza intelectual y los razonamientos apresurados mutaron en un estado que él mismo, si no hubiera estado completamente inconsciente, habría definido como catatónico.

32

Roma, 2 de agosto de 1903

El príncipe Ian Maurycy Pawel Puzyna de Kosielsko había elegido la carrera eclesiástica precisamente para evitar la obligación de defender en combate el honor de su antigua familia, de Polonia y de todo lo demás. El papel que blandía con indecisión le quemaba en la mano y habría cedido sus bienes antes de tener que darlo a conocer. Las votaciones se iniciarían dentro de un rato y el tiempo apremiaba. Cuando vio entrar en la Capilla Sixtina al joven De Molina y Ortega, se le acercó sonriente. Él le respondió con un gesto de la cabeza: una sonrisa amistosa, en ese ambiente, anticipaba una petición, no una oferta.

—Queridísimo hermano —comenzó Puzyna—, ¿os puedo pedir un favor?

De Molina y Ortega notó que lo cogía del brazo. No le gustó porque aborrecía el contacto físico con sus pares, aunque solo fuera porque ese trato, aunque no conllevara un interés, era melifluo y untoso, estaba cargado de hipocresía. Juntos se alejaron hasta los últimos bancos, los más apartados del dedo de Dios que insuflaba vida a Adán, o con el que le pedía cuentas.

—Dígame, eminencia —respondió De Molina con los brazos cruzados y respondiendo con un usted, en lugar de recurrir al vos—. Aquí no nos oye nadie.

Puzyna se mordió el labio y sacó la carta con el veto, doblada en cuatro, sin abrirla.

—Veréis, querido hermano —Puzyna continuó con el vos—. Soy el humilde e inocente portador de una carta que debe ponerse en conocimiento del cónclave sin dilación, o sea, antes de llegar a la próxima votación.

De Molina entrecerró los ojos y clavó esas hendiduras en las pupilas acuosas de su agitado colega.

—Explíquese mejor, se lo ruego; no comprendo dónde quiere ir a parar.

—Os suplico que la leáis. —Puzyna le entregó el papel—. Os agradecería que fueseis vos, con vuestra autoridad y la fuerza de vuestra juventud, quien se lo transmitiera a todos los cardenales.

Apenas leyó el contenido, De Molina notó que un escalofrío le recorría la columna, casi placentero a causa del calor que ya oprimía la capilla. Trató de devolverle la carta a Puzyna, que escondió las manos detrás de la espalda. De Molina no se descompuso y dejó caer la hoja, que ondeó en el aire unos segundos antes de posarse en el suelo. Mientras el obispo de Cracovia se inclinaba para recogerla, oyó las palabras del español, que resonaron en su oído como campanadas a muerto.

—Debo manifestarle a su eminencia que se trata de un ultraje a los derechos de la Iglesia. Lo mínimo que se puede esperar es que los cardenales reaccionen con indignación.

El revoloteo de la carta ya había atraído la atención de algunos miembros del cónclave, pero la voz estentórea y forzada de De Molina les había dado a entender que había sucedido algo grave. Con la cabeza gacha, sin levantarla, Puzyna retrocedió, mientras De Molina lo observaba con los brazos en jarras. Su actitud soberbia, completamente fuera de lugar en un momento en el que también se debía mostrar sobriedad y contrición con la postura, dio paso a las conjeturas más variadas. Que aumentaron de manera desmedida cuando Puzyna se acercó a Rampolla.

—Queridísima eminencia, prefiero ser yo quien os dé esta triste noticia, antes de que se divulgue *coram populo*, delante de todos.

Se le acercó al oído y le reveló el contenido de la carta. Rampolla lo observó con rabia y con un gesto decidido de la mano le ordenó que se alejara. Luego cogió una hoja de papel y garabateó algunas líneas de protesta. Ya imaginaba y temía al mismo tiempo que, cuando el cardenal Puzyna leyera la carta del emperador, los cardenales expresarían su solidaridad, pero no ignorarían el veto. El cónclave estaba hecho de esa pasta, de cualquier cosa menos del Espíritu Santo que debería haberles iluminado. El camarlengo estaba a punto de anunciar la votación, cuando Puzyna, que había encontrado el coraje, se levantó de su cátedra con la carta entre las manos.

—Tengo el honor, pues he sido llamado a esta tarea por un poder superior, de rogarle humildísimamente a su eminencia, como decano del Sagrado Colegio Cardenalicio y camarlengo de la Santa Iglesia Romana, que se haga eco de la siguiente información, la notifique y la declare de manera oficiosa —aquí se aclaró la voz—. En nombre de su majestad apostólica Francisco José, emperador de Austria y rey de Hungría, es deseo de su majestad hacer uso de un antiguo derecho y privilegio —aquí hizo una pausa y tomó aliento—, para declarar el veto de exclusión contra mi eminentísimo señor cardenal Mariano Rampolla del Tindaro. En Roma, a 2 de agosto de 1903.

Las paredes de la Capilla Sixtina temblaron bajo una ola de murmullos que se elevó hasta convertirse en un coro de protestas, entre la sorpresa y la indignación. Rampolla, con la cara encendida, se levantó de su cátedra y se alejó en dirección a la puerta, seguido de un nutrido grupo de cardenales, para avisar de que las votaciones se interrumpían. La voz de Oreglia se hizo oír por encima del resto.

—¡Deténgase, cardenal secretario de Estado, le ordeno que no salga!

Rampolla redujo el paso, obligando a que la comitiva se detuviera en seco; los de más atrás tuvieron que apoyarse en la espalda de los que les precedían para no caer. Al llegar a la puerta a la izquierda del fresco, se detuvo y se giró hacia Oreglia, desafiándolo a pesar de la distancia. Este lo señaló con el dedo. Rodeado de sus más fieles seguidores, entre ellos los purpurados franceses, Rampolla trató de entender la actitud del camarlengo. Esa orden, confirmada por el brazo que continuaba señalándolo, tenía una doble interpretación: podía significar la confirmación de su alianza, un movimiento astuto, pues con la ola de indignación habría atraído los votos masivamente a su favor. Pero ese tono, tan perentorio, también podía ser la manifestación de un cambio de tornas, como si Oreglia aceptase, o ya conociese de antemano, el *ius exclusivae*.

Furioso ante la duda, decidió regresar a su sitio, pues desobedecer habría sido contraproducente.

Cuando se hizo el silencio, Oreglia tomó la palabra.

—Antes de proceder a la votación, que cada uno evalúe según su conciencia si de las palabras del cardenal Puzyna se puede extraer que lo que menciona su majestad católica es un verdadero veto o solo un parecer. Y que exprese su preferencia en consecuencia.

Rampolla sonrió, tapándose la cara. Había infravalorado a Oreglia y había hecho mal en dudar de él: con aquel apunte, en la práctica el camarlengo insinuaba en el seno del cónclave la duda de que el *ius exclusivae* fuera un simple deseo del emperador y no una orden en toda regla, como en realidad parecía.

Durante la votación, en la que se nombró la preferencia como en las dos ocasiones anteriores, Rampolla trató de analizar los motivos del veto. Sus relaciones con el emperador de Austria nunca habían sido cordiales, pero se habían estropeado del todo cuando le negó la sepultura en tierra consagrada a su hijo Rodolfo, que se había suicidado. Una venganza, pues, con ciertos intereses, y completamente justificable.

A pesar de sus previsiones, no sacó ni un solo voto más. Y no lo consoló el hecho de que su mayor adversario, el cardenal genovés Gotti, bajase de los dieciséis a los nueve votos, porque el patriarca de Venecia, Giuseppe Sarto, sacó veintiuno, solo ocho menos que él. Y eso que aquella mosquita muerta lo había dicho claro.

—He venido con billete de ida y vuelta —había dicho *urbi et orbi*, a todos los miembros del cónclave—. Estoy seguro de que nunca aceptaré el papado, pues me siento indigno. Les pido a sus eminentísimas que olviden mi nombre.

Era obvio que su falsa humildad había cosechado distintos favores. El astuto que utiliza la modestia obtiene mucho más que el modesto que utiliza la astucia. Debía hablar con De Molina de inmediato, que parecía mantenerse al margen de cualquier bando. Quizá porque ninguno de los electores había tomado en serio su candidatura para el solio: demasiado joven y demasiado ambicioso. Si en las sucesivas votaciones De Molina dirigía a sus numerosos simpatizantes hacia él, nadie podría frenarle. Ni siquiera Dios, con el debido respeto.

Cuando oscureció y cesó el ruido de las conversaciones, se dirigió a su habitación, de puntillas, como si fuera un amante secreto. No era raro que, tras aquellas paredes, también en aquellas ocasiones, alguna amistad impropia derivara en tocamientos ilícitos. Sin embargo, De Molina también era su confesor, por tanto, aquella visita resultaba del todo legítima. La puerta no estaba cerrada con llave y entró.

—Que el Señor esté contigo, Joaquín, ¿podemos hablar?

—Y con tu espíritu, secretario. ¿Necesitas confesarte?

La pregunta, tan directa, acompañada de un tono de voz distante y sin el respeto amigable con el que siempre se dirigía a él, pilló por sorpresa a Rampolla, que se esforzó por sonreír de todas maneras. Quizá De Molina tuviese una crisis espiritual.

—No, gracias, quería debatir contigo el resultado de estas votaciones. Con toda franqueza: controlas al menos una decena de votos, a los franceses, a un par de españoles devotos y algún librepensador. Agradezco que hasta ahora te hayas mantenido al margen de las intrigas, pero ha llegado el momento de elegir.

Fue a encenderse un cigarrillo, pero De Molina levantó la mano e hizo un gesto negativo con la cabeza. Aquella segunda negativa le gustó menos todavía.

—Tendrás mi voto —respondió, seco y tranquilo—. No te puedo garantizar el de los demás.

—Entiendo —respondió Rampolla con una mueca.

Salió de la habitación con la impresión de llevar clavados en la espalda los ojos de obsidiana de De Molina, dos puñales negros que se le hundieron entre los omóplatos. ¿A qué venía este cambio de lealtades, era una crisis psicológica, un cambio de identidad? Si todavía anduviera en las inmediaciones, le pediría su parecer al doctor Freud. En el fondo, nunca le había desagradado y, además, era un hermano masón. Y de estos te puedes esperar una negativa abierta, una idea contraria, pero no una puñalada por la espalda en el momento más importante. Había que aguantar un poco más, un pequeño esfuerzo y lo conseguiría. Ahora, más que nunca, necesitaba a Oreglia.

33

Las esperanzas de Mariano Rampolla del Tindaro se desvanecieron cuando su nombre solo obtuvo un voto más, quizá el del propio De Molina. Gotti bajó a tres, mientras Sarto, ese hijo de un granjero y una modista, subió hasta veinticuatro. Las cartas ya parecían echadas cuando el cardenal Svampa tomó la palabra para anunciar solemnemente la lectura de un telegrama de Moscú, firmado nada menos que por el presidente de la sociedad eslava, un tal Arturo Tchrep Spiridovitch. Otro ilustre desconocido más.

—*Al tener agentes fieles en todas las ciudades eslavas* —leyó con voz estentórea—, *tengo el honor de advertirles, como ferviente católico, que la elección de un Santo Pontífice entre los cardenales favorables a Alemania provocaría la revuelta de treinta millones de eslavos católicos. Tal es la ira contra los alemanes, enemigos mortales de los eslavos.*

Terminada la lectura, el cardenal Svampa volvió los ojos casi llorosos hacia él, que se lo agradeció con un gesto de la cabeza. Pero el efecto sobre los demás miembros del cónclave, que venían ya servidos con el *ius exclusivae* del emperador Francisco José, de mayor envergadura, fue solo de hilaridad y obtuvo el efecto contrario.

Y, al día siguiente, un desencantado Rampolla comprendió que, salvo que mediara un milagro del Espíritu Santo, su elección estaba truncada. Decidió jugarse el todo por el todo probando a despertar el orgullo de los cardenales.

—Debemos sostener y defender la independencia del Santo Colegio y la libertad en la elección del papa —aquí se detuvo, girando la cabeza a derecha e izquierda—. Por ello, considero que es mi deber retirarme de la elección, y con ello también sigo la opinión formal de mi confesor —concluyó ambiguo.

Muchos sabían que el secretario de Estado se confesaba con el papa y con De Molina y Ortega; parecía evidente que era una manera de señalar al joven y potente prelado español. El cual, sin embargo, permaneció inmóvil, con la mirada perdida. Así, Rampolla perdió seis votos más, mientras que Sarto ganaba otros tres, superándolo con un sigilo felino. El milagro no llegó, el apoyo de De Molina tampoco y el diablo no metía mano, porque en el escrutinio sucesivo Sarto subió a treinta y cinco votos y él bajó a dieciséis. La humillación fue grande, tanto como la rabia de verse entre la espada y la pared, sin una vía de escape honorable: él, precisamente, el cardenal secretario. Los perros ya estaban listos para lanzarse sobre el macho dominante herido, pero eso era porque no conocían a Mariano Rampolla, de los condes del Tindaro, con nueve bolas en el escudo y dos leones rampantes enfrentados y coronados de oro.

En aquellos momentos, la angustia también atormentaba a Sigmund Freud, que se preparaba para partir y organizaba, solo mentalmente, las tareas por hacer. Pasar por el banco para preparar el talón que ingresaría en el Raiffeisen Bank de Viena, unos ahorros considerables, y comprar un regalo para Martha y Minna, quizá el mismo, para no tener favoritismos con la esposa ni con la amante. Empaquetar el polígrafo, que le había servido más para ganarse la confianza de Maria que para profundizar en los recovecos de la mente de los tres cardenales: un verdadero fracaso en ambos frentes.

Durante las últimas veinticuatro horas se había negado dos veces a aplacar la curiosidad que todavía sentía. Podría haber subido a ese tabuco detrás del fresco de Miguel Ángel para escuchar las nuevas votaciones, pero le parecía inútil, como inútil le parecía ahora toda la estancia en Roma, salvo por el dinero que había ganado, con gran facilidad profesional, pero con gran coste personal. Solo al oír la campana de la Sixtina, la tarde del día 2 y la mañana del 3 de agosto, había bajado a los jardines vaticanos para observar si la fumata era blanca o negra.

Al oír que llamaban a la puerta se sobresaltó, como si fuesen el verdugo y su séquito para acompañarlo en su última salida. Sin cabeza, no había dolor. Después imaginó encontrarse cara a cara con Maria, abrazarla y oír su voz diciendo que sí entre lágrimas. Por eso, tras abrir la puerta, ambas expectativas se vieron frustradas cuando se encontró de frente a una especie de sosias, médico sin lugar a dudas, sobre todo por el maletín de cuero, que era más útil que una tarjeta de visita.

—Perdone mi intrusión, doctor Freud —dijo el hombre con barbita, gafas y sombrero—. Querido colega, como ve, me permito llamarlo así. Soy el doctor Lapponi, para mí es un gran honor conocerlo.

Ahí estaba la prueba, no se había equivocado, era médico y con esa pinta de vivir holgadamente que siempre había temido. Le dirigió una sonrisa de circunstancias, de esas que desaniman a que el otro te pida un favor. Bastaba con sonreír con la boca y no con los ojos para dar a entender a tu interlocutor que te estaba molestando.

—Ha sucedido una terrible desgracia —continuó el hombrecillo; al menos le sacaba un palmo—. Los cardenales han sido envenenados. He venido como arquiatra de la corte para pedirle ayuda.

Freud se quedó con el puro colgando en un extremo de la boca y una ristra de conjeturas le atravesó la cabeza, incluida estar ante un loco mitómano.

—Querido Capponi...

—Lapponi —lo corrigió rápidamente el arquiatra.

—Sí, discúlpeme. Pero yo no soy médico, o sea, lo soy, pero no en el sentido que...

—No se preocupe, doctor Freud, conozco su especialidad. Lo conozco por su reputación y también he visto que se preocupaba por la salud de nuestro pobre papa León durante sus últimos días. Y si él tenía tanta fe en usted, no veo por qué yo iba a ser menos. Y, además, le confieso que, con el cónclave de por medio, cuanta menos gente de fuera se entere de los secretos de la Capilla Sixtina, mejor.

Lapponi terminó aquellas frases cómplices con un guiño del ojo y a Freud le dio la impresión de que el arquiatra estaba al corriente del habitáculo que había detrás del fresco de Miguel Ángel. Fuera como fuese, el juramento hipocrático lo obligaba a seguirlo. Mientras recorrían el pasillo que conducía a las celdas de los cardenales junto a la Capilla Sixtina, Lapponi le explicó a un Sigmund Freud cada vez más perplejo qué había sucedido.

Al menos cincuenta de los sesenta y dos miembros del cónclave habían caído enfermos de gravedad. Por los primeros síntomas que había podido observar en algunos de ellos, una forma grave de envenenamiento era lo más plausible. El trágico suceso era doblemente, no, triplemente grave, una palabra que Freud tuvo que pedir que le repitiera varias veces porque no la entendía. Por el hecho en sí, por el escándalo que podría derivarse y por la posibilidad de que se suspendiese el cónclave. Freud tuvo una intuición.

—¿No podría tratarse de un caso de histeria colectiva, un posible producto de la tensión?

—No cuando hay ríos de vómito y diarrea —repuso Lapponi, satisfecho de poder refutar la hipótesis un poco apresurada de tan ilustre colega—. Sin embargo, una reacción de este tipo es síntoma de que el veneno no ha entrado completamente en circulación, y de que los órganos internos están luchando para expulsar al invasor.

—¿Y quién ha envenenado a los cardenales?

Lapponi se detuvo y sonrió a Freud con una mueca enigmática. Después lo tomó del brazo y se arrimaron juntos a la pared del pasillo. No satisfecho, el arquiatra miró a su alrededor con los ojos entrecerrados y solo cuando se aseguró del todo de que nadie lo escuchaba, se dirigió a su famoso colega.

—Parece que está envuelta la... masonería. —La palabra le salió de la boca como un siseo—. La romana o la piamontesa. Deshacerse de los cardenales sería un gran golpe: en este momento descabezarían la Iglesia y puede que también el Vaticano.

Eso era un golpe bajo, estuvo a punto de objetar Freud. Era la típica propaganda católica contra los masones, que servía por igual para anarquistas y terroristas. Quizá hubo un tiempo, durante los movimientos revolucionarios europeos, en que algún hermano podría haber proyectado un atentado similar contra cabezas coronadas sacras o laicas. Pero con el despertar del nuevo siglo, era una idea simplemente ridícula.

—Pero yo no lo creo —prosiguió con un guiño Lapponi, que parecía haberle leído el pensamiento—. Creo que ha sido alguno de los cardenales. Un movimiento desesperado, quizá para impedir una elección no deseada. Conozco bien los secretos y los complots que anidan entre estos muros. Por supuesto, yo no le he dicho nada, querido colega.

Aunque nunca se le habían dado especialmente bien las matemáticas, Freud sumó rápidamente la información en su haber con lo que Lapponi le acababa de contar, entre hechos y suposiciones. Y concluyó que algo se había torcido. No solo eso. Que en toda esa historia él había sido la cerilla que había desatado el infierno, aunque fuera sin querer.

—Lo siento, colega —dijo Sigmund Freud—. Pero yo soy psicoanalista. Investigo la mente, no las vísceras que, de hecho, me repugnan. Le ruego que me disculpe. Adiós.

En el breve intervalo de tiempo que transcurrió entre la sorpresa y la decepción del médico italiano, Freud ya se había alejado con una sola idea en la cabeza. Encontrar a la única persona a quien podía confiarle aquella noticia.

Cuando salió por la puerta de servicio, la misma por la que había entrado la primera vez, encontró a Augusto sentado en el coche, con un puro torcido en la boca que apestaba el ambiente, impregnado de un caleidoscopio de aromas florales, pero también lo hacía más humano. Un Toscanello, sin duda, un puro que no le gustaba pero que tenía dignidad y personalidad. Estaba a punto de pasar de largo, dispuesto a caminar a paso ligero, cuando el bochorno lo envolvió en una ráfaga de polvo y dio media vuelta. Augusto le estaba dando a la manivela para encender el motor y Freud se sentó al lado del conductor, para mostrarle que tenía prisa.

—Al seminario mayor de la Pontificia, por favor. Lo más aprisa posible.

En cuanto doblaron la esquina de la puerta de Santa Ana, Augusto redujo la velocidad y echó el freno de mano.

—Si busca a Angelo Roncalli, ya no está allí —sentenció la voz grave y profunda de Augusto—. Está en un convento cerca del Ponte Rotto. A veinte minutos de aquí, puede que menos.

Freud sacudió la cabeza con incredulidad y asintió.

—Sí, gracias, vayamos a ese convento.

El Darracq avanzaba a toda velocidad por el paseo junto al Tíber entre nubes de polvo mientras Freud se asía al agarradero como si quisiera arrancarlo. El coche tuvo que frenar cuando quiso girar a la izquierda, dejando a sus espaldas el perfil de la isla Tiberina.

—Creía que era usted mudo. —Freud lo miró de soslayo sin dejar de mirar la calzada.

—Mejor fingir que lo soy. —Augusto ladeó el puro toscano con un movimiento rápido de los labios—. Así se escuchan más cosas. Ya estamos.

El coche viró en un claro verde que daba al Tíber y se detuvo ante un edificio que más que un convento parecía una fortaleza.

—No es este, está aquí cerca, pero es mejor que usted no se deje ver por aquí. Hay demasiados espías. Iré yo a ver —continuó Augusto, que parecía que le había cogido el gusto a hablar—. Mientras tanto, disfrute de la vista.

Con el viento, el Reina Cubana se había consumido antes de tiempo y el tabaco había acabado con un desagradable regusto a polvo. Quizá por eso, o por la emoción, Freud notaba la boca pastosa. Se asomó al parapeto del puente Palatino y arrojó la colilla al agua. Posó la mirada en las ruinas del antiguo Ponte Rotto, creía recordar que era el más antiguo de Roma. O quizá lo fuera el Sulpicio, del que no quedaba ningún resto. Eso era Roma: ruinas y desapariciones, un poco lo que le estaba sucediendo a su ánimo, y no solo a él. ¿Por qué entonces continuar, como estaba haciendo, cuando todo parecía inútil, destinado a confundirse, a disolverse como si no hubiera sucedido nunca? ¿Qué le había impulsado a denunciar a Rampolla antes y ahora a buscar a Roncalli para contarle lo que le había dicho Lapponi? ¿Y qué habría podido hacer el joven becario al que ya habían echado del seminario, sin la protección del papa?

—La caridad, señor.

—¿Disculpe? —Un mendigo con una gorra en la mano con algunas monedas dentro se había aproximado con aire suplicante—. Ya, la caridad —continuó Freud—. El amor por los demás.

—¿Cómo, señor?

—Sí, bien está el amor, pero ¿por quién? ¿Por la justicia? No crea, no existe. Por una mujer, eso es más probable.

El mendigo tenía la boca abierta, completamente perplejo.

—¿Sabe por qué estoy aquí en realidad?

El otro negó con la cabeza.

—He venido por el dinero y ahora no me quiero marchar porque me gustaría creer en el amor. Me gustaría que Maria estuviera orgullosa de mí, de lo que hago, del honor que no he sido capaz de ofrecerle. ¿Me entiende?

—No, señor.

—Discúlpeme, tiene razón. A veces no me entiendo ni yo, ni siquiera estoy de acuerdo con lo que pienso.

Del bolsillo del chaleco sacó algunas monedas sueltas. Luego se detuvo, volvió a guardárselas bajo la mirada triste del mendigo y sacó de la cartera un billete de cien liras. Con el rabillo del ojo vio a Augusto correr hacia él y el mendigo salió huyendo.

—Se han marchado todos —le dijo, con las manos en las rodillas para recuperar el aliento—. Justo esta mañana.

—¿Todos? ¿Quiénes? —preguntó Freud.

—Angelo Roncalli, y con él estaban Maria y su hija. Hay algo que no entiendo. Venga, lo acompaño al Vaticano.

El coche avanzaba lentamente entre los plátanos. Muchas hojas, apenas amarilleadas, pendían de las ramas blancas como manos cansadas, listas para caer con la primera gota de lluvia.

—¿Puedo hacerle una pregunta, Augusto, ahora que tenemos confianza?

Como el otro asintió, Freud prosiguió.

—¿Quién es usted en realidad? Aparece, desaparece y reaparece en los momentos más impredecibles. Como el mes pasado. Al salir de una sastrería lo vi golpear a un hombre. Solo me di cuenta de que era usted después, pero no lo he olvidado.

—Esperaba que no me hubiera visto. Era un espía —respondió Augusto en tono monocorde—. Lo seguía, quizá sus intenciones fueran peores. No lo sé, porque no logré atraparlo.

—De acuerdo, le estoy agradecido, pero no ha respondido a mi pregunta, ¿quién es usted?

El automóvil redujo la velocidad hasta detenerse y Augusto posó los brazos en el volante. Miraba hacia delante, a un punto indefinido, ofreciéndole a Freud el perfil. Bajo una mirada atenta, la nariz le pareció más curva que aguileña, definitivamente semita, puede que incluso judía. Que un hijo de David estuviera al servicio de la Iglesia católica no le pareció absurdo, visto que su fundador también lo era.

—Puedo decirle que, entre otras cosas, formo parte de una especie de sociedad llamada Sodalitium, cuyo nombre es un ejemplo de la prudencia y falta de fantasía de la Iglesia. No somos muchos, pero tampoco pocos, y todos tenemos ocupaciones que nos permiten estar al corriente de cuanto sucede en el seno de nuestra atormentada Iglesia. Nos oponemos a aquellos que la quieren usar para sus propios fines terrenales. Estamos, o estábamos, al servicio del papa León, pero ahora no sé qué destino nos aguarda. Quizá seamos excomulgados, o quizá traten de utilizarnos para sus fines políticos, o quizá continuemos haciendo nuestro trabajo con el Evangelio como arma. Todo dependerá del nuevo papa.

—De si les da su bendición...

—O de si nosotros le damos la nuestra. —Augusto le guiñó el ojo—. La confianza es recíproca, de lo contrario es servidumbre. Y ahora, ¿podría contarme qué quería de Roncalli?

Ya no estaba tan sorprendido, pero sí cansado y convencido de que Augusto sabía mucho más de lo que quería hacerle creer. Freud se encontró contándole todos los detalles, desde el principio de la historia. De lo contrario, las conexiones y las decisiones habrían sido imposibles de valorar. Y concluyó su relato con la dramática noticia que le había contado el arquiatra sobre el envenenamiento de los asistentes al cónclave.

Augusto asentía, en alguna ocasión chasqueó la lengua, pero no pronunció ni una palabra hasta el final. Parecía que hubiera vuelto a ser el chófer silencioso de siempre, si no hubiera sido por una ligera sonrisa que, a su pesar, parecía esbozar de vez en cuando. En el silencio del ocaso ya anunciado por nubecillas rojas, se miraron y expulsaron al unísono una nube de humo, oscura e intensa la de Augusto, blanquecina y perfumada la de Freud.

—Usted ha sido caritativo con el mendigo de antes, pero es un ladrón, creo que lo conozco. Es uno que esconde la pistola bajo la gorra, pero él también me conoce, por eso ha salido huyendo.

—Que cada uno reciba su merecido no tiene importancia —lo interrumpió Freud—. Lo que importa es hacer lo más justo. —Estiró la espalda—. Al menos, eso dice el Talmud.

—Justo, doctor. —Augusto bajó para poner en marcha el automóvil—. En cambio, yo solo conozco las virtudes teologales. Además de la caridad le faltan la fe y la esperanza. De la primera no le digo nada, pero no pierda la segunda. Tampoco la de volver a ver a Maria.

34

Roma, 4 de agosto de 1903

A las cinco de la madrugada, el doctor Lapponi, primer arquiatra del Vaticano y antiguo médico personal de su santidad León XIII, se sentó exhausto en un banco. El aire cortante del amanecer, iluminado por las primeras luces, y el frío del mármol eran poco consuelo. Se olió las mangas: el traje de lino oscuro aún conservaba intactas las miasmas fétidas de las heces líquidas de sus eminencias.

Habría querido engañarse a sí mismo, pero aquello había sido un auténtico envenenamiento en masa, no tenía nada de casual. Parecía que la sustancia tóxica no había sido administrada para matar, vistos los resultados preocupantes, que no letales, sino para amedrentar, para advertir. Había sido alguien que sabía lo que se hacía, sin duda. Puede que fuera arsénico en pequeñas cantidades, o quizá extracto de hongo cortinario.

Durante toda la noche había procurado evitar lo peor y casi había vaciado la farmacia de todos los posibles remedios contra el veneno. Después había obligado a sus pacientes, que rezaban, se lamentaban y gritaban de dolor, a ingerir la triaca, un remedio antiguo pero eficaz. Aunque no había encontrado carne de víbora, la infusión de opio, jaramago, hinojo, anís, valeriana y cardamomo parecía haber aplacado el mal. Había añadido cincoenrama y aristoloquia, que con sus propiedades astringentes habían hecho el resto, aunque el hedor a carne putrefacta de esta última hierba había hecho torcer el gesto a más de un noble paciente.

El más estoico y el que menos tardó en ingerir el brebaje fue el secretario de Estado, Mariano Rampolla. Sin duda lo había hecho para dar ejemplo, pero a Lapponi le resultó extraño que no hubiera hecho preguntas como los demás, no se había interesado en cuál era el origen del mal, como si ya lo supiera. Misterios de la Iglesia. Pero lo peor había pasado y cuando fue a descansar a su despacho en el primer piso, recordó de una de las lecciones del gran poeta Dante, justo a propósito de los misterios de la Iglesia: *Os baste con el* quia, *humana prole; pues, si hubierais podido verlo todo, ocioso fuese el parto de María.* Quien sepa, que calle.

Así, después de alguna genuflexión tambaleante, de llevarse las manos a la barriga y echar a correr hasta el aseo y de quejarse quedamente, el 4 de agosto, el cardenal camarlengo, Luigi Oreglia di Santo Stefano, todavía más flaco de lo normal y deshidratado hasta límites insospechados, logró convocar el escrutinio.

Con las campanadas de mediodía, salió de la chimenea de la Capilla Sixtina una densa voluta de humo blanquecino. Con cincuenta votos, Giuseppe Sarto había sido el elegido. Ya antes había anunciado que se sentía como el pastor esperado y deseado, un obispo ecuménico, más que el rey de Roma. Los diez votos que insistieron en el nombre de Rampolla lo consideraron falso, traidor e hipócrita.

El repicar de las campanas alcanzó a un Sigmund Freud inmerso en la lectura de *Las afinidades electivas,* de Goethe. Se había detenido en una frase concreta: *Afortunadamente, el hombre solo puede captar cierto grado de infelicidad; lo que queda más allá o le aniquila o le deja indiferente. Hay situaciones en que el temor y la esperanza se identifican, se suprimen mutuamente, perdiéndose en una oscura insensibilidad.* Si hubiera tenido la sensibilidad del escritor alemán, sus teorías sobre la mente humana habrían atravesado el océano. Imaginó que tenía delante a Maria y que podía hablar con ella. De hombre a hombre, entendido como ser humano.

«—Estoy preocupado por ti. No, no es del todo cierto: en realidad estoy angustiado, porque sé que no he sido capaz de amarte. Y esto me angustia porque ya no hay tiempo para volver atrás».

«—Si hubieras tenido la valentía de llegar hasta el final, de leer en el interior de tu alma como lees en la de tus pacientes, ahora estaríamos de viaje por Nápoles, solos tú y yo, sin saber qué nos depararía el futuro, pero con la esperanza de vivir».

No. Maria nunca se habría expresado de esa manera. Habría sido más sencilla, más directa. Quizá le habría respondido así:

«—Tu ego es desmesurado, doctor Freud. Habría bastado con que te dejases llevar y se habría resuelto todo de una manera u otra».

Tampoco. Maria nunca habría usado la palabra «ego» ni «desmesurado». Con todas las cautelas que se había impuesto en su profesión para evitar caer en la atracción entre analista y paciente, el maldito *transfer*, ahora no lograba acceder a sus sentimientos ni a los de Maria.

«—Has perdido el tren, doctor, y lo más triste es que, por tu culpa, también yo lo he perdido».

Quizá esa habría sido la respuesta más coherente y más probable: directa, sencilla y sin ningún doblez, como era ella.

Mientras tanto, el sonido de las campanas se había propagado rápidamente. En el momento le molestó: no lograba concentrarse en la lectura ni en la imagen de Maria. Un segundo después cayó en la cuenta de qué se trataba y notó un vocerío lejano que no eran tumultos en las calles, sino gritos de júbilo. Por tanto, el nuevo papa había sido elegido.

La curiosidad inicial fue sustituida por una triste indiferencia. Ni siguiera le habría importado que hubiese sido elegido Rampolla, solo habría podido sentirse mal por el difunto León, aunque no reconocía la hipótesis del alma. Habría sido realmente hermoso si existiera, si hubiera podido dar un mayor significado a las relaciones entre la vida y la muerte. Pero, como decía un viejo proverbio judío, el propio Dios no lo había querido así.

Cerró la ventana para aislarse de los reclamos festivos y se sumió de nuevo en la lectura de Goethe perdiendo la noción del tiempo por completo. Porque, cuanto más placentera es una ocupación, más

273

rápidamente se pasa. Por eso la vuelta a la realidad fue tan brusca, cuando oyó que llamaban a la puerta con insistencia. El rostro sonriente de De Molina y Ortega, o radiante, más bien, lo golpeó como una bofetada.

—Buenos días, doctor Freud, qué placer tan inmenso verlo.

El cambio de presión al levantarse a toda prisa del sillón lo hizo tambalearse un segundo.

—¿Se encuentra bien? —añadió el cardenal yendo a su encuentro.

—Claro, disculpe, eminencia, estaba pensando en mis cosas.

—Bien, yo he venido a traerle una magnífica noticia. —Abrió los brazos—. *Habemus papam!*

La curiosidad regresó imperiosa y, como Aarón cuando vio a su hermano Moisés regresar con las tablas de la ley, Freud permaneció en silencio a la espera de sus palabras. Aunque no viniesen de Dios, era la noticia más importante para sus acólitos.

—Todavía debe salir al balcón —prosiguió De Molina—. La multitud ya lo aclama. Pero he venido a contarle la primicia. Es más: me gustaría presentárselo, me he permitido hacer de mediador y mensajero.

—Yo... yo... Estaré encantado de conocerlo. Entonces... ¿quién es el elegido?

—¡Pero qué estúpido! —De Molina se golpeó la frente con la mano—. ¿Cómo iba a saberlo usted? Se trata de su excelentísima eminencia el patriarca de Venecia, Giuseppe Sarto, que ha elegido el nombre de Pío X, en honor a su gran predecesor Pío IX, nuestro último rey. Se lo ruego, acompáñeme, doctor, el nuevo papa nos espera y no sé por qué ha mostrado una benevolencia extraordinaria conmigo. Lo veo perplejo, doctor, ¿quizá no se esperaba su elección? No me diga que tenía su propio candidato. —Le guiñó el ojo.

Freud recorrió el largo pasillo, con la mano de De Molina metida en el hueco de su brazo derecho, hasta la escalera principal. En una de las habitaciones que daban a ella, un salón al que solo los altos dignatarios de la curia romana podían tener acceso, había tenido lugar el prólogo de lo que podía definirse como tragedia o comedia de la vida. El acontecimiento que lo había traído a Roma. Le pareció casi oír los gritos de la primera víctima y su asesino e intentó sobre todo escuchar la voz del instigador, para tratar de reconocerla.

Aunque fuese ronca, aguda, grave o de tenor, la misma voz había susurrado al oído de la pobre Crocifissa y la había inducido a cederle una parte, no sabía cuál exactamente, de su juventud. Por su inocencia no habría apostado. ¿De quién era esa voz? De Rampolla, quizá, a quien había impedido convertirse en papa. Quizá de Oreglia, el oscuro y glacial camarlengo, que ya había sido candidato al solio en una ocasión. O del inquieto De Molina, que con una amabilidad exageradamente afectada le hablaba del futuro radiante que se abría a los pies de Pío X. O quizá de ninguno de los tres, en caso de que la extraña mente de León, en lugar de estar rebosante de Espíritu Santo, hubiera estado obnubilada por el vino Mariani con coca de Perú. Una hipótesis que Sherlock Holmes nunca habría infravalorado.

—Ah, doctor. —Parecía que De Molina lo estuviese acompañando a una fiesta—. Si pudiera hablarle ahora, si pudiera contarle todo lo que ha sucedido... Pero no puedo, usted lo sabe, cometería un pecado terrible. Ni siquiera podría hacerlo tumbado en su diván, por mucho que su juramento hipocrático me asegurase su secreto, ni aunque usted me hipnotizase. Aunque quizá sí, ¿qué cree usted?

—Si es una forma de decirme que, para revelarme ciertos secretos sin incurrir en el castigo divino, estaría dispuesto a someterse a esa práctica, estoy a su disposición.

De Molina retiró la mano y se detuvo. Lo observó negar con la cabeza y después dejó escapar una carcajada estentórea.

—Si fuese católico y la gracia del Señor lo iluminase, le sugeriría entrar en la Compañía de Jesús. Solo un auténtico jesuita podría poseer su ingenio. Usted me intriga, doctor, y también me divierte.

Sigmund Freud no tuvo tiempo de replicar porque la puerta se abrió para dar paso a una gran estancia donde los criados con librea y los nobles purpurados se afanaban alrededor de un hombre vestido de blanco. Si su predecesor era delgado y diminuto, el papa actual era un hombre rubicundo y corpulento. Freud sintió antipatía a primera vista, un derivado del principio de usurpación de papeles, seguramente: como si aquel no fuera el papa verdadero. En el seno de la familia, quien se sentía víctima de este tipo de situación podía llegar a caer en la histeria, pero él no sufriría, a fin de cuentas, no era asunto suyo quién ocupara el lugar de León. Entre tantas personas que cacareaban a su alrededor, uno, en silencio, le colocaba la capa blanca de ceremonia en los hombros al nuevo papa.

—Es Annibale Gammarelli —le susurró al oído De Molina—. Hace más de un siglo que el papa se viste en su sastrería.

—¿Y cómo conoce sus medidas si acaba de ser elegido? —replicó Freud.

—Usted sospecha de todo, doctor. —De Molina lo reprendió con el dedo—. Verá, el sastre prepara tres hábitos de tallas diversas y las trae todas, así basta con un pequeño arreglo y todo solucionado. Pero venga, Gammarelli es como si no existiese, su fe es auténtica y su discreción es total.

Arrodillándose ante el papa, De Molina se dispuso a que el otro le pusiera la mano en el casquete, le besó la mano y se levantó mientras señalaba en dirección a Sigmund Freud, que estaba inmóvil y tieso como una cariátide, con la excepción de un tic nervioso en los labios, que buscaban un puro invisible. El papa le hizo un gesto con la mano para que se aproximase y la estatua se vio obligada a moverse de su basamento.

—Ven, hijo mío, no temas —dijo la voz del hombre de blanco—. Su eminencia os define con palabras superlativas.

Sigmund Freud no fue más allá de una respetuosa reverencia, entre otras cosas porque ese comentario de que no tuviera miedo a acercarse no le había gustado. ¿Qué iba a temer? ¿Que lo convirtiera? Mientras tanto, el papa se había vuelto en dirección al sastre para indicarle que la banda de la cintura le apretaba un poco. Freud estaba a punto de recular en diagonal, como un caballo, cuando el pontífice volvió la cabeza y le sonrió amablemente.

—¿Y a qué se dedica aquí en Roma? No habrá venido a consolar a los infelices como nosotros, que debemos cargar con un peso tan importante.

—Turismo, santidad, turismo —respondió Freud después de un segundo de incertidumbre y con una mueca que quería pasar por sonrisa de satisfacción.

Una nueva reverencia le permitió retirarse hasta confundirse entre las sotanas rojas y negras. En la salida lo detuvo De Molina y Ortega, que había perdido la máscara de cortesía.

—Iré a buscarlo mañana por la mañana, doctor Freud. Mientras tanto, le aconsejo que prepare las maletas, sin prisas, naturalmente. Me he permitido ingresarle una gratificación por sus servicios. Espero que no se ofenda.

Veinticuatro, puede que treinta y seis horas como máximo, y adiós Roma. Todo según lo previsto, ninguna sorpresa, pero la forma de De Molina de comunicárselo había sido ofensiva.

La misma reacción de una paciente suya, la esposa de un famoso abogado vienés, que había tratado el año anterior. Un caso de lo más banal, una frustración sexual que la llevaba, según afirmaba, a masturbarse con frecuencia. Demasiada, según la mujer, que temía caer víctima de un paroxismo que la llevara a la locura. Una serie de burdas mentiras que había captado casi al momento y, cuando se lo dijo, la mujer se había ofendido y le había pagado el doble de sus honorarios, tirándolos sobre la mesa. No volvió a dejarse ver después de salir de su consulta. Pero él no había descubierto nada, ni de De Molina, ni de los otros dos. ¿O quizá sí?

35

En las tragedias de Shakespeare, poco después de la mitad del tercer acto, se llega siempre al ajuste de cuentas. Es la apoteosis de las revelaciones, los descubrimientos y las aclaraciones, que son el prólogo del final. Por el contrario, a Sigmund Freud le pareció que llegaba al epílogo sin que la historia hubiera dado ningún giro y sin ninguna solución. La vida es distinta a las tragedias, a pesar de que las tragedias forman parte de la vida. Parecía que todo había acabado como esa extraordinaria sinfonía de Haydn en que los instrumentos, uno por uno, dejan de sonar y se marchan, abandonando el escenario en silencio.

Así, después de haber pasado la tarde en el Caffè Greco, y permitirse dos copitas de ajenjo, Freud se marchó a dormir con la amarga sensación de haber sido el instrumento de una mano invisible, incluso mutante, que lo había manejado a su antojo. La mano de un doctor Freud gigantesco que, a base de engañarlo y engatusarlo, lo había hecho hablar y moverse, lo había manipulado e incluso plagiado para alcanzar sus propios fines. Este misterioso y oscuro psicoanalista y titiritero asumía alternativamente la forma de León XIII, de Oreglia, de De Molina y, a veces, incluso la de Augusto, el chófer silencioso, que al final había resultado ser una especie de agente. Al servicio de quién, estaba por ver, quizá servía a la misteriosa organización Sodalitium a la que había hecho alusión. Eso si existía de verdad. En definitiva, entender a quién había servido en realidad durante esas semanas y qué efectos había tenido su presencia parecía un misterio digno de aquellos que formaban la base de la doctrina católica y romana.

Lo que sí podía afirmar es que, gracias a él, pero espoleado por la devoción de Roncalli a los designios de León XIII, Rampolla no había sido elegido papa. De haber creído en la existencia de fantasmas, le quedaría la esperanza de invocar al espíritu de León. Y le habría preguntado si al final esa elección había sido truncada para bien o para mal. En una nubecilla del Reina Cubana, el último puro antes de intentar dormirse, creyó ver el perfil del difunto. Con su hábito blanco, la papalina redonda y un brazo, largo y delgado, que señalaba hacia la ventana, como si quisiera indicarle que, desde una parecida, en el piso de arriba, dos jóvenes habían perdido la vida, empujados o impulsados por un alma negra que no había logrado convertirse en papa.

En sueños también le costaba dejar de ser el doctor Freud. Por eso, cuando sintió en los labios el calor de los de Maria, pensó, mientras soñaba, que se trataba de la satisfacción habitual de un deseo insatisfecho. Una sensación placentera solo hasta cierto punto, porque la boca le apretaba hasta el extremo de sofocarlo y, a pesar de sus intentos, tampoco consiguió llegar a la lengua de la mujer. Cuando la oyó susurrar su nombre con una voz profunda y nada femenina, se despertó.

Pierre Girard estaba de pie ante él, le tapaba la boca con una mano y con la otra le indicaba que permaneciera en silencio.

—Perdóneme, doctor, tenía que hablar con usted.

Freud se quitó la mano de Girard de la boca con rabia, pero también con cierto alivio.

—Usted está loco, Girard, márchese antes de que me ponga a pedir auxilio.

—Le pido mil perdones, tiene razón, pero escúcheme antes, por favor, y después me marcharé.

Se retiró un paso mientras Freud intentaba calmarse. Apoyó la espalda en la almohada, cogió de la mesita de noche el resto del Reina Cubana y se lo encendió.

—Sé que se marcha, mañana...

—No me parece que sea exactamente mañana, aunque es evidente que debo marcharme cuanto antes, algo que deseo enormemente. Pero eso es asunto mío, Girard. He hecho todo lo que me han pedido usted, el papa, Roncalli y el tipo de los cuernos o el de la cruz, no sé muy bien cuál de los dos.

—Lo sé, y por eso estoy aquí. —El guardia se mordió el labio—. Era una forma de darle las gracias. Ha sido casualidad, pero así lo ha querido Dios. Una mujer ha venido a verme, a preguntar por usted.

No conocía mujeres en Roma, aparte de las del prostíbulo Margherita, que le habían regalado algunos momentos de lujuria —o mejor dicho, había pagado por ellos—, y naturalmente, Maria. Maldito fuera Jung, si era ella, tendría que haberle dado la razón respecto a los sueños premonitorios. Miró la hora: las dos pasadas, no podía ser ella.

—Los dejo a solas —terminó Girard—. Yo estaré en el pasillo para asegurarme de que nadie los molesta. La señora tiene miedo y teme que alguien la reconozca.

Antes de poder pronunciar su nombre, Maria salió de un rincón oscuro de la habitación y a Freud el corazón le dio un vuelco, como si hubiera visto un fantasma. Encima de un vestido ligero y sencillo, que solo dejaba intuir sus formas generosas, llevaba una mantilla blanca que le cubría el cabello y parte del rostro. La puerta se cerró y ella se descubrió la cara.

—¡Maria! —Apoyó el puro dentro del cenicero y lo apagó sin dejar de mirarla—. ¿Qué haces aquí a esta hora? —Le pareció que ella arrugaba la frente y se dijo estúpido. Seguro que no eran las palabras que una mujer esperaba oír del hombre al que había ido a buscar en mitad de la noche—. Lo que quiero decir —continuó— es que es una sorpresa fantástica. He ido a buscarte al convento, el que está cerca del Ponte Rotto, pero me han dicho, bueno, se lo han dicho a Augusto, que te habías marchado con Roncalli y con tu hija. Temía no volver a verte o que os hubiese sucedido algo...

Ella se acercó y le puso un dedo en la boca.

—Todos estamos bien —le dijo—. No quería que te marcharas sin despedirme siquiera.

Ahí estaba su voz, la que siempre lo había acariciado, suave y decidida, igual que ella. Esa noche se le había sumado una nota de tristeza, en el momento del adiós. Se le acercó y se sentó en la cama, agitando la cabeza. Parecía a punto de caerse, cuando le apoyó la cabeza contra el pecho. Entonces, él la abrazó y cerró los ojos un momento, para saborear el perfume a verbena que manaba de la piel de la mujer.

—Maria... yo...

—Ahora no, no hables, no me digas nada. Déjame soñar.

Sin decir una palabra, en la penumbra apenas iluminada por el leve resplandor que se colaba por los postigos cerrados, la vio quitarse la mantilla y los zapatos. Luego se giró, invitándolo a que le desabrochara la camisa, que era la que ella creía que le había regalado y que en realidad era para su mujer.

Eso había sucedido hacía toda una vida, cuando apenas se había fijado en esa mujer, y ahora ella se entregaba a él. Fue ella la que se bajó la falda y, cuando Freud la vio con las medias y el corsé negro, ceñido a la cintura, Maria le pareció una vasija de ónice de la que manaba un ramo de lirios que despertaban su deseo. Se ofrecieron la boca y los besos se hicieron furiosos rápidamente, mientras las manos buscaban el cuerpo. Freud se retiró el pijama, casi temiendo que ese gesto interrumpiera la pasión y, una vez desnudo, se tumbó sobre ella, que lo estrechó entre las piernas. Las ganas de poseerla lo cegaron hasta tal punto que no conseguía penetrarla y fue ella quien lo guio con la mano. Ese roce ligero y decidido, con el calor que siguió, le arrebataron todos los pensamientos hasta que, gemido a gemido, estalló en su interior.

Poco después estaba a punto de levantarse, como solía hacer después de hacer el amor con Minna, que no soportaba bien su peso, dispuesto a encenderse un puro. Pero Maria lo abrazó y lo obligó a quedarse en esa postura. Las caricias en la espalda y un sentimiento de paz mayor del que pudiera haberle dado el tabaco más dulce, lo acunaron sin que ningún pensamiento lo molestase. Inmerso en aquella quietud, Freud se adormeció.

Tan agradable y lánguido había sido el sueño como brusco fue el despertar. La mano de Maria que le tocaba la espalda no tenía la delicadeza de unas horas antes. Y otra, extraña y más lejana, había abierto los postigos, permitiendo que la luz entrara con violencia en la habitación. Pertenecía a una sombra oscura que después de haber cometido aquel horror se movió hacia la cama.

—Doctor Freud, usted me asombra.

Reconoció la voz un instante antes de distinguir a quién pertenecía.

—Según el Reglamento Penal Gregoriano —Joaquín de Molina y Ortega parecía recitar la liturgia—, la fornicación en un lugar sagrado, y sin duda el Vaticano lo es, constituye un delito penal de primer grado.

Se sentó en una silla que situó junto a la cama.

—Quizá no lo sabía, pero seguramente está al tanto del brocardo *ignorantia legis non excusat*, y un hombre de ciencia como usted puede ignorar la ley menos aún.

Freud le echó un vistazo a Maria, que tenía la mirada perdida y el rostro desprovisto de emoción.

—Ciertamente —respondió—. Y asumo toda la responsabilidad. La señora que está conmigo está exenta de culpa.

—Ah. —De Molina esbozó una risa—. No lo crea, doctor, no lo crea. Solo María, la Virgen, para entendernos, no nuestra criada aquí presente, es inmune al pecado. Creo que esta mujer tiene mucho que confesar.

Maria se levantó de la cama cubriéndose las partes íntimas con los brazos, recogió la ropa y los zapatos del suelo y se alejó de los dos hombres.

—¿La ve, doctor? Yo no entiendo de mujeres, pero, a pesar de sus estudios, quizá conozca mejor que usted los movimientos de su conciencia, sus cálculos y, sobre todo... el instinto —añadió, como si fuera presa de una inspiración mística.

Freud lo escuchaba perplejo mientras intentaba entender los movimientos de Maria con el rabillo del ojo.

—El instinto maternal —prosiguió el cardenal—, que las puede llevar a cometer las acciones más infames con tal de proteger a sus crías. —Se volvió hacia la mujer—. ¿Acaso no tengo razón, Maria?

—No comprendo —intervino Freud—. Le repito que todo es culpa mía...

—Claro que no comprende, doctor, usted es como ese filósofo que observaba las estrellas y tropezaba continuamente con las piedras. Usted no ha entendido nada y sigue sin hacerlo.

—Entonces estaré encantado de escucharlo. Sin embargo, si me permite que me vista, me sentiría más cómodo.

—No, no se lo consiento —respondió con sequedad De Molina—. Usted no está en posición de permitirse nada, por lo menos hasta que yo se lo diga. Por vuestro crimen, hubo un tiempo que el tribunal de la curia de Roma habría pedido que os cortaran la cabeza.

Le entraron unas ganas locas de fumar y hurgó con rapidez en el cajón hasta dar con un puro, que por su forma distinta reconoció como uno de sus Liliputanos. Aprovechó la pausa necesaria para encenderlo y el silencio momentáneo de De Molina para reflexionar sobre la situación, que había tomado una deriva peligrosa, además de desagradable e incomprensible.

Sobre esto no podía darle la razón a De Molina; era todo tan absurdo que parecía formar parte de un sueño. Como el hecho de que Maria, en silencio, se hubiera vestido como si aquello no tuviera que ver nada con ella. Uno de sus pensamientos, al principio pequeño y confuso, comenzó a abrirse paso en su mente. Un momento después, fue ganando en intensidad hasta transformarse en un clamor ensordecedor. Al fin, el estruendo se deshizo en miles de esquirlas que se recomponían dando lugar a formas nuevas, descubriendo una identidad hasta entonces desconocida. Esa anagnórisis debió de trasladarse a su rostro, porque De Molina le sonrió con complicidad.

—Ahora estamos en el mismo punto, doctor. Expóngame sus hipótesis.

—Maria... estaba conchabada con usted. Y también Girard, que debía quedarse fuera. Entonces, usted también sabía...

—¿De su escondite secreto detrás del fresco de Miguel Ángel? Claro. ¿Cómo cree que uno se convierte en el jefe de la diplomacia del Estado más antiguo y complejo del mundo sin tener ojos y oídos en todas partes? Tiene usted delante al nuevo secretario de Estado, apenas nombrado por su santidad, para reemplazar a ese iluso de Rampolla, que quería ser papa y que ahora perderá su trabajo. Yo, De Molina y Ortega, he ganado. Demasiado joven para ser papa, pero no para tener más poder que ese pobre burgués que ha sucedido a León. Usted no sabe que Rampolla tenía un acuerdo con Oreglia para enviarme a América, es decir, para quitarme de en medio. A él mi mera presencia le molestaba, me acusaba de ser demasiado ambicioso, mientras Oreglia sabía, lo sabía todo, pero no podía hablar.

Freud despedía humo por la boca como una locomotora de vapor.

—Era mi confesor. —De Molina le guiñó el ojo—. ¿Se acuerda de que me lo preguntó en uno de nuestras agradables sesiones?

Freud miró a Maria, que estaba de pie, más lejos de él que nunca. Clavó la vista en la expresión satisfecha de De Molina. Bajó los ojos y suspiró.

—Entonces, lo hizo usted. El papa tenía razón.

—Los papas se equivocan, como todos. El Concilio Vaticano ha establecido que su infalibilidad solo compete a los problemas de fe y de moral. Y esto, como se dice en España, no es ni lo uno ni lo otro*.

—Usted ha matado a dos chicos y ha abusado de Crocifissa...

—No, quiero aclarar que no los he matado. Se han tirado por la ventana, que es muy distinto. Y, en cuanto a Crocifissa, es una niña deliciosa que llegará lejos en la vida. Su madre lo ha entendido y ha comprendido también que, sin mi protección, lo perdería todo: el trabajo, el honor, la bodega... Ambas habrían tenido que vender su cuerpo por unas liras para sobrevivir. Se lo he dicho antes: una madre sabe cómo proteger a sus hijos, como también sabe que el beneficio se esconde a veces en los lugares más insospechados. Ánimo,

---

* En español en el original (N. de la T.).

doctor Freud, no me mire así, la mano del diablo no está detrás de esto, es solo la mano de un hombre, con sus vicios y sus pasiones, con sus virtudes y sus defectos, como todos. Jamás he querido llevar este hábito pero, después de que me obligaran, pensé que tenía que sacarle partido.

—También Roncalli... Todos implicados... —murmuró Freud.

—No, en esto se equivoca. El pobre muchacho, fiel devoto del decrépito León, ha intentado alejar a mis protegidas de todo peligro, si se puede definir así. Ha osado oponerse y me ha obligado a jurar que cuidaría de ellas cuando las descubriese. Como ve, he mantenido la promesa. Roncalli ha obedecido, es su deber como seminarista, y ha regresado al colegio de Sant'Apollinare a terminar los estudios. Tiene grandes cualidades, como su fe. El día de mañana —sonrió—, podría llegar a ser santo, si no hace tonterías.

Ignorando la advertencia anterior, Freud se levantó de la cama y se vistió con la misma ropa de la noche anterior. Ya se ocuparía más tarde de quitarse de encima esa capa de suciedad de la que se sentía impregnado. Le dolía el olor a verbena del cuerpo de Maria, que todavía lo envolvía. También De Molina se había levantado de la silla y ahora ambos hombres estaban cara a cara.

—¿Por qué? —preguntó Freud—. ¿Por qué todo esto? Podía dejarme marchar sin decirme nada y sin obligar a Maria a hacer... lo que ha hecho.

—Doctor, doctor. ¿Es posible que usted, el famosísimo investigador de la mente humana, me haga una pregunta así? —El cardenal fue hasta la ventana y observó los pinos que parecían proteger con su sombra los jardines de debajo y, más allá, los tejados de Roma—. El poder necesita manifestarse —sentenció De Molina—. De lo contrario, se pierde la satisfacción de ejercitarlo. Además, cuanto más se da a conocer infligiendo miedo o ejerciendo la adulación, más se alimenta en un extraordinario círculo virtuoso.

—¿Y si yo lo denunciase?

—He reconocido su fama, no su importancia —replicó De Molina, imperturbable—. Todos conocen la historia de Gaetano

Bresci, el anarquista que hace dos años asesinó al rey Humberto, pero nadie lo ha considerado nunca un hombre importante. Además, imagínese el escándalo. Un médico vienés que denuncia al secretario de Estado del Vaticano, un médico que, junto con el emperador de Austria, ha frustrado la elección de un papa. Y que fue inducido por el anterior a investigar a unos pobres cardenales como si fueran idiotas o criminales. ¡Una locura, una auténtica locura! Lo tomarían por loco como mínimo, quizá terminara en prisión, aquí o en Viena, contando sus absurdas calumnias. Su tren sale a las dieciocho horas, doctor, lo acompañará Augusto, nuestro fantástico chófer, que con su silencio proverbial recuerda a los tres monitos. Como masón los conoce bien, doctor: Mizaru, Kikazaru e Iwazaru, aquellos que no ven, no oyen y no hablan del mal. A propósito, ¿sabe que también Rampolla pertenece a la masonería? Si no hubiera intervenido usted con el *ius exclusivae*, piense qué escándalo se habría formado cuando se hubiera enterado la gente. Y se habrían enterado, no sé si me comprende. Tendría que haber dimitido, nunca habría terminado sus días como papa.

—Se equivoca, De Molina, para nosotros los tres monos significan lo contrario: escuchar solo lo bueno, la voz de la libertad, ver solo lo bueno, la auténtica igualdad, y decir solo lo bueno, símbolo de la fraternidad. Créame, a usted nunca lo aceptarían en la masonería.

De Molina se encogió de hombros y cuando se dirigió hacia la puerta, se inclinó ante Maria, invitándola a precederlo. Un segundo antes de marcharse, los ojos de la mujer se cruzaron con los de Sigmund Freud, duros como el hielo. En el fondo, no le disgustó pensar que el destello de luz que creyó ver en ellos era a causa de las lágrimas.

36

Cargado de maletas, el Darracq avanzaba lentamente entre el tráfico de la tarde, compuesto sobre todo de imponentes carruajes descubiertos en los que las familias enteras salían a tomar el fresco. Augusto estaba pendiente sobre todo de los convertibles, unos automóviles con las carrocerías casi invisibles suspendidas entre unas ruedas radiadas gigantescas, tan parecidos a las arañas que los llamaban *spider*.

Atento a los vaivenes del coche, Sigmund Freud sacó de la cartera el cheque bancario y releyó la cifra de sesenta y ocho mil novecientas sesenta y cuatro coronas, más de un año de sus ingresos profesionales habituales. La gratificación había sido generosa, quizá una forma de ofenderlo aún más. Pero *pecunia non olet*, el dinero no huele, como le había dicho el emperador Vespasiano a su hijo Tito, que le había reprochado que hubiera tasado el uso de los retretes públicos.

Si ese era el precio de su fracaso, tenía con qué consolarse. Pero lo había pagado caro. Al principio se había sentido como un imitador de Sherlock Holmes, pero los resultados no habían sido dignos ni siquiera del doctor John H. Watson. En el fondo, se parecía a él: ambos eran médicos, ambos estaban dotados de agudeza científica y ambos eran superados por otros, más astutos o más inteligentes. Y, por último, a ambos les atraían, y no poco, los encantos femeninos.

—Augusto —dijo de sopetón—. ¿Piensa usted que soy imbécil?

El chófer redujo un poco la velocidad, viró bruscamente para evitar a una pareja de *carabinieri* a caballo que asomaban por una calleja lateral y levantó el brazo derecho.

—Nunca lo he creído —respondió—. Solo creo que es un poco ingenuo. Quizá quería aplicar en Roma, con nosotros, los italianos, los mismos métodos que usa con sus pacientes alemanes...

—Austríacos —lo corrigió Freud.

—Es la misma raza. Nosotros, en cambio, somos una mezcla de pueblos y aquí, en Roma, más aún; ejercitamos el arte del poder desde hace más de dos mil años. Lo respiran los niños en pañales, que crecen a su sombra, sea como víctimas o como verdugos. Y aprenden a vivir y a morir, que viene a ser más o menos lo mismo. ¿Quería decirme algo más, doctor? ¿Quizá que ha vuelto a ver a Roncalli, a Maria y a su hija?

—No, a ninguno de los tres —respondió, lacónico, Freud—. Además, ya no tiene mayor importancia.

Era cierto, incluso en el caso de Maria. No había sido ella quien había acudido en su busca la noche anterior, sino una mujer como otras muchas, con sus debilidades, sus muchos vicios y sus pocas virtudes. La que él había conocido era otra. Y, por un momento que podría haberse reproducido hasta el infinito, la había amado.

Un destello de luz le hirió los ojos. Provenía de la cruz de oro inserta en la estrella de cinco puntas que coronaba triunfante el obelisco ante la estación central. El coche se aproximó lentamente a la acera, donde los mozos de cuerda, ataviados con camisas blancas largas, atendían a los pasajeros bien vestidos. Después de detenerse, Augusto se giró hacia su huésped, que no parecía tener ninguna intención de bajarse.

—Le conviene marcharse, doctor, si pierde el tren se arriesga a pasar un día más en Roma.

Freud miró a su alrededor y sonrió. Quizá eso era lo que quería.

—¿Usted es católico, Augusto?

—Gracias a Dios soy ateo —sonrió—. Pero públicamente me declaro creyente.

—Es una doble traición —comentó Freud—. Parece que es el deporte que más se practica en Roma.

—¿Me ofrece un puro?

Con la punta de los dedos, Freud sacó un Bolívar oscuro, luego se lo pensó mejor y lo sustituyó por un dorado Don Pedro, más perfumado y mucho más caro. Cuando vio que Augusto inspiraba el humo, torció el gesto: había que dejar que el humo acariciase el paladar, no tragarlo.

—Está bueno este puro, sabe a mujer. Dulce al principio, pero rasca la garganta.

Hizo una pausa, como si quisiera sopesar mejor sus palabras.

—¿Lo ve, doctor? —continuó Augusto—. No soy un hombre instruido como usted, pero estudié latín con los jesuitas, y con ellos aprendí que traicionar significa entregar, nada más. Así, cada vez que alguien le entrega algo a otra persona comete traición. Antes era una palabra hermosa, como un don. Pero entre nosotros rige la regla de compartir cuanto menos mejor, por eso traicionar se convirtió en una palabra negativa.

—Entonces, cuando le he dado el puro, es como si me hubiera traicionado. No volveré a hacerlo.

Augusto le sonrió y ayudó a uno de los mozos a cargar las maletas en una carretilla. El único equipaje que Sigmund Freud conservó fue el humidificador de puros. El calor acentuaba el olor a cedro.

—¿Y qué va a hacer ahora?

—Ahora regresaré al Vaticano, después... quién sabe. —Augusto rio con ganas—. Nadie conoce el futuro, sobre todo en Roma. Al no ser religioso, soy libre de servir a quien considere más digno. León lo era, e hizo bien en elegirlo a usted.

—Soy yo quien he fallado con mis decisiones.

—No, usted ha hecho lo más justo en el momento justo, como todo buen judío sabe. Y en el piso de arriba trucaron sus cartas.

—Gracias y hasta siempre, Augusto. —Freud le tendió la mano—. Chófer, agente secreto y también filósofo.

—Prefiero que me diga hasta otra, doctor, hasta siempre se dice a los enemigos y a las mujeres que hemos querido.

Esta vez, Sigmund Freud no reparó en gastos y reservó un compartimento entero para él solo, donde colocó todas sus maletas. Solo el polígrafo viajaba por separado, si no se perdía, lo recogería en Viena.

A las dieciocho y dos minutos, la locomotora soltó un bufido, sonó el silbato y el tren se puso en marcha. En dichosa soledad, mientras contemplaba por la ventanilla la verde campiña romana bañada por el sol, pensó que en Viena se reencontraría con el olor del otoño.

Imaginó los festejos que le habría reservado la paciente Martha, sobre todo cuando viera la considerable fortuna que portaba, con la esperanza de que su entusiasmo no la impulsara a tener relaciones con él. A estas alturas sería como hacerlo con una hermana. Y el incesto no estaba entre sus obsesiones: lo curaba, como sucedáneo, como desviación del objeto realmente deseado, que podía ser el padre o la madre.

De su cuñada Minna recibiría miradas discretas preguntándose por su presunta castidad en Roma. La verdad le habría dolido, pero se habían jurado sinceridad y libertad recíprocas, aunque se daba por descontado la fidelidad de la mujer, más como deber ético que moral. Además, si le hacía caso a Augusto, sonrió al pensarlo, no la había traicionado, ni siquiera con la desconocida señorita del prostíbulo.

Pensar en mujeres lo llevó de manera inevitable a pensar en Maria, a pesar de que se había propuesto voluntariosamente borrarla de su cabeza. Por mucho que se esforzara para pensar mal de ella, no lograba culparla, ni tampoco perdonarla. Debería haber comprendido esa leve expresión de tristeza que le había notado en el rostro cuando estaban a punto de hacer el amor. Confundir el dolor por haberlo engañado con la futura nostalgia que habría sentido después del adiós había sido un grave error. Si hubiera sido más sensible, más atento, quizá les hubiera evitado a ambos el triunfo del infame De Molina.

Con un dulce Fonseca, que había olvidado en favor de otras marcas más acres o más caras, abrió *L'Osservatore Romano*, que traía en segunda página la foto enorme de dos boxeadores americanos, uno de ellos negro. Un deporte blasfemo, lo definía el articulista, que lamentaba que el combate hubiera estado amañado y que el perdedor, considerado el favorito, se hubiera embolsado más dinero del que había ganado en toda su carrera. A él le había pasado algo parecido.

La lectura se vio interrumpida por unos discretos golpes en la puerta y Freud sacó su billete.

—Adelante —dijo en voz alta.

Si el hombre cortés y sonriente que se encontró ante él era un revisor de los ferrocarriles italianos, había que quitarse el sombrero por el estupendo servicio. Aún más cuando lo oyó pronunciar las primeras palabras en su lengua madre. Encima, políglota. Se extrañó solo cuando el educado desconocido pronunció su nombre.

—El doctor Freud, supongo.

Modales refinados, voz firme y ropa elegante: podría tratarse de un ladrón de guante blanco que, después de las primeras formalidades, lo apuntaría con una pistola cortésmente. Se estremeció al pensar que podría robarle el cheque. Sonrió débilmente, sin admitir ni negar su identidad.

—Permítame que me presente. —El hombre se cuadró—. Conde Nikolaus Szécsen von Temerin, embajador de su majestad imperial Francisco José, emperador de Austria y rey de Hungría. Y, a partir de mañana, agregado para el Estado Mayor de nuestro soberano. ¿Puedo sentarme?

Freud hizo ademán de ponerse de pie, pero el otro hombre se sentó sin esperar a que le dieran permiso, y a él no le pareció oportuno continuar con un protocolo que ni siquiera conocía.

—No nos conocíamos en persona —continuó el conde—. Pero se puede decir que hemos colaborado, ¿no cree?

Tosió levemente, se levantó y Freud estuvo a punto de imitarlo. Pero, tras comprobar que la puerta del compartimento estaba bien cerrada, el hombre se acomodó al borde del asiento, con el rostro cerca del suyo; demasiado, según Freud. Sobre todo porque le impedía fumar de la manera habitual, arriesgándose a meterle las brasas del puro en el ojo.

—Admiro su silencio, doctor Freud, y no soy el único que aprecia sus cualidades. Tengo el honor de comunicarle que el primer ministro en persona, Ernest von Koerber, tendrá el placer de reunirse con usted, con el fin de trasmitirle el agradecimiento de su majestad imperial por la ardua y difícil tarea que ha sabido resolver con precisión y discreción. Dos cualidades —hizo una breve pausa— que nuestros servicios secretos estarían encantados de utilizar, con la debida reserva por respeto a su profesión.

El conde Szécsen tomó aliento, después miró alrededor, circunspecto, y bajó el tono de voz.

—Verá, en la corte se rumorea que la princesa Sophie, esposa del archiduque Francisco Fernando, heredero del trono, padece histeria de origen sexual, si me permite decirlo. Dos hijos en dos años de matrimonio parecen demasiados. El emperador teme que esta inclinación pueda perturbar de alguna manera la mente de su esposo. Por eso convendría investigar si verdaderamente se trata de una disposición natural o si ella finge por algún oscuro motivo. ¿Podríamos contar con su disponibilidad para analizarla en el nombre de la patria?

Freud le dio su palabra al conde Szécsen, a condición, le había susurrado, de que Joaquín de Molina y Ortega no tuviera ni la más remota posibilidad de ocupar el solio de Pedro, pues el emperador ejercería su veto llegado el caso. El conde había sonreído y también Freud: en el fondo, cuando se bromea se puede decir todo, incluso la verdad.

Una vez solo, Sigmund Freud sacó de una bolsa de viaje el cuaderno negro de notas. El traqueteo del tren le impedía escribir con buena letra, pero debía poner esas ideas por escrito. Quizá, un día, cuando el mundo enloqueciera por completo y las ansias de poder condujesen a una guerra de dimensiones colosales, parecerían proféticas. Siempre había mantenido que el impulso erótico era la base de la conciencia y del comportamiento humanos, pero quizá hubiera otro impulso más dominante, el de la autodestrucción. Escribió un signo interrogativo al final de la última frase y añadió otro especular, de manera que formaban un corazón. La muerte y el amor, Eros y Tánatos, siempre unidos. Algún día, escribiría un libro sobre eso.

PERSONAJES E INTÉRPRETES
(en orden de aparición)

Sigmund Freud (1856-1939)

Judío, ateo, masón y padre del psicoanálisis. Consideraba que el motor del mundo era el sexo y estaba obsesionado con los puros, a pesar de preocuparle su forma fálica. Durante toda su vida fumó más de veinte al día, incluso después de serle diagnosticado un tumor de paladar provocado por su adicción. Adoraba Italia y la antigua Roma y, gracias a que Benito Mussolini intercedió ante Hitler, logró exiliarse a Londres en 1938 huyendo de las persecuciones raciales. Cuando la enfermedad que lo castigó durante dieciséis años entró en fase terminal, solicitó que no volvieran a intervenirlo. No fue el único de la familia que investigó los rincones de la mente humana: su sobrino, Edward Bernays, fue el fundador del *marketing*, ideó muchas técnicas subliminales y la llamada «fábrica del consenso», un término inventado por él.

Giuseppe Angelo Roncalli (1881-1963)

Conocido por todos como Juan XXIII, recordado como «el papa bueno», gobernó la Iglesia entre 1958 y 1963. Entró muy joven en la Universidad Gregoriana, donde demostró ser un estudiante modélico y donde pudo cursar estudios gracias a una beca. Después participó en la Primera Guerra Mundial como encargado de la Sanidad Militar. Su elección, en 1958, se vio envuelta en un misterioso «incidente». Una fumata blanca, que pudo verse en los televisores de todo el mundo, llevó a los espectadores a pensar que el papa había sido elegido. No obstante, poco después la siguió otra negra. Se rumoreó que había salido elegido Siri, el más anticomunista de los papables, y que, por eso, Nikita Kruschev, que hacía poco que había sido nombrado líder de la Unión Soviética, había amenazado con tomar fuertes represalias contra los sacerdotes de Rusia si se confirmaba la nominación de Siri. Quizá esta fuera la razón por la que, poco después de su elección, Juan XXIII le dijo a Siri que él debería haber sido el verdadero papa. A pesar de sus diferencias sociales y políticas, además de religiosas, casualmente lo conservó como presidente de la prestigiosa CEI, la Conferencia Episcopal Italiana, la asamblea permanente de obispos italianos que se encarga, entre otras cosas, de las relaciones entre la Iglesia y el Estado, y establece la orientación doctrinal y pastoral de la propia Iglesia.

Ernesto Nathan (1845-1921)

Un personaje singular: judío de origen anglo-italiano, seguidor de Mazzini, ateo y anticlerical, varias veces Gran Maestro del Gran Oriente de Italia y fundador de la Sociedad Dante Alighieri. Fue el primer alcalde de Roma (1907-1913) y durante su mandato organizó un plan urbanístico para contener la especulación. Fue él quien mandó erigir la estatua de Giordano Bruno mirando al Vaticano en Campo de' Fiori, la misma plaza donde la Inquisición quemó a Bruno. A Nathan se debe la expresión proverbial: *Non c'è più trippa per gatti*; literalmente: «Se acabaron las tripas para los gatos», para dar a entender que algo nunca sucederá. De hecho, en cuanto fue nombrado alcalde, anuló del presupuesto de la capital la partida para alimentar a los gatos del Coliseo con entresijos, diciendo que comieran ratas de ahí en adelante. Además del ahorro, así se resolvió también el problema de la proliferación de los roedores.

León XIII (1810-1903)

De nombre secular Vincenzo Gioacchino Raffaele Luigi Pecci, pertenecía a una antigua y noble familia de Siena. Murió a los 93 años, después de un pontificado de veinticinco, y ha sido el papa más longevo de la historia. Hasta tal punto que algunos cardenales habían hecho circular el chiste siguiente: «Creíamos haber elegido un santo Padre, pero, en su lugar, hemos elegido un Padre eterno». Sus encíclicas renovaron la Iglesia: con la *Aeterni Patris* negó el conflicto entre la ciencia y la fe y con la *Rerum Novarum* propuso una tercera vía entre el comunismo y el capitalismo. Le entusiasmaba todo lo relativo a los adelantos tecnológicos, pero también invertir en Bolsa; perdió sumas desmesuradas, tanto a título personal como a cuenta de la Iglesia. Su único vicio, durante sus últimos años, fue su predilección por un vino con cocaína, el Mariani, al que prestó su rostro para los carteles publicitarios.

Maria Montanari

Encargada de limpieza del Palacio Apostólico. Eran más de doscientas en aquellos años; se ocupaban de las habitaciones, de la lavandería, de la cocina, del jardín y de todos los servicios necesarios para el funcionamiento del palacio. Había más laicas que monjas. Cuando su madre murió, vendió la bodega y no volvió a casarse, aunque no desdeñó alguna que otra relación ocasional.

Joaquín de Molina y Ortega (1865-1929)

Aristócrata español, fue el secretario de Estado más joven en la historia de la Iglesia, nombrado en 1903, antes de cumplir los treinta y ocho años. Dotado de una gran inteligencia y de una ambición desmesurada, fue miembro de varias órdenes de caballería, incluso enfrentadas entre sí. Fue enterrado entre reyes y pontífices en las llamadas grutas vaticanas. Desde hace décadas, sus admiradores tratan de iniciar un proceso de beatificación.

Luigi Oreglia di Santo Stefano (1828-1913)

Hijo de barones piamonteses, a veces adversario y a veces aliado de Rampolla del Tindaro, fue cardenal camarlengo (se encargaba de las funciones del papa cuando la sede estaba vacante) entre 1885 y 1913. Según teorías entonces en boga, consideraba a los judíos responsables de homicidios rituales y de deicidio, y por tanto condenados a ojos de Dios. De personalidad arrogante y glacial, de una altura superior a la media, inspiraba temor y sumisión. En 1903 se mantuvo fuera de la carrera por el papado solo porque sabía que no tenía ninguna posibilidad de salir elegido. Por eso logró conservar el prestigioso cargo de camarlengo hasta su muerte.

Mariano Rampolla del Tindaro (1843-1913)

En la época del cónclave de 1903 era el secretario de Estado del Vaticano, el cargo más importante después del de pontífice. Poderoso, hijo de condes y barones sicilianos, autoritario y masón, estuvo a punto de ser elegido papa cuando el emperador del Sacro Imperio Romano, Francisco José, ejercitó, por última vez en la historia, el *Ius Veti*, el derecho a impedir el nombramiento de un papa que no le agradara. Quizá porque Rampolla, a pesar de las presiones del emperador, le había negado cristiana sepultura al heredero del trono, Rodolfo, que oficialmente se había suicidado en Mayerling con su amante, Maria Vetsera. Aquellos que se quitaban la vida perdían tal posibilidad. El nuevo papa, Pío X, puso fin a su poder y lo privó de cualquier cargo de prestigio.

Crocifissa

En 1908 se quedó embarazada y se casó. Al año siguiente, su marido murió en una reyerta. Un caballero romano, mucho mayor que ella, la sacó de la calle y se casó con ella, y juntos tuvieron dos hijos.

Ella aseguraba que, con aquella barba, su marido se parecía extraordinariamente a un médico extranjero de mirada penetrante que siempre le había dado miedo. Lo había conocido muchos años atrás y recordaba a menudo cuánto le gustaba a su madre. Esta, siempre que hablaban, suspiraba y a veces se echaba a llorar.

Marco Ezechia (llamado Cesare) Lombroso (1835-1909)

El científico italiano está considerado el fundador de la antropología criminal. Aseguraba que era posible extraer la personalidad criminal de algunos rasgos anatómicos, sobre todo del cráneo, ya que las deformaciones óseas dañaban el cerebelo. Es decir: que el criminal nacía, no se hacía. Su pensamiento se puede resumir en la frase que a menudo repetía: «El criminal es un ser atávico que reproduce en su propia persona los instintos feroces de la humanidad primitiva y los animales inferiores». Algunas de sus teorías están siendo reevaluadas.

Pierre Girard

Tras treinta años de cabo de la guardia vaticana, se vio envuelto en un oscuro incidente de naturaleza sexual. El breve proceso judicial no confirmó su culpabilidad, aunque el secretario de Estado De Molina y Ortega presionó para que lo expulsaran del cuerpo. Tras regresar a Suiza, escribió un libro de memorias sobre los grandes escándalos acaecidos y encubiertos por el Vaticano. Aunque han trascendido algunos episodios, el libro de Girard aún no se ha publicado.

Giuseppe Lapponi (1851-1906)

Fue arquiatra, es decir, médico personal de León XIII. Aunque había experimentado las técnicas de embalsamamiento solo con animales, fue él quien embalsamó, como manda la tradición, el cadáver del papa en 1903.

Ian Puzyna (1842-1911)

De nombre secular Ian Maurycy Pawel Puzyna de Kosielsko, fue obispo de Cracovia. Habría pasado completamente desapercibido a ojos de la historia de no haber sido él, un príncipe polaco, quien recibió misteriosamente del embajador de Austria y de Hungría Nikolaus Szécsen von Temerin una carta del emperador Francisco José. Atemorizado y obediente, llevó la carta al seno del cónclave y la leyó a todos los cardenales reunidos, consciente del contenido: el veto a Mariano Rampolla del Tindaro para que no fuese elegido papa. En resumen: Puzyna, con gran disgusto, se convirtió en el brazo ejecutor de la voluntad del emperador.

Ditta Annibale Gammarelli (desde 1798)

Es la sastrería romana más antigua: lleva más de doscientos años vistiendo a papas y cardenales. El hábito papal debe estar listo inmediatamente después de la fumata blanca, razón por la que se preparan distintas medidas para ajustarlo en el momento.

Martha (1861-1951) y Minna Bernays (1865-1941)

Las hermanas Bernays fueron respectivamente la mujer y la amante de Sigmund Freud. Es difícil creer que la primera, que tuvo seis hijos con su marido, no supiese de la segunda. Este *ménage à trois* parecía satisfacer las exigencias de todos.

El secreto del cónclave es una novela: aunque algunos personajes existieron y algunos de los hechos que se narran sucedieron realmente, como el percance que sufrieron los cardenales durante el cónclave de 1903, el veto que cambió la historia de la Iglesia y algunos otros, el resto es fruto de la imaginación del escritor. O no.

AGRADECIMIENTOS

Esta novela no existiría de no haber sido por los libros electrónicos, gracias a ellos he podido descargar la montaña de libros escritos por y sobre Freud sin comprometer la estabilidad del edificio donde está radicada mi biblioteca. Tampoco existiría de no haber tenido de amigo y agente a Piergiorgio Nicolazzini, impulsor, consejero y crítico; de no haber contado con el entusiasmo del responsable editorial de narrativa italiana de Mondadori, Carlo Carabba, a quien le agradezco que me haya encomendado a la gran profesionalidad y simpatía de la editora Marilena Rossi. Toda esta cadena de circunstancias ha dado como fruto *El secreto del cónclave*, a la que yo también he contribuido modestamente como narrador. Y gracias a todos mis lectores, los antiguos y los nuevos, a quienes este libro está dedicado.